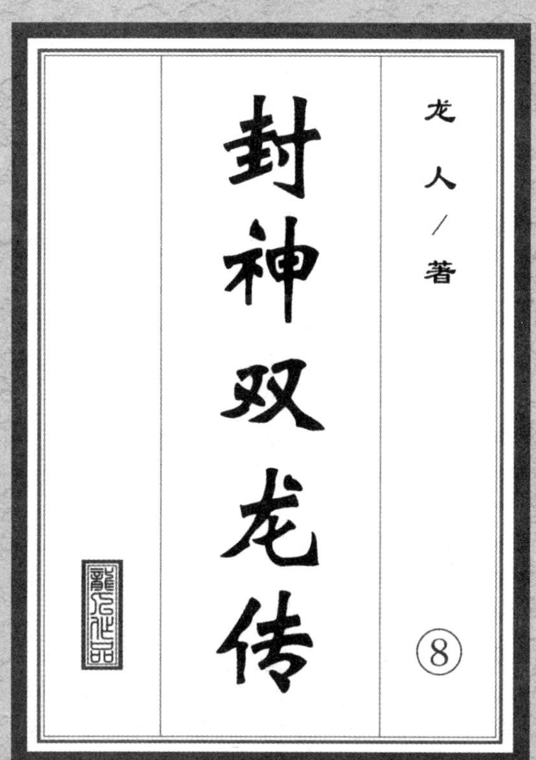

二十一世纪出版社集团
21st Century Publishing Group
全国百佳出版社

图书在版编目（CIP）数据

封神双龙传：全10册/龙人著.--南昌：二十一世纪出版社集团，2017.10

ISBN 978-7-5568-3102-9

Ⅰ.①封… Ⅱ.①龙… Ⅲ.①侠义小说—中国—当代 Ⅳ.①I247.5

中国版本图书馆CIP数据核字(2017)第243767号

封神双龙传　　龙　人　著

责任编辑	敖登格日乐
出版发行	二十一世纪出版社集团
	（江西省南昌市子安路75号　330025）
	www.21cccc.com　cc21@163.net
出 版 人	张秋林
经　　销	新华书店
印　　刷	北京龙跃印务有限公司
版　　次	2018年1月第1版　2018年1月第1次印刷
开　　本	710mm×1000mm　1/16
印　　张	160
字　　数	1728千
书　　号	ISBN 978-7-5568-3102-9
定　　价	498.00元（全10册）

赣版权登字—04—2017—744

目　录

第一百一十三章　再次流浪

看着姜子牙回身离去，耀阳叹道：“姜先生始终是玄宗弟子，虽是非常人物，但最终还是身不由己!”

倚弦道：“各人都有各人的想法，谁都不能勉强别人。三界四宗的观念已定下数以万千年，哪有这么容易就能改变的?”

“这倒也是!”耀阳自然不会为此而想不开，接受着沿途所有兵士的恭敬行礼与敬慕目光，他渐渐离开西岐的内城宫廷。

甩了甩头，耀阳的猿臂搭上倚弦的肩头，似是无比轻松的长长舒出一口气，道：“终于要离开西岐了!”

倚弦笑道：“怎么了，不舍得吗?”

耀阳嗤了一声，道：“他姥姥的，什么叫做不舍得！不如我们兄弟俩就此较量一番遁术，如何?”

倚弦哪肯示弱，道：“说吧，比试什么?”

耀阳指了指远远见到的东城门，笑道：“从这里到东城门，看看我们兄弟俩谁先出城，输了的负责扛行李，怎么样?”

其实所谓的行李不过就是方才姬发赏赐的一袋金铢罢了。

“好啊！谁怕谁……”倚弦话音一落，身形已经遁空而起，惹得耀阳一通乱骂，从来都是他投机取巧，难得今日居然被倚弦占先，不过好在他也不慢，遁空而起的速度更是深得遁术之精奥，比起倚弦流水行云的身形丝毫也不逊色。

兄弟俩的速度何其快速，转眼间已然到了城门口，旁边守卫的兵士只觉眼前一阵怪风拂面，浑然不觉他们兄弟俩已经出了西岐城。

出了西岐城，兄弟俩仍然不停地遁行了半晌，这才停了下来，躺在一处山坡上，静静凝望远处的西岐城，兄弟俩都想起当年在朝歌城外遥想西岐的情景，禁不住会心一笑。

耀阳感叹道："其实，朝歌也好，西岐也罢，不过只是地域的变化不同而已，就算究其环境有所不同，人与人之间的相处还是一样的！以前一直认为，西岐应该就是真正的乐土家园，现在看来也非是那么回事！"

倚弦点头道："是啊，就算当年在朝歌做下奴，我们还有像王奕大哥这样肝胆相照的朋友，反而越是接触越多的世道天道，便越会觉得孤寂，有时候我也在想，究竟什么才是真正的乐土呢？"

耀阳猛地翻身起来，双目精芒尽射，道："小倚，我们一直去找，还不如我们去建造一个属于我们自己的乐土家园，你看怎么样？"

倚弦懒洋洋在坡上打个翻身，笑着点头道："虽然不是那么容易的一件事情，但总也值得去做的！"

耀阳像是有了新发现一般，呆坐在那里开始构想心目中乐土的模样，随手将整袋金铢抛给倚弦，道："你先拿着，让我仔细想想看！"

倚弦一把接住，道："你小子少用这一招逃脱罪责，方才明明是你后出城门，这一袋行李理应由你来拿，接住——"说完又将金铢扔了回去。

耀阳哪肯再接，兄弟俩当下将金铢玩耍般抛来抛去折腾起来，倒也浑然忘了方才那些烦心的想法。

正当兄弟俩乐此不疲之际，突然听到前面传来喧哗之声，其中尚有较为耳熟的叫喊声音，两人大讶，回首望去，只见山坡另一面走来三道身影，耀阳和倚弦都认识，正是小仙、小千和小风他们。

"徒弟？小仙？"耀阳喊了一声，赶了过去，倚弦也随后跟上。

"耀大哥！""师父！"小仙、小千与小风三人大喜喊道。

五人重逢，小千与小风更是有模有样地倾诉了一番离别之苦，并将自己说得如何如何刻苦修习法道，兄弟俩再又仔细一看，小千与小风的身形骨架比之从前已经长高了不少，而且因为法道修为的提升，已经可以完全将本体的妖形完全遮掩起来，看起来更像是两名普通少年。惹得耀阳与倚弦大感高兴，仿佛见到了当年苦修《玄法要诀》的自己一般。

不久之后，两兄弟带着小仙、小千与小风三人离开了西岐城，虽然他们其实还是在西岐势力的中心地带，但耀阳仍感觉到一片轻松。

眼前的管道平坦得很，上下左右皆是青山绿水、蓝天白云。耀阳看着这片天地，有着从未有过的感触，现在的他已经完全自由，脱离了西岐等人或物的束缚。这是一种很奇特的感觉，呼吸着自由的空气，再也不受任何事与物的约束。

虽然路过郡镇的时候，耀阳替每人都买了一匹骏马，但是大家都没有骑马，尽在享受一下走路的闲逸。

"自由自在的感觉真好！"耀阳呼吸了一口新鲜空气道。

小风问道："师父，我们现在要去哪里？"

耀阳哈哈一笑，道："天下之大，何处不能去？"

小仙一双秀眸紧紧注视此时神采飞扬的耀阳，应声道："耀大哥去哪里，我们就跟着去哪里！"

耀阳回望楚楚动人的小仙，心中怎会不知小妮子的一番情义，再又看了看小千与小风，无奈地摇头一笑，行步上前一肩撞在倚弦肩上，道："小倚，你说是也不是？"

"是！"倚弦回身会心一笑，他们兄弟俩已经不是当年四处逃荒的患难兄弟，也没有当初四处为奴的悲惨境地，更不是往日东躲西藏的魔星，天下之大的确何处皆可去。

倚弦对小仙三人道："我们现在去的是吴侯属地。"

"吴侯属地？"小千惊讶道，"那里很远啊，我们去干什么？"

"过年，拜祭！"耀阳说完，又对倚弦道，"拜祭完花子爷爷，我们去一下蜀山剑宗，看看我的妲己和人儿，你也顺便见见旧情人嘛。"

"师叔的旧情人？"小风和小千同时讶问道。

倚弦闻言为之气结道："什么旧情人，别听你师父在那里胡说。"

耀阳笑道："再怎么说，幽云仙子跟你也算情投意合，又是跟你早就认识了，那若还不是你的旧情人，是什么人?"

倚弦笑骂道："去你的，幽云跟我只是朋友一场，而且你小子也认识她。"

耀阳大笑连声，调侃道："我的确认识幽云仙子，不过认识归认识，感情可不一样，怎么能跟你与她的感情相比哩，你就别否认了!"

倚弦没好气地摇头道："你别胡说，去什么蜀山，况且你对神玄两宗又没什么好感，我们又何必特意去蜀山剑宗呢?再说，你家人儿是冥界的小公主，在剑宗自是不会吃什么亏的，相对来说，我们更没有必要去那里!"

耀阳想了想，点点头道："也对，我的确很讨厌神玄两宗的人，当然，这并不包括幽云仙子，小倚你可以放心，所以千万不要为了我这个兄弟，而放弃了眼前的大好姻缘!"

倚弦无奈道："你这家伙，是不是存心玩我?"

"玩你又怎样?"耀阳哈哈一笑，早已闪身躲过倚弦一肘。

两人绕着小千、小风与小仙三人打闹了一阵，倚弦问道："既然这样，你为何不先接了两位嫂子来一起走?"

"现在三界并不安定，随时都可能发生变化，我俩的目标太过明显，未必能保住人儿和妲己，她们还是留在蜀山剑宗是最安全。"耀阳的考虑还是比较周详。

倚弦点头道："这倒也是!"

小千问道："我们一路上听闻师父和师叔大展雄风，克敌制胜。一时名声无二，师父、师叔，你们说说当时保住西岐，取得轩辕剑的情况吧，让弟子们也见识见识你们的神威。"

耀阳哑然失笑道："你这家伙就会拍马屁，哪有你说得这么神?"

小千与小风定是要听，耀阳自是不会拒绝，当即五人边走边讲，说起来自是神采飞扬，耀阳的自信和气势让小千和小风钦佩不已，小仙则更被耀阳谈吐间的飒爽风姿所迷。

几人就这样一路向吴侯属地而去，耀阳起初说得并无夸张，但小仙三人仍是听得惊呼连连，为耀阳和倚弦的经历所感慨。倚弦生性并不张扬，听耀阳后来添油加醋地述说，免不了摇头轻笑，自然惹来小千与小风的连串追问，最后又不得已只能为耀阳圆谎，搞得小千和小风自然是更加佩服两人，而小仙的一颗芳心已经完全扑在耀阳身上。

耀阳和倚弦一边说着他们的故事，一边从西往南而去，纵马前进。经过西岐、南域周边诸侯之地，几人一路放马且走且游，顺便看看风土民情、赏奇景名胜，兴趣甚高，两兄弟发现自己从未有这么轻松休闲过。

当然，他们不会一路都平安无事，当时世道甚乱，常有不平之事，他们只要看不惯的事情就会横加插手，对付一般的毛贼鼠辈自然没什么问题。直至有一次，耀阳和倚弦领着小千、小风与小仙三人联手剿灭上百作恶多端的山贼，让他们在民间的名声大噪，而他们所表现出来的超人法道修为，更被民众称为“冰火大神”，恭颂为神明一般。

由于倚弦对《圣元本草经》的熟悉，耀阳闲空之时也和小仙三人一起学了点皮毛，只要几人遇到病者，完全是免费救治，加上法道修为的辅助，几人的医术提升得很快。倚弦更几乎成了神医，疾病、瘟疫和疗伤无不精通。

兄弟俩和小仙三人也可算行侠仗义、济世为怀，由于他们治病从不收费，到出了西岐领地后，他们已有“仁义五侠”之称，这个称号直到他们将出南域的时候才知道。

小仙、小千与小风三人听到后甭提有多兴奋，耀阳和倚弦自不会在意，只是耀阳多少有些埋怨道：“怎么取了这么难听的称号，还不如我的‘火舞耀阳’哩。”引来众人一阵大笑。

当然，由于传谣毕竟跟事实有较大差距，所以谁也不知所谓的“冰火大神”和“仁义五侠”都是他们一行五人。

小千和小风的资质还算不错，在法道修为上逐渐有了不小的成绩，耀阳与倚弦都看得出假以时日定然有所成就。耀阳严令两人不能将千里眼和顺风耳的天赋丢弃，必须勤加练习，毕竟这两大异能在任何时候都很有用处。

想到能扬名立万，这无疑令小千和小风高兴非常，因为并不是所有人都能像耀阳和倚弦这样在三界名声在外，小千和小风也想有出头之日，现在能有如此成就，他们由此也更加感激耀阳和倚弦，当然他们也从未放弃对小仙的爱恋，总在小仙面前努力表现自己，在这方面他们绝对不肯相让给做师父的耀阳。

耀阳对此一笑置之，他就是喜欢性格爽直又不乏小聪明的小千和小风。

西岐与南域边镇，至吴侯属地之间有一个极大的湖泊，名为大洪湖。

大洪湖有千百亩之大，水草丰盛，湖周围有上百里平原草地，是南方少见的大面积肥沃草原，最善养马，而名震天下的三大牧场之一——大洪牧场就在此围湖而建，这里也是唯一供应南方战马的大型牧场。

由于南方马匹相对矮小，论起马匹剽悍耐力，大洪牧场培养出来的马匹自比不上北方两大牧场——雁赤牧场与云山牧场，但南方战马的灵巧亦非北马可比，短距离的爆发力并不比北马差，而且南方气候寒暖适度、草料肥沃，战马更加容易生存，所以大洪牧场的战马产量远比其他两大牧场多。

在战车驰骋的这个时代，马匹的重要性自是不言而喻。要知道铸造一辆战车只要有工匠有材料就行，但是拖车的战马却易死难有，而天下的战马几乎就是全部出自三大牧场。大洪牧场就凭这些战马生意，祖祖辈辈长年割据一方，各大侯镇的势力虽然强，却也不敢得罪他们。

原本大洪牧场素来为殷商的兵马所倚重，可惜此时殷商愈渐势弱，各方都有反意，牧场自然成为各方势力觊觎的对象。大洪牧场见殷商未必靠得住，亦是态度暧昧，在将战马输送给殷商之余，也不拒绝其他侯镇势力的购买，显然是有保持中立之意。朝歌之内本就纷乱，一时间自然也管不了大洪牧场。

这一日，耀阳和倚弦带着小仙三人一路进了大洪湖的势力范围之内，因为沿途打听多了，对大洪牧场的情况多少有了些了解，不过他们也只是感觉牧场周旋在各大势力之间的波折听来有些意思，其他的并没什么在意。

其实说起来，战马对于战场征战的作用性极为重要，只是现在耀阳根本没有心思想这些，毕竟他自己都还不知道以后的路该怎么走，又怎会想到这些常识性的作战装备问题。

进入大洪湖平原范围，一行五人发现这里的治安明显比其他地方好多了，看来大洪牧场对这里管辖的政绩还是不错的。

大洪湖周围松柏竹梅不少，虽是冬日，看起来也不至于太过荒凉。可惜还是少了分生机昂然，始终显得有些不足。昨晚两日大雪才过，路旁的积雪压松，看起来别有一番景致。此时还有些小雪偶尔飘入行人的脖颈，给人分外清新的凉意。

耀阳、倚弦等一行五人顺着官道，看着这些冬日景色，纵马而行。

小千果然不愧是千里眼，老远便见到前方一个岔路口有座凉亭，凉亭旁有个茶档，专门供应过路人热茶驱寒，当然也有酒菜之类的东西填肚子。走近了看小小茶档居然有十来张桌子，三三两两的也有不少人在此歇脚。

小风大喜过望，拍了拍自己的肚子道："师父，师叔，赶了半天的路，估计大家都饿了，不如我们去吃点东西，顺便歇一会儿吧。"

耀阳和倚弦点头同意，几人就在凉亭旁停下来。茶档伙计见状立即出来帮五人将马匹牵到一旁的拴马桩上系好缰绳，并放了些草料喂马。

耀阳、倚弦等人围桌坐好，茶档伙计急忙过来擦了桌子，问道："五位客官辛苦了，请问要点什么?"

耀阳自称喝过几次云雨妍煮的茶后，对其他人做的茶水再也没有兴趣，便要了些酒菜。倚弦自然是陪兄弟喝酒，小仙、小千与小风三人妖宗出身，根本不喜喝茶，只求能吃饱而已，也跟着要了些点心和菜肴。

等到伙计将酒菜拿来，小千和小风也争着要喝酒，耀阳狠狠瞪了他们一眼，冷哼道："你们小小年纪，喝什么酒？等法道修为让我满意了以后再说。"

小千和小风不敢顶嘴，委屈中又带着无奈，只能跟在一旁暗笑的小仙一起吃些不称口的菜肴充饥。

倚弦心中暗笑，因为如果说起年龄与阅历，身为妖宗所属的小仙、小千与小风比耀阳和他大百十年还不止。

“耀大哥……”小仙看着小千和小风沮丧的心情有些不忍。

如果说天下有什么是耀阳和倚弦两兄弟都抵挡不了的，那就是女人了。特别是柔顺无害的女人，无疑是两人的克星。别看耀阳平时似乎极为霸道，但真正遇到女人要求，只要是在一些小事上，他都没法拒绝。

此时见到小仙开口求情，耀阳便松口了，道：“好了，你们喝少些，待会儿还要赶路，其实不是不让你们喝，就怕你们酒后乱性，显出妖形吓到寻常百姓!”

“多谢师父!”小千和小风大喜，忙不迭地点头。

几人吃喝了一会儿时间，邻桌几个客人陆续结账离开，见到暂时没有生意上门，耀阳便叫过伙计来问路，顺手给了伙计一点银铢。

伙计本就没事，在耀阳给了他一点银铢后更是大为兴奋，侃侃而谈，将前面岔路的方向一一说了个清楚，过了这个茶档，官道分路两条，其中一条是通向大洪牧场的势力范围，还有一条是绕过大洪牧场路经宋镇，可通往吴侯属地。

可能是银子的作用，这个伙计的话匣子一打开就收不住了，耀阳趁机问了些关于牧场的事情，伙计便将所知道大洪牧场的来历都一一说了出来。

原来大洪牧场在当年成汤伐夏桀之时就已经存在，当初的牧场场主还捐赠过战马给成汤，为成汤反夏立商立下不少功劳。正因为这层关系，没有被裂疆封侯的“大洪牧场”也能经过风风雨雨，屹立数百年而不倒。

现任场主秦天明，膝下只有一个女儿，其女秦骊如巾帼不让须眉，出身玄门法宗门下，十五岁后就协助其父将大洪牧场治理得井井有条，让秦天明深叹秦骊如本应是男儿之身。而这个秦骊如不只是才能胜过男儿，亦是方圆百里闻名的大美女一个，更兼可能继承大洪牧场的祖业，以至于前来提亲的人数不胜数，当然，这个秦骊如眼高于顶，自是没有一个能看得上眼。

还有一点，大洪牧场虽然不是殷商八百镇之一，但是实力却是不弱，自有将士成千上万，远比一般割据一方的小诸侯镇还强，这也使得附近势力不敢跟大洪牧场正面冲突。

耀阳好奇地问道："秦骊如真有那么美吗？"

"这是当然！"伙计急道，"你不想活了，在牧场百里范围内，大小姐的名号岂是你所能随便叫的。"

耀阳不曾理会伙计的提醒，暗忖道："秦骊如是吧？我倒还真想看看这个女人有多美！"

倚弦适时轻拍了一下耀阳肩膀，道："你小子是不是色心又动了？"

"去你的……"耀阳道，"你看我像这样的人吗？"

"像！"倚弦还没出声，小千和小风就异口同声道，即使耀阳现在是他们的师父，他们也不忘适时出言戏弄一番。

耀阳没好气地一人给他们一个爆栗，道："你们倒是心灵相通啊，不过既然是对为师不敬，该罚！今晚你们两人加练几个时辰法道，看谁能躲过我三击。"

小千和小风齐齐惨叫道："不要啊，师父，那会出人命的。"

耀阳邪笑道："放心，我一定担保你们不死。"

正在说笑着，突然小风轻咦了一声，道："咦，怎么会忽然有很多人来？吹拉弹唱的，好像还挺热闹，是不是哪家姑娘成亲啊？"

耀阳与倚弦等人知道小风就算不运功的时候，也足以听到附近数里外的异常声响，再说寻常百姓家难免婚庆喜宴，所以并不感到意外。

因为小风说话的声音挺大，一旁的伙计听了，仔细寻思片刻，讶然道："不可能啊，就算再推前退后七八日，方圆百里内也应该没有一家成亲的哩。"

小千好奇地问道："你怎么知道的这么清楚？"

伙计得意非常地说道："方圆百里之内，凡属大洪牧场周边郡镇的事情，我可是什么都知道的，我可是这里的本地人，而且你不想想这里是什么地方，每天那么多人打这经过。咦，奇怪我怎么听不到声音呢？”

“废话，你能听见那还了得。”小风鄙视地看了看伙计，以他现在的能力，即使只是随意运用一下天赋，这个声音也至少是在数里左右的距离，连耀阳和倚弦都没这么好的耳力，更何况是平常人。

这时，小千出了茶档极目眺望，讶道：“真的很多人，骑马的一队，还有抬轿子的，奏乐的，而且穿着这么夸张的新衣服，好像真的是迎亲的队伍？”

耀阳摇头斥道：“人家成不成亲关你们什么事？咱们还是喝酒吃饭，然后赶路。”

“是！”小千和小风不敢再说，低头吃饭。

在旁边擦桌子的伙计摇头直笑，显是不信两人之言。

过了顷刻时间，在通向宋镇的那条路上，远远便先驰来一队身着鲜红新衣的人，然后远远便有鼓乐齐鸣声传到，伙计这才惊讶地看看耀阳这一桌人，小千与小风趁机大有嘚瑟地回望了伙计几眼。

倚弦忽而警觉道：“大洪牧场那边也有人过来了！”

耀阳也同时察觉到了，讶然道：“难道是大洪牧场的大小姐成亲？”

“或许是吧！”倚弦不敢肯定地道。

小千和小风连忙使出千里眼和顺风耳的能力，探听具体情况，片刻后，小风与小千异口同声道：“只怕不是迎亲！”

小仙感到奇怪，问道：“怎么回事？”

小风道：“牧场方向来的人马似乎很急，不像是善意的举动！”说完望向小千，小千点点头道：“恐怕不只是急那么简单，牧场一队人马不但着了戎装，而且人人都是明刀明枪，来势汹汹！”

耀阳索性伸个懒腰道：“不管他们了，我们等他们过了以后再走吧。”

倚弦自是同意，不管别人是迎亲还是找麻烦，他们自然不必凑什么热闹。

不过事情的发展却完全是出乎意料，过不久的时间后，来自宋镇方向的那批人已经出现，开始向大洪牧场那条路而去，前面倒是敲锣打鼓，十足迎娶新娘的模样，但当中偏又夹杂全副武装兵马的队伍，看起来不伦不类。

“看起来事情不大简单。”耀阳随口道，不过他还是一副懒散不在意的神态。

果然，就在此时远处横冲出一队人马，这些人挡在宋镇来人前面，为首的勒马急停，竟是一名英姿飒爽的女子，看她秀美非常的脸上一脸毅然，秀眉下如星辰般的双眼露出毅然自信，一身劲装更显示出身材劲爆，她的美跟妲己、人儿和玉璇都不一样，毫无女性应有的柔弱，但那种刚烈却更给人一种格外英挺的美感。

耀阳免不了啧啧称奇道：“原来真是一名美女。”

耀阳此言情不自禁的一出，旁近小仙自是心神一黯，但随即又恢复过来，她怎会不知自己与耀阳之间的距离，只是她生性柔弱，加上素来身份卑微，从不知去为自己争取，心中只想着耀阳好就行了，其他的也就罢了。

伙计看到呆了一下，笑道：“客官，她就是咱们大洪牧场的大小姐。”

耀阳点头道：“不错，是长得可以。不过看她现在的模样，应该不是特别想嫁人的样子。”

“废话!”倚弦道，“恐怕不只是不想嫁人那么简单，八成还要杀人似的!”

的确，只看到那秦大小姐此时的神色，谁都知道她的心情绝对糟糕到极点。

秦骊如勒马驻足后，立即朝宋镇一众人等叱喝道：“来人止步，我大洪牧场不允许任何心怀叵测的闲杂人等从此经过!”

此时，来自宋镇的人马队伍从中排开，驱马行出一名脸色惨白的青年，虽然长相还算面容端正，但一副酒色过度的模样表明他是个典型的登徒浪子，只见他涎笑道：“骊如妹妹，我怎么会心怀叵测呢，我今日可是来接你过门的!”

秦骊如娇容一肃，冷哼道："凭你？还不够踏进我大洪牧场的资格！"

那青年傲声道："我倪嵩怎么也是宋侯世子，若是说到我宋镇的实力，在殷商八百镇中也算排得上号的，试问这方圆百里之内，除了我倪嵩之外，谁还能配得上骊如妹妹呢？"

秦骊如嗤之以鼻，喝道："别以为什么宋侯镇了不起，我大洪牧场可还看不上眼，就算是你老爹倪展，本小姐也不看在眼中。还有就是，别叫得这么恶心，否则小心你的狗牙。"

倪嵩丝毫不以为意，仍是嘿嘿一笑道："骊如妹妹，今天我来一定要将你娶回家，你就乖乖跟我走吧，免得整个牧场受了连累，我可不想我的骊如妹妹受任何一点小小的伤害。"

秦骊如勃然大怒，叱道："狗贼大胆？今天就让你知道威胁本小姐的下场。"语罢一挥手，竟祭起手中马鞭，在半空划过一道低旋的弧度，迅速砸向倪嵩。

除了在场的大洪牧场的人，谁都想不到秦骊如性情竟如此刚烈，一言不合就动起手来。宋镇的兵马都不及出手，而这倪嵩偏又没什么真才实学，竟硬生生被马鞭砸下马来。

宋镇人马大惊，纷纷下马去扶起倪嵩，好在秦骊如并不惯于偷袭，只是要教训倪嵩一下而已，所以在旁与一众人马看热闹。

倪嵩在手下的扶持下头破血流地站起来破口大骂，而且多用的是本地粗口，但只看他指手画脚的模样，骂得定然很是恶毒难听。

秦骊如闻言更是暴怒，喝道："将士们，给我将这一帮宋镇贼子赶回狗窝去！"

"是！"秦骊如身后数百名将士轰然应命，应声齐齐向宋镇队伍冲杀过去。秦骊如更是一马当先，手持金光闪烁的长剑直击倪嵩。

"给我挡住！"倪嵩吓了一跳，立即向后躲去。

身后的几百宋镇兵士迎上大洪牧场将士，顿时间金戈暗箭交杂在一起，自是鲜血飞溅、刀光剑影的纷争乱象。

看得耀阳、倚弦等人连连摇头，而身旁几张桌子上的客人早就吓得战战栗栗，慌不择路地四散逃去。

混乱中，秦骊如叱喝一声，长剑斩出剑气，迎面就将几个宋镇兵士斩下马来。然后驱马冲得很快，手持长剑如虎入羊群，无可披挡。一旦遭众人围住时却也不慌张，玉指抵剑柄，剑气便像是狂风四散，立即破开包围。

耀阳和倚弦见了不由对视一眼，看得出来，很明显秦骊如用的是玄宗正法，而且修为也不算弱。

大洪牧场的实力强悍非常，过不多时，宋镇兵士已露败势，只是那胆小如鼠的倪嵩却仍是一副得意自信的模样，耀阳一看就猜到这家伙一定是有什么王牌在手。

果然，此时妖能突然而起，耀阳和倚弦顺着妖能波动的方向看去，都是一怔，连忙拉着小仙三人蹲下身偏过头去，原来他们竟发现老熟人了。

只见从宋镇兵士之中骤然窜出三人，齐齐围住秦骊如，却是“梅山七圣”中的狗头军师戴礼、猪头三朱子真和羊头怪杨显。

耀阳和倚弦自然不怕这三个家伙，只是不想在这个时候节外生枝。

对倚弦、耀阳兄弟俩而言，这三个家伙根本不算什么，但是对秦骊如而言，三妖合围就是很大的威胁了。猪头三先是嚷吼着向秦骊如冲去，尖锐的两根獠牙狠狠向秦骊如砸去，满眼色眯眯的，口中还嚷着：“美人儿，让老猪来疼你。”

“死猪头，滚开！”秦骊如厌恶地喝道，手中长剑毫不留情地向猪头三击出，剑影如涛，快如疾电又诡异无比，竟差点将色迷心窍的猪头三击伤。猪头三急忙后退，大惊道：“这美人儿棘手。”

狗头军师和羊头怪一起冲上来，联手向秦骊如击去，三怪的身手在耀阳等人眼中根本不值一提，但是他们毕竟也是三界有名的妖宗高手，比起秦骊如来还是不差的。现在以三击一，三怪立即占了上风，秦骊如只有招架之力。

猪头三虽然真的愚蠢像猪，不过实力甚是强悍，刚一接触就险些受伤让他恼羞成怒，一对獠牙劈头盖脑地向秦骊如砸去。狗头军师的弯钩划出一条条寒光，招招向秦骊如身上要害击去。羊头怪的叉子也时时威胁着秦骊如后防。

秦骊如再强，以一敌三又怎么敌得过？没几个回合，她渐渐不支。猪头三哈哈笑道："美人儿跟猪爷爷回去吧，别再逞强了。"

"闭嘴，死猪头！"秦骊如看猪头三的模样就感到恶心。虽然身旁的牧场将士都想围拢过去将大小姐救出来，但是无奈根本无法接近三怪身周三丈距离，显然三怪布下了一道妖法结界。

"既然这么不听话，那就别怪猪爷爷狠心了！"猪头三大占上风甚是得意。

"连这猪头都这么嚣张。"小千与小风，还有小仙再也看不下眼了，同时望向耀阳和倚弦，小声问道："师父，我们出去帮忙吧，这三个家伙真是将妖宗的脸面都丢光了！"

耀阳与倚弦对视一眼，谁都看不过眼了，只是为了隐藏身份，他们示意小千与小风、小仙三人稍安毋躁，然后相视微微一笑，同时悄悄从地上摄起几块小石头，屈指轻弹，对准猪头三快疾击出。

猪头三正在得意，哪料得到结界外会有暗算袭来，然后只感不知从何处弹来的石块来势甚猛，措手不及之下被所有的石头击个正着，顿时摔倒在地，幸好耀阳和倚弦为了隐藏小石头的方向，并没使上很强的力道，只是借了几分归元异能将石块隐遁发出，然后破开三怪的结界而已。

不过，因为耀阳的有心戏弄，几个石块还是将猪头三打得半张肥脸肿得极为夸张，此时恐怕是真正的猪头也比不上。

狗头军师和羊头怪无不大惊失色，要知道三怪所布下的结界虽然并不很强，却也是三妖苦修而来的成果，此时居然被莫名高手如此轻易便破了，试问这如何不让他们感到震惊。

就在三怪大感头痛之际，他们再度遭受强劲的石块攻击，尽管他们已有防备，不过依照耀阳和倚弦的修为来说，这些攻击隐蕴的元能之强岂是他们所能比拟的，当即各自硬生生受了几下。

猪头三等三妖根本无法察觉到攻击的方位，都知道遇到了真正的高手，而且那个高手不用现身就能将他们的嚣张气焰压制住，不由惊得大骇，面面相觑，这样的实力恐怕只有他们的大哥袁洪亲自出手才能对付。他们当然没想到这是其他人出的手，还以为大洪牧场有什么法道高手在。

“这个大洪牧场似乎不像我们想象中这么容易对付，既然势头不妙，我们走！”狗头军师马上有了决定。

三妖立时收起法阵，草草找了个不爽的理由告知倪嵩，便先行遁走。

既然收到狗头军师的发话，倪嵩也不敢违抗，当即命令宋镇兵马立即撤退，但临走还是嚷道：“秦骊如，别以为我会就此放弃。这次暂且放过你，但是你等着瞧，下次我定会带领十万大军将大洪牧场踏平，到时候一定会让你们乖乖交出牧场与梵一秘匙，然后你还得乖乖地来舔我的脚趾头。”

“滚！我大洪牧场从来不怕尔等无耻之辈，有本事就放马过来！”

秦骊如听倪嵩说出梵一秘匙的时候，脸色顿时大变，也不多说什么，当即便挥手领兵急回牧场而去。

秦骊如明白得很，身为大洪牧场近邻的宋镇本身的兵力不过万余，不可能全部用来攻袭作战，而对大洪牧场而言，这并无太大威胁，但周围还有十多个大小郡镇都以宋侯马首是瞻，所以倪嵩所言十万兵马当然是夸张，但是宋侯调派兵马来袭还是很有可能的，以大洪牧场现在的兵力想要击退宋军，决不容易，很清楚这点的秦骊如当然要急着回去准备。

第一百一十四章　天地之源

耀阳啧啧道："女人发火时真是可怕，不过这个秦骊如还真是不错，只是不知这梵一秘匙是什么玩意？听起来似乎有些名堂。"说着回头去问倚弦，却见到倚弦一副非常震惊的模样，仿似陷入沉思之中。

耀阳奇道："小倚，你小子怎么了？怎么听到梵一秘匙之名，脸色也变得跟那个娘们一样，难道那个秘匙有什么奥秘不成？"

倚弦点了点头，先是环视四周，然后缓缓道："不错，这梵一秘匙的确非同小可。当初我听刑天氏弟子元象兄弟说出刑天族地之秘时，曾经提到过要解开秘地禁制，除了深厚无比的法道修为之外，最好能得梵一秘匙相助，否则即使法道通天也未必能得到刑天族地之秘。"

耀阳惊诧出声，他怎会不知魔门刑天族地之秘的非同小可，讶道："这个所谓的梵一秘匙到底有何神奇，竟能解开刑天族地的秘地禁制？"

倚弦道："我记得在东离蚩氏的魔族典籍中看到过，据记载这梵一秘匙乃是当年玄宗第一巧匠朴抱生费尽一生心血所制，传说在制成之时，百里内晴空雷鸣三日不绝，三界各类禁制俱为之震颤不已。而朴抱生亦是玄能耗尽而逝，梵一秘匙也从此消失无踪，没想到最终竟会在大洪牧场之中。据闻这梵一秘匙能可解天地间任何宗门的秘宝禁制，也就是说只要修为足够，三界内的各类禁制都阻止不了携带梵一秘匙之人。"

"竟有这种宝贝，如果拿到它给老土一看，他非乐得上天不成。"耀阳一听便来了兴趣。

倚弦哪会不知耀阳的想法，道："你是想让老土凭着梵一秘匙替你办事吧？"

耀阳没有一点脸红，笑道："这个自然，我要老土帮忙他一定不会拒绝。不说这个，你说那刑天氏族地之秘是什么回事？为什么其他四大魔族的人也迫不及待想要知道。"

倚弦摇头道："你别问我，这个我也不清楚，但可以确定的是这个秘密绝对能搅乱当前的三界形势，因为这是四大法宗都志在必得的东西。"

"四大法宗都志在必得的东西？真有这么夸张？这样的话，恐怕那族地之秘的价值不会下于咱们的龙刃诛神和轩辕剑。到底是什么东西，能让四大法宗都会为之觊觎？"耀阳沉思良久，突然眼中精光一闪，眼神无比坚定，扬声道，"小千、小风，你们能帮为师一个忙吗？"

小千与小风正听得入神，忽被耀阳打断，忙应声道："师父尽管说就是！"

倚弦猜到耀阳想干什么，心中虽然觉得有些不是很好，但连他都禁不住对这梵一秘匙动了心，因为整个三界之中除了刑天氏三父子之外，只有他清楚刑天族地之秘，所以难免会因此生出一探究竟的念头，而这梵一秘匙正是其中关键所在。

耀阳沉声道："趁着年关还有些时日，为师希望你们两人乔装潜入大洪牧场，伺机打听梵一秘匙的下落！"

"遵命！"小千和小风素来都对秘宝之类的物事非常感兴趣，况且现在还有名闻三界的师父与师叔撑腰，自是毫不犹豫地答应下来，他们不但丝毫没有胆怯之色，反而兴奋地跃跃欲试。

小仙有些担心地道："这样的话，小千和小风会不会有危险。"

倚弦细细思量片刻，替耀阳回答道："应该不会，以小千和小风现在的修为来看，只要稍加小心，凭他们的天赋，一定能事先预知危险。而且看那个秦骊如的修为，相信牧场之中应该不会有厉害的法道高手，所以一旦有事，小千和小风想逃走一定没问题，再说还有我们从旁策应，应该安全的很。”

“这样就好！”小仙闻言放下心来。

既然这样决定了，耀阳、倚弦一行五人在茶档结完账，便策马改变方向，沿着秦骊如退走的路径直进入大洪牧场的管辖范围。大洪牧场虽然不让宋镇的迎亲队伍进入牧场，但是并不禁止其他侯镇的人来往。而且因为牧场处在几大侯镇之间，令各地商贩往来络绎不绝，说起来倒还算得上繁华要地。

为了不惹人注意，几人只是策马慢驰，过了一段路以后，他们行至一个较大的镇子，此处已经位于大洪湖畔，路上的盘查也越来越严，众人以访亲会友的名义正式进入大洪牧场的势力范围。

在镇中行了一段路，他们发现这里的青年壮丁在家人的陪同下纷纷向一个方向赶去。几人大奇，小千与小风随便找人问了才知道，原来这个名为“水乡里”的镇子已经是大洪牧场的外围防备要地，此时为了对抗宋镇的欺压，大洪牧场的专人特地来此招募兵马。

听完小千与小风的调查结果，耀阳眼前一亮，对两个徒儿道：“这是个绝好的机会！你们可以名正言顺地混入牧场哩。”

倚弦猜到了耀阳的心思，兄弟俩对视一笑。

小千与小风随即也明白过来。

五人下得马来，跟着人群缓缓前进，很快就到了大洪牧场招募兵马之处，却没想到那里竟然已经长长地排了一队人，间或还有三乡五里的青壮年不断地加入，看来大洪牧场深得这里的民心。

耀阳向着小千与小风点了点头，小千和小风识机地挤进队伍之中，静静等候。

谁知这时只听一声叱喝，人群突然一阵涌动，自动分开两边，让出一条路来。原来是风风火火的秦骊如急急策马赶来，翻身下马到了募兵处的将领旁边，看着这一队排着的人，略一皱眉，道：“不行，这样的速度太慢了。还是我来亲自挑人吧……”

那名身着大洪牧场将服的将士忙不迭地点头道："请大小姐随意，今天已经有将近三百人前来应征，按照这个速度的确不行！"

秦骊如点点头，行将出来，随手在方才分开两旁的应征青壮年中点将起来，耀阳见秦骊如一路点来，快到他们身边的时候，耀阳趁机将两个徒儿轻轻一推上前，让两人显得更加让人瞩目，为此，小千和小风还故意挺了挺胸膛。

哪知秦骊如看到两人却是一眼扫过，眼神反而落在他们身后的耀阳与倚弦身上，俏目不由一亮，不假思索就指向他们道："……还有你们两个！"

"不是吧？不要前面的小千和小风，反而点到我们？"

耀阳和倚弦根本没想到会发生这种事情，禁不住大眼瞪小眼，半晌才指着小千和小风道："我们不是来投军的，真正要投军的是他们，我们只是来送他们的！"

"对啊对啊，我们才是来投军的！"小千和小风忙不迭地点头道。

秦骊如看看了两人，摇头道："他们的个子太矮小了，身体还很弱，根本不适合行军作战。你们两个的身板倒是不错，相信只要进入我大洪牧场锻炼一番，肯定会有前途的。好，就你们吧！"

的确，相比小千与小风，甚至在场的一众青壮年而言，耀阳与倚弦两人的身材都甚是高挑矫健，虽然神光内敛，但仍能看出双眼有神，气度不凡。相信任何人挑选的话都会挑中他们。

耀阳和倚弦不由迟疑不定，毕竟他们没有丝毫的心理准备。

一旁的募兵将领看他们为难，便道："我们牧场募兵，纯属自愿！如果你们愿意，我们自然欢迎，若是你们不愿，我们也不会勉强你们。只是募兵的要求很严格，不管你们愿不愿意，他们的身体条件不行，还是不行的！"

这就将耀阳和倚弦难住了，小千和小风是肯定不能再进去了，现在唯一的选择就是他们两兄弟。

秦骊如显然有些不耐烦地问道："你们到底愿不愿意？"

两兄弟对视一眼，无奈地只能点头同意了，这是没有办法的办法。

哪知兄弟俩这才点头，秦骊如反倒迟疑了起来，紧紧注视兄弟俩与小千、小风，问道：“听你们几人的口音，应该不是牧场附近的本地人？”

兄弟俩暗自叫糟，他们自幼四处流浪，说得是一口各地通用的官话，在牧场方圆侯镇居多的本地人中显得格外不同，难怪会引起秦骊如的警觉。

“这……”

好在耀阳反应得快，当即联想到一路行进牧场的几个镇名，随机应变道：“我们是‘金吴镇’的子弟，我叫小阳，他叫小易，因为自幼失散，在外流浪多年，近两年才回到镇里，所以口音已经完全不像本地的了！”

“因为爹娘都认为我们福大命大，加上还算有些阅历，所以这次特地让我们送村里两个表亲来牧场帮忙！”

倚弦顿时想到从前兄弟俩逃难时的情景，又是感慨又是好笑，于是与小千、小风强忍住笑意连连在旁点头。倒是小仙牵马离他们很远，所以听到耀阳的信口胡掰，早已在旁躲起来偷笑了。

秦骊如显然没有怀疑，当下点了点头，继续在人群中挑选合适的青壮年，过不多时，她已经挑出近百余名自愿前来应征的青壮年，然后让他们汇成一队，在招募将领的带领下，径直往“大洪牧场”行去。

耀阳与倚弦朝小千、小风以及小仙使了个眼色，便跟随着队伍向前行去。

大洪牧场的基地是位于大洪湖畔洪泽岭上的洪泽城。

洪泽城依山而建，北面为大洪湖，东面则是纵横百里的肥沃平原，西南两方则是广袤无边的连片严峻陡峭山脉，这道天然屏障的存在，已经注定杜绝大批人马奔袭的可能性。

洪泽城的城寨设防重点放在东面，北面次之，不过西南两面由于天然地势，虽只是简单建筑，但其之易守难攻便更胜东北两面。远远地看去，整个洪泽城就像是被镶在洪泽岭的坡面上一般。

数百年间，洪泽城经过数十上百次的翻修再建，建成里外两层厚有半丈、高达十丈的城墙，加上城外结实的围寨，可说固若金汤。按照兵道要旨来说，任何人若要硬攻洪泽城，没有四倍于大洪牧场的兵马，便绝无胜算可言。

秦骊如二话不说就将挑选出来的人一并带走，募兵将领则负责善后登记等工作，接着自然是继续募兵。

耀阳与倚弦兄弟俩与百余名当地青壮年被带入牧场，随着带队之人上山，行不多久之后，洪泽城就在眼前了。

城外围寨只是简单的石木构成，但是却异常坚固，巨木形成的寨门两旁各有上百名兵士守卫，附近山头更有不少瞭望的箭塔，根据洪泽城所处的位置看来，只要有大批人马经过数里外的官道，便会事先被发现。

跟随着大队人马，耀阳不停环视四周，并不停点头赞许道："还不错，此处地形适合阻击，所以在这里建成围寨是最合适不过的了。相信只需区区数千兵士就能将两万敌军阻挡在此，若是粮草兵械足够的话，更足以令数万敌军在此僵持不下！"

过了围寨，队伍顺着石阶而上，耀阳等人到了洪泽城高达十五六丈的城门之前，厚重严实的铜门以及依仗山势而建的城墙都给人一种铜墙铁壁的感觉，两层城墙隔了三丈的距离，没有任何路可以通往城墙之上，一旦进入这里，无疑会被瓮中捉鳖，想要攻破这里实在是难如登天。

耀阳一路看来，啧啧称奇，赞道："这洪泽城依山而建，完全利用了这一带的地势，看似东北两面都可能受到攻击，但事实上北面是大洪湖并不利于大批人马集结，真正最可能受到攻击的只有东面这条路。但你看这里地势险要，城墙坚实绝难攻陷。任凭敌军如何强攻，只要给我两千兵马，我就能将洪泽城守住至少半月时间。"

听耀阳这么一说，倚弦不由道："那宋镇兵马想攻陷洪泽城岂非不可能了？再则说来，号称有上万兵马的大洪牧场加上如此地利，怎么还要在关键时候招兵买马呢?”

耀阳偷笑道:“你也知道是号称啊,如果不出我的意料,大洪牧场的人最多也不会超过七千人,甚至可能还要少得多。我在西岐做将军之时便深知兵马调动的大忌,便是具体数目绝不可被外人所知,所以平常对外宣称的数目基本上都不是真实的,这就叫作虚虚实实!”

倚弦点头若有所悟,道:“那照你这么说,他们至少也有四五千兵马吧,凭着洪泽城的城防,除非真如倪嵩那小子所说有十万人马,否则难道根本无须惧怕宋镇兵马来袭。”

耀阳叹道:“小倚,看来要找个机会好好给你讲讲关于兵道战阵的种种常识。首先,宋镇就算倾尽手头所有能用之兵,也绝对不可能有十万人马,想想四大诸侯国才多少兵力?其次,你认为大洪牧场为何会招人觊觎?”

倚弦一怔,若有所思道:“说是说梵一秘匙,但是这东西只有可能是三界四大法宗有用,对于寻常侯镇来说……哦,小阳,你是说牧场的战马?”

耀阳点头道:“不错,大洪牧场每年都要输送超过数万匹战马给各大侯镇势力,如果没有战马供应的话,大洪牧场就根本不可能继续生存下去。如果大洪牧场只是退守洪泽城,那位于北面大洪湖周边的战马牧养之地将怎么办呢?防线是迫不得已被拉大,所以除非万不得已,相信大洪牧场决不会做出退守洪泽城的打算。”

倚弦的才智亦非比寻常,虽然从未接触过兵道常理,但其人天资聪慧非常,此时经耀阳的提醒,立即醒悟过来,道:“原来兵道中攻防之间的利弊都是相对的,没有绝对的强,也没有绝对的弱!”

耀阳笑道:“孺子可教。面对宋镇大举进兵,大洪牧场肯定会正面迎击,但是如果实在不行,他们还是得退守洪泽城,只不过那时的情况就显得非常危险了。”

“那么所有的战马呢……”倚弦略有沉吟。

耀阳面有得色,继续道:“相信只要在迎击中赢取时间,所有的战马必定会被移入城中或是后山，但是大洪牧场再富裕，也不可能存下太多粮草，若是宋镇能坚持一段时间，你想想城中草料能支持数万匹战马多少时间？粮草呢？又能支持所有兵士多少时日的供应，故而退守只是迫不得已的最后办法。”

耀阳说得兴致大增，开始不时对这洪泽城指指点点，指出了各处优劣。虽然倚弦对耀阳的军事才识大为佩服，但他还是怕太过招摇被别人听到，不得不阻止耀阳，拍了拍耀阳肩膀，道：“小心点，别说了，这里人多！”

耀阳摊了摊手，表示不再说了。

但是，此时的秦骊如却是策马从他们身边而过，还用俏目扫视了两兄弟一下，眼中的狐疑尽露无疑。

兄弟俩立时噤声，不敢再说，看着秦骊如离开，耀阳小声道：“刚才我的话是不是被她听到了？”

倚弦摇头瞪眼道：“我不清楚，方才听你说得起劲，加上又这么多人，我可是没有注意到她！”

“一时失误，一时失误……”耀阳不好意思地干笑几声。

事到如今，兄弟俩只能抛开心中疑虑，硬着头皮跟随兵丁队伍缓缓进入铜门洞开的洪泽城，天大的事情都从未怕过，何况这里只是一个小小的洪泽城。

洪泽城内面积庞大，兵营遍布，看来此城完全是为了防备之用，可以见到此时的校场上处处都是操练的兵丁，这一众新来的兵丁被领进洪泽城循例登记一番，然后便有将士将各人分派到各个兵营参加训练。

“小阳，小易！”

当耀阳和倚弦正要混入新兵训练的队伍，却听到有人叫自己的名字，忙抽身走过去，不料那登记的将领讶异地看了看两人，道：“你们两个暂时不用去新兵营训练，上面吩咐有特别任务给你们。”

“什么特别任务？”耀阳略有兴奋地问道，他的确不屑也不想参加什么枯燥的新兵操练，此时禁不住暗想：“如果是直接守洪泽城就好了。”

倚弦却感觉到事情有些不太对劲，暗自拉了拉耀阳的衣襟。

登记将领沉声道：“我牧场素以战马生意为首要，你们两人虽然是新来的，什么都不是很懂，但是上头特别关照，无须参加新兵训练，便去马圈照顾战马就行了，至于具体事务安排就听马监吩咐吧。”

“什么?”耀阳一怔，跟倚弦大眼瞪小眼，那不就是让他们去马圈打杂?

登记的将领转头对身后的兵士道：“小石，你带他们去找马监赵武，就说是这两位小兄弟新到，让赵武帮忙照顾一下。”

“是！你们随我来。”小石是个二十出头的青年，长相平凡，略显消瘦。

两兄弟大感无奈，毕竟是有目的而来，自是不便将心中不满宣泄出来，只能跟随小石而去。不用多说，肯定是因为秦骊如刚才听到耀阳说话起了疑心，倚弦向着耀阳抛了一个早就预料的眼神。耀阳无奈地耸耸肩，这时也只能见风使舵了。当然，依照兄弟俩的修为而言，不论身处何地，想要探知某些事情也并非难事。

带路的小石并不多话，径直领着兄弟俩向洪泽城北面而去，兄弟俩沿途观望整个洪泽城的风光，想开了倒也乐得自在。因为离开了人多耳杂的兵营，对他们行事更有好处。

行了半刻，三人到了临近大洪湖畔的一个偌大马圈。

兄弟俩先是被身前这个横跨千里的大湖所震撼，只看整个广阔无垠的湖面碧波荡漾，在旁近一片白茫茫的雪景中显得格外青湛舒目，让人远远望之，都会禁不住心旷神怡，浑然忘却身际烦恼忧虑。

被小石叫了数声，兄弟俩这才反应过来，忙不迭地跟着小石进入马圈，只看这偌大的马圈纵长约两里，横宽亦有里半，数以千计的各种成年战马就分成十几个马棚宿养在此处，非常结实的围栏高达四丈，除了牧马人外，马圈周围还有数十兵士巡逻守备。

耀阳问小石道：“想不到这里都有这么多的战马，小石大哥，像这样的马圈，咱们牧场还有多少个呢?”

小石警戒地盯着耀阳道：“你问这个干吗?”

耀阳道：“我们帮牧场做事，总得知道一些基本状况，以后回家也好跟家里人好好夸耀一番才是。”

小石略作迟疑，或许想到这个问题并不重要，这才傲然答道：“其实这里只是我大洪牧场的一个小马圈而已，像是这样的马圈在我大洪牧场中起码还有不下百数。”

“哦，这么厉害!”耀阳若有其事地点头夸赞一番，与倚弦对视一眼，吐了吐舌头，虽然小石的话难免夸大，但八九还是不离十的，这也难怪一个牧场可以自称屯兵万余，原来一年战马生意的收入的确足够开销。

马监赵武是个刚到半百的强壮老者，看起来还算和善，小石将两兄弟交给赵武，在赵武耳边说了几句话就离开了。

赵武上下打量了一下两兄弟一眼，道：“不错，还算有些精神。你们两人就去戊字号马棚吧，那里刚好没人值守。里面也就五十三匹战马，并不是数量最多的，你们现在的任务就是好好将这些马匹洗刷干净，并且将整个马棚打扫整洁，记住洗马的时候莫要太大力，还有切记不可在马屁股后面鬼鬼祟祟，否则要是有个意外，你们自己负责。”

“洗马，打扫?”耀阳大是郁闷，刚要发作，被倚弦拉一下衣服，才想起自己进来是另有目的，只能忍下来，与倚弦齐齐应声道：“是，我们这就去。”

拿了洗刷打扫的用具，两兄弟到了戊字号马棚，看着眼前五十多匹骏马，耀阳叹道：“小倚，看来我们又干起老本行来了。”

倚弦亦是感慨道：“是啊，不过现在比那时好多了，至少不会被人用鞭子抽，怎么样洗马打扫也没人管。”

“不过现在多了几个人监视。”耀阳向马圈外努努嘴。

倚弦不经意的用余光看去，果然在棚外有两个兵士正紧紧盯着这边，显然正如耀阳所说是在监视他们。倚弦耸耸肩道："随便他们，他们想看，就让他们看个够。"

"也是。"耀阳突然兴致大好道，"小倚，我们很久没有做这样的事情了，怎么样，比比看，各分二十六匹战马，谁能先洗完二十六匹战马，输的人打扫马棚。"

倚弦应声道："好啊，怕你不成，不过一定要洗干净，脏的不算。"

两兄弟嘻笑着开始洗马，很久没做这样的事，仿若以往的那种生活是前世一般，此时做起来心中莫名颤动，两兄弟很勤快开始洗马打扫。

自从两兄弟遇到蚩伯之后，踏足三界以来，从某些方面而言，就今天最是辛苦疲累。但一天还是过去了，两兄弟倒真的将马匹和马棚搞得干干净净。

傍晚时分，赵武过来检查一遍后，非常满意地指指点点道："做得不错，看样子以前应该做过，记住以后你们要保持啊。"

两兄弟自然连连称是。

赵武点头道："既然已经完成了工作，你们可以去休息了，还有记得去领点干粮，早些睡觉，明早寅时还要喂马，大把的活儿要干呢?"

耀阳迟疑问道："可是我们睡哪里呢?"

赵武嗤笑一声，指了指马棚四周简陋搭建的竹棚，道："你们跟其他马夫一样，分到一个竹棚，你们就去那里睡吧，棉被床缛之类的什么都有!"

耀阳和倚弦顺着他所指的方向看去，竟然只是个破旧的竹棚。幸好这个竹棚只有他们两人睡，他们也就不在意是否舒逸了。

入夜后，两兄弟施了个幻术，做出两人熟睡的假相，隐遁后离开马棚。洪泽城的上半夜不算寂静，两人轻车熟路，很快就以隐遁入城。

白天，兄弟俩因为被分配至马圈，所以没有深入洪泽城，此时一路过来，才发现城中的建筑构造配合地势，以及洪泽城周围防卫的兵士组合，同样体现出攻防兼备的特性，而且个中变化有五行阴阳之相，显然是出自名家之手。

耀阳赞道："不知这个城防是谁设计的，实在是够厉害，按照这样的建筑。一旦攻城战开始，城中各处兵力足以对城防进行最有力的援助，同时若万一被部分敌军攻入，城中兵士可以立即反应过来加以阻挡，然后迅速地将入侵敌军消灭在城内，力保城门不失。"

倚弦见耀阳又再卖弄，没好气地给了他一个爆栗，轻声道："别废话了，我们先去找到牧场场主秦天明所住之处，看看能有什么收获。"

两兄弟一路摸索，幸好身为牧场场主的附地秦府很是醒目，两人很快就在内城腹地找到。与洪泽城相反，秦府的防备却是很松散，毕竟已经处在洪泽城内部，所以整座秦府的设计趋向安宁清雅。很显然，秦府已将洪泽城作为牧场防守的最后底线。

两兄弟很容易就进了秦府，自然无人能看穿他们的隐遁。转来转去，耀阳最大的感触就是秦府的奴仆甚多，甚至比之以前他在西岐的将军府也有过之而无不及。

最后，耀阳与倚弦两兄弟在府中内堂寻到了正在吃饭的秦骊如。

兄弟俩潜伏在内堂外往里窥望，气派非常的宴桌上除了秦骊如外，还有几个陌生人。其中两个中年人貌有相似，只是一个神色清明，眉目颇有威严，另一个脸色稍白，眼光闪烁，留着八字胡。

八字胡中年男子旁边是个妖冶的中年女人，本来还留有几分姿色，不过这把年纪了，打扮得花枝招展，让隐身躲在暗处的耀阳和倚弦感到俗不可耐。

坐在妖冶女人旁边的是十余岁的一男一女，还稚嫩得很，看得出应该是这个女人与八字胡中年男子所生的子女。

秦骊如则是坐在威严中年男子的旁边，耀阳一看就轻声道："秦骊如旁边的那人应该就是秦天明了。"却不见倚弦搭话，耀阳轻推了倚弦一把问道："你怎么了，发什么愣呢？"

他哪里知道，此时倚弦的注意力却在宴桌周围的四个奴婢身上，这时他的目光紧紧注视其中一名奴婢，皱眉沉思道：“奇怪，那个女子的身段怎么会那么熟悉，好像以前在哪里见过一般。”

耀阳始终注视着主桌上的几人，一时没注意别的，此时闻言根据倚弦的指点看去，只看到一个身形高挑的婢女站在秦天明身后，她低垂螓首而立，加上半边头发轻垂下来，加上距离稍远，始终让人连半边脸都看不清楚。

耀阳也是一愣道：“这个婢女怎么一直低着头？搞得看不清样貌，她只是大洪牧场的一个婢女，你怎么可能会认识她呢？一定是看错了吧。”

倚弦摇头道：“不会错的，你应该知道，我的感觉加上归元异能一向都比较准确！”

“这就奇了，你竟会跟这洪泽城内的人见过面？”耀阳大感好奇，于是目光也紧紧盯住那名婢女不放。

奇怪的是虽然此女立在秦天明身旁，但是仍然被那八字胡中年男子和妖冶女人呼来喝去，甚至动辄辱骂出口，秦天明大是皱眉，时而帮忙垂发婢女说上几句话。不过八字胡和妖冶女人显然不当回事。

几人谈话间，耀阳与倚弦兄弟俩知道了那八字胡是秦天明其弟秦天佑，妖冶女人是秦天佑的老婆吴氏，仗着自己的儿子是秦家唯一的男系泼辣无理，嚣张得很。稚嫩少年是秦天佑的儿子秦海，少女则是秦天明之妹秦莲玉。那名垂发而立的婢女叫作素儿。

“素儿？”倚弦心中更是由不得一震，暗忖道：“模样稍有相似也就罢了，怎么就连名字也如此相近？”

秦骊如见秦天明似乎没什么胃口，便关切的说道：“爹，你多吃点！”

秦天明含笑点头道：“行了，爹已经吃饱了，倒是你一个女儿身为牧场劳心劳力，得好好补一补。”

秦骊如道：“没什么的，有莫老在那里为牧场劳心劳力，寻常一点小事女儿还不必太过费心的！”

这时，妖冶女人吴氏又在大呼小喝道：“素儿，你死呆在那里干嘛，没见少爷碗中没饭了么，还不赶紧去盛饭?”

素儿低声应是，立即去盛了一碗饭给秦海端了过去。

谁知当她接近秦海身旁的时候，秦海年少懵懂，好奇之下伸手去撩动她遮面的长发。素儿“啊呀”一声轻呼，向后退开一大步，就势避开秦海的手。

年少的秦海一抓落空，为自己的冲动有些不好意思，尴尬地将手缩回，他倒没什么，但是吴氏却是勃然大怒，赫然站起大骂道：“贱人，躲什么躲，少爷要看你长相而已，难道你还真见不得人？找打!”说着就是扬手想一巴掌打去。

秦天明一见，眉头大皱起身拦住吴氏，道：“弟妹，一个下人而已，用不着这样为难吧？做出来让人见了实在难看。”

秦天佑闻言站起身来，却是帮着老婆说话，道：“大哥，她既然只是一个下人，你也不用老是为她说话吧。看这个死丫头，披头散发，扮相诡异，分明是别有用心。真不知道你怎么能安心让她留下呢?”

素儿讷讷辩解道：“奴婢不是不想露出脸容，只是奴婢脸上曾经受过伤，样貌极为骇人，所以……所以奴婢实在不敢露出来吓人，还请二老爷和二夫人原谅。素儿真的不是故意的……”

吴氏冷哼道：“什么受伤，分明就是狡辩嘛。”

秦天佑随即点头道：“不错，大哥，你对这么一个丫头这么好干吗?难道说她还比我们秦家的人更重要吗?”

秦天明神色微变，随即又恢复正常道：“素儿的父亲毕竟曾经是我的部属，当年立下汗马功劳，他的女儿，我当然要好好照顾，难道你们连这点都不懂吗?”

吴氏的脸色顿时变了，冷哼道：“好啊，大哥，你就为了这个不知哪里冒出来的死丫头骂我们？是不是你自认是场主，我们就不是秦家的人了？难不成你就可以帮助外人来对付我们，然后将我们挤出牧场?”

“无理取闹!”秦天明沉声道，“我大洪牧场从不亏待有功之人，难道这也需要得到你区区一个无知女流之辈的同意不成?”

吴氏听出秦天明话中的威严，当即不再说话，相反身旁的秦天佑撇了撇嘴道：“什么有功之人，我看你平日对素儿这死丫头好得出奇，哪像是对个奴婢？真不知道你究竟是何用意?”

吴氏见到有丈夫撑腰，便又再加上一句，嗤笑道：“有功劳？那要不要将祖宗基业也分给这所谓有功劳的死丫头？真是好笑，她就一个下人，凭什么不听主子的话？老娘就算要打死她，又有什么关系。”

秦天明脸色微沉，道：“弟妹，说话不要太过分。”

“过分!”吴氏突然提高声调，嚷道，“什么过分不过分的，反正秦家的基业无论如何是不可能分给外人的。”说话间，两眼不屑的神情瞥了瞥秦骊如。

素儿一见秦家人相互吵了起来，顿时大为焦急，连忙向秦天佑夫妇又是鞠躬又是赔礼，道：“二老爷，二夫人，你们千万别生气，凡事都是奴婢的错，你们不要为奴婢争吵了，是奴婢该死，奴婢该打……”说着几欲哭出声来，跪在地上，伸手开始掌自己的嘴巴。

看着秦天佑夫妇这么嚣张跋扈的人，内堂外的耀阳和倚弦两兄弟气不打一处来，耀阳已经实在忍不住了，低声怒喝道：“该死的泼妇，看她一副奸样定然不是好人，就该给她一点苦头吃吃……”

不过耀阳注定没机会出手，因为一直没有说话的秦骊如猛地拍案而起，拉住素儿掌嘴的手，喝道：“吵什么吵，素儿，你也别哭哭啼啼的，站起身来。”

秦天佑夫妇吵得兴起，此时不由被秦骊如的怒喝吓了一跳。

秦骊如转头向秦天佑夫妇冷喝道：“你们两个很有兴致吵架是不是?身为秦家的人，身为大洪牧场的二当家，平日却只知道好吃懒做，偶有一点芝麻小事都不肯去做。一个整天花天酒地，一个就晓得卖弄风骚，你们什么时候替秦家出过半分力？不得已让你们做事，你们哪次没有搞砸，什么事都不懂，就知道瞎搅和，在外面仗势作威作福，秦家的脸都让你们丢尽了。你们也不去打听打听，秦家的名声被你们败坏了多少？这样下去，就算将秦家老祖宗的基业全部给了你们，也迟早被你们败个精光。好好反省一下吧，真是不知所谓。还敢跟爹顶嘴，你们还知不知道现在谁是大洪牧场的场主？”

秦骊如这一连串话骂下来，直将秦天佑夫妇骂得狗屁不如，听得耀阳大是称快，对倚弦传音道：“好，想不到这小妞骂得这么大快人心，真是太舒服了。有性格，我喜欢！”

秦天佑夫妻此时脸色一阵青一阵白，被骂得半晌说不出一句话来，好半天吴氏才小声道：“小如啊，你怎么能这样说你二叔，何况还当着小海和玉儿……”

秦骊如的性情素来雷厉风行，哪里会顾及夫妻俩人的颜面，当即厉芒一扫两人道：“你们闭嘴，既然是吃饭时间，哪来这么多废话！”

秦天佑夫妻对秦天明不甚惧怕，却唯独不敢得罪刁蛮泼辣的秦骊如，当即不吭声坐了下来，随便扒了几口饭，便悻悻然带着子女出去了。

素儿仍然没有起身，跪在地上，泣道：“老爷，小姐，都是奴婢不好……”

秦天明起身扶起她道：“不关你的事情，至于我弟弟和弟妹的性格，我又怎么会不知道，他们无理取闹惯了，只是委屈你了！”

素儿谢过秦天明后，便跟其他三名婢女开始收拾宴桌碗筷。

秦天明看着素儿轻声叹了口气，转而看向还在气鼓鼓的秦骊如，轻责道：“骊如，不管怎么说，你二叔和婶婶也是你的长辈，你怎么能这样说他们呢？”

秦骊如对此显然非常不满，脸色肃然道：“爹，就是因为你这样纵容他们，所以他们才会这样嚣张，秦家的名声都让他们给败坏尽了。如果不好好教训他们一下，还真不知他们最后会变成什么样子。”

秦天明摇头道：“可天佑毕竟是爹的亲弟弟，而且我秦家就秦海一个男丁，以后尚要让他来继承大洪牧场的家业，所以凡事不能让天佑太难堪。”

秦骊如断然否定道："爹，女儿不这样认为，即使二叔有了子嗣可以继承祖宗香火，也不表示我们应该忍受他们跋扈的性格。如果他们不肯收敛，迟早会影响小海，如此下去，爹你又怎么能放心将秦家基业交给他?"

秦天明叹道："骊如啊，你什么都好，就是太过刚烈。不过，你的能力远比那些俊杰男子强多了。唉，如果你是男儿身的话，爹就可以放心将祖宗基业尽数交给你，可惜啊……"

秦骊如道："其实爹现在还正当盛年，还不如续弦替骊如添个弟弟，将来也能继承我秦家基业。女儿绝不放心让小海来接管大洪牧场，真不知道二叔他们在背后会折腾出什么事情来。"

第一百一十五章　秘匙传说

秦天明看了看秦骊如，漫步前行到堂外，看着眼前傲然绽放的雪梅，神色充满了缅怀从前的满足，然后轻声问道："骊如，你想你娘吗？"

秦骊如神色一黯，点了点头，道："女儿自然是很想娘亲的，如果能再见上娘亲一面，该有多好。"

"爹又何尝不想你娘呢。"秦天明双眼中蕴含深沉的思念，道，"当年爹和你娘一见钟情，虽然你的祖父和外公都不赞同，但终是拗不过爹和你娘。后来，爹和你娘就在成亲的一年后生下了你……"

秦骊如脑海中浮起慈母的笑容，眼中已有盈盈泪水，忍不住问道："爹，你和娘是怎么认识的？"

秦天明轻折一枝梅，轻嗅一息，道："那时，爹还年轻，一身修为也算可以，而你祖父也正当盛年，大洪牧场之威隐有盖过北方其他两大牧场之势。一日，竟有一女子前来挑战祖父。当时爹年少气盛，自然替父应战。谁知一见面，我就知道自己输定了，虽然比你娘美的女人我见多了，但见到你娘，不知为什么，我就这样毫无理由地喜欢上了她……"说着他深深叹了口气。

秦骊如好奇的追问道："那后来怎么样了？"

秦天明微笑道："当时我做了一件差点把你祖父气死的事情，我还没出手就直接认输了。"

秦骊如不由"噗哧"一笑，连她也想不到父亲没出手就认输，所以她更能想象那时的祖父定是气得够呛。

在堂外偷听的耀阳听了直犯嘀咕，道："这位大叔真是瞎搞，不过还是挺有个性的，小倚你认为呢？"

倚弦没好气地道："你也喜欢瞎来，还说别人。这秦天明那时的行为有些过分，他老爹没被活活气死，也算不错了。其实应战后无论输赢都可以追求，何必搞这么多的花样。"

耀阳嘻嘻一笑，道："年轻人不懂这些，咱们继续听听后事如何。"

秦骊如问道："那娘是不是也喜欢你呢？"

秦天明苦笑道："当时爹的表现怎么可能会赢得你娘的芳心，你娘看了我一眼便走了……我不顾家法，追了出去，气得你祖父差点将我给废了。当时你祖父实在是恼我至极，如非天佑他真的不成器，现在大洪牧场的场主恐怕已经不是你爹我了。"

秦骊如讶道："有这事？难怪二叔他这么嚣张，总是不把你放在眼中。如果只论正事，爹那时也太胡闹了，幸好后来祖父还是能原谅你，否则怕就铸成大错。不过爹能追到娘，再怎么也是值得的。后来怎么样了？"

秦天明笑道："后来，我追你娘几百里，你娘都不理我，只是到处去挑战不同的高手。你娘甚至还出手赶我，爹可是死皮赖脸追着不放，就算厉害如你娘也拿我没办法。再后来一直追到你娘家中，才被你外公打了出来。"

秦骊如咋舌道："爹，你真是……"话说了一半又没有继续说下去，毕竟秦天明是她爹，更何况现在所说的还是关于她和她娘的往事。

"厉害！"耀阳也听得目瞪口呆，佩服不已，追了几百里都没放弃，像秦天明这样的追法，恐怕没有一个女人会不受感动的。倚弦却想象颇有几分威严的秦天明一副死皮赖脸的模样，可惜怎么也想象不出来。

秦天明道："当时我被你外公叫人打伤了，谁知因祸得福，爹在外地无亲无故，你娘心地善良自是来照顾我，结果……"说到这里，秦天明展颜一笑，仿佛回到数十年前，道，"……那段时间是我最幸福的时候，后来伤好了就拐跑了你娘，这次又几乎将你外公气疯。虽然我们双方二老都不同意，但你娘倔，而我也犟，所以最后还是让我们成亲了。”

秦骊如道：“想来祖父和外公不肯同意你们的婚事，大部分是因为被爹你气的。像爹你这样莽撞还能追到娘，实在是爹的运气。”

秦天明笑道：“这倒也是。”

突然说了这么多往事，连性情刚烈的秦骊如都忍不住神情黯然，默默垂泪，微有哽咽地道：“爹，我好想娘……”

秦天明轻揽住秦骊如的肩头，宽慰的拍了拍她的后背，道：“傻丫头，你娘在天之灵可不希望你哭……”

秦骊如含泪点了点头。

耀阳与倚弦两兄弟在一旁听到这里，亦是心中恻然。

秦天明深吸一口气，道：“骊如，你既然现在知道了爹和你娘的感情，所以以后就别在我面前提什么续弦的事情了。”

“是的，爹。”秦骊如乖巧的点了点头。

耀阳看得眼中一亮，轻声道：“没想到这丫头温顺起来的样子，竟会这么迷人……”可惜还没说完就被倚弦轻拍一下后脑勺，耳边传来倚弦的骂声：“你小子这个时候还在想些乱七八糟的东西。”

耀阳嘟囔道：“什么乱七八糟，这是一个正常男人的想法！”

秦天明问道：“骊如，今日你将宋侯之子打伤的事情究竟是怎么回事？”

不说还好，说到这个，秦骊如的火气就上来了，非常气愤地将白天的事情原原本本说了出来。

秦天明听了，沉吟半晌，略有责备地道：“骊如，今天你做得有些过了，你其实只要明言拒绝，想必宋镇也不敢冒险跟我牧场交恶，实不必这般无情将关系闹得很僵。”

原来白天的事情秦天明并不知情，只是略有听到风声而已。秦骊如知道现在事情的关键不是她当时做得怎么样，便避重就轻道：“恐怕此事没这么容易解决，宋镇决不会放手。而且他们的目的决不是女儿，而是我大洪牧场和‘梵一秘匙’。倪嵩临走前就声称一定要得到牧场秘匙，这事已经无法善了。”

“梵一秘匙?”秦天明顿时脸色大变，突然左顾右盼了一番，确定无人后便对秦骊如道，“此事非同小可，你跟爹来。”

秦天明带着秦骊如进入宽敞的书房，耀阳和倚弦对视一眼，心中大喜，想不到第一天就能探听到关于“梵一秘匙”的消息，立即跟了上去。

进了书房，最惹眼的竟是一面一人高的铜镜。秦天明移开书架，墙壁上出现一块五行之图，秦天明在水上拍了四下，土上拍了两下，金上拍了三下。五行之图顿时一亮，又恢复常状。

秦天明移回书架，却转身到了那面大镜子前，大踏步竟是进入了铜镜之中。镜面还是如常，除了秦天明进去之外，没有任何异状，秦骊如紧跟而入。

既然密室入口都出现了，两兄弟自然不会犹豫，马上跟着进入。

进了密室，隐遁的两兄弟就发现这里原来是一个很大的房间，房间之中放了很多各种不同形状的箱子，其中一面墙上还供奉了一尊雕像，香火缭绕，看来可能是大洪牧场的先祖。

密室无处可以藏身，幸亏两兄弟的修为比之秦天明和秦骊如都是高得太多，而且以他们的隐遁，即使如“邪神”幽玄此等法道高手，也未必能够及时发现，那父女俩自然无法发觉。

不过秦天明和秦骊如就在他们身旁，这样明目张胆地偷听，终是感觉不舒服，两人随便的找了个地方坐下来，屏息静气的倾听父女俩关于梵一秘匙的交谈。

秦天明先是点了几炷香，在雕像前拜了三拜，又拉着秦骊如道：“这是我秦家先祖，你快过来拜祭!”

秦骊如知道这祖宗家法可容不得亵渎，马上遵照秦天明的意思，点了香，恭恭敬敬地拜了三拜，道：“骊如见过先祖。”

秦天明沉声道：“我秦家建立大洪牧场至今数百余年，其中艰辛非外人所能知道，故而不管如何都不能败在爹的手上。”

秦骊如坚定地道：“这个爹不必担心，只要女儿一天还在，我担保大洪牧场就决不会破落，而且女儿还会尽心尽力让大洪牧场发扬光大。”

秦天明欣慰地点头道：“有你这句话就好。我秦家的数百年到了今日，基业已经根深蒂固，但眼前却有了一个最大的危机。”

“爹是说‘梵一秘匙’？”秦骊如当然会想到此点，虽然她对“梵一秘匙”所知不多，但也晓得其对牧场的重要性。

秦天明面色沉重地点头道：“不错，如果只是觊觎我牧场基业，兵来将挡，水来土淹，我们自能轻松应付，但是一旦牵涉到‘梵一秘匙’，那问题可大可小，可能会涉及三界四宗之秘。此事极是严重，而且事关祖宗家法，我一向都非常小心，不让消息泄漏一丝一毫。为何宋侯会知道？”

秦骊如皱眉道：“很明显这事有问题，虽然女儿也不知道对方是怎么知道此事的。但是女儿想问一下爹，关于‘梵一秘匙’之事，女儿也知道得不怎么清楚，那除了爹以外，还有谁知道这事？”

秦天明蓦地一惊，惊疑的目光看向秦骊如，道：“此事只有秦家男子直系才能知道，所以因为祖宗规矩，爹甚至没有将其中详情告知你！”

秦骊如神色有异，沉声问道：“那就是说二叔也是知道的？”

秦天明骇然道：“你难道怀疑是天佑？”

秦骊如冷静地道：“女儿也仅有疑心而已，并无证据。但是这二叔只会整日在牧场大呼小叫，平时只知道去镇城里花天酒地，好赌成性，自然是极有可能泄漏祖宗所遗‘梵一秘匙’的秘密。”

秦天明犹疑不定，道：“这事现在可不能确定，毕竟天佑只是小时候听你祖父临终前说‘梵一秘匙’四个字，其他的事情，因为爹看他不成器，所以一直没有将详情告诉他，其实他知道的也不比你多。这样怀疑他并不太好。”

“除了他，谁还可能透露消息？”秦骊如冷哼一声，又道：“不过，现在也不管究竟倪展父子是如何得知此事的。既然事已至此，此时追究是谁的责任并不是时候，现在最重要的是想办法解决此事。真要追究责任，也要等奠定大局以后。”

秦天明叹道：“你说得不错，可惜此事太过严重，不知何时才能解决。一个不好，秦家基业可能就毁在爹的手中了。”

秦骊如喝道：“宋镇小贼怕他做啥？来多少，女儿都让他们没命回去。”

“你就是跟男儿家一样这么心急！”秦天明摇头道，“宋侯算得了什么？以我大洪牧场的实力，即使硬拼也有得一战。爹最担心的是四大法宗中魔妖两宗的反应。他们定会觊觎‘梵一秘匙’，稍有不慎，就会让牧场乃至整个秦家一族遭受灭顶之灾。”

秦骊如却丝毫没有忧心，冷笑道：“女儿就不信魔妖两宗敢乱来，如果他们敢直接插手，女儿就可以请动师尊九天玄女派人来支援。凭我师门姑射山的实力，还怕区区魔妖两宗的宵小之辈不成？”

耀阳和倚弦不由吃了一惊，玄宗散仙——姑射山九天玄女，乃是独立于玄宗三大派系之外的散仙，跟玄宗有着千丝万缕的关系。虽然总体实力还稍弱于三大派系，但谁都不敢小看姑射山，因为就凭当年助轩辕黄帝击败魔神蚩尤的九天玄女这个名号，三界之中就少有人敢惹。

兄弟俩想不到秦骊如竟是九天玄女的徒弟，难怪说话的口气这么大，不过，看得出来秦骊如的修行时间尚短，否则身为九天玄女的弟子，断不会如此实力不济。

耀阳以微不可闻的声音嘀咕道：“真是晦气，好不容易离开西岐，谁知现在又必须跟玄宗挂上钩。”

倚弦听了，轻笑道：“这里跟西岐可不一样，我们根本不需要听任何人的话，也不需要给任何人的面子。”

“说得也是！”两兄弟虽然低声私语发出窃窃之声，但以两人的修为自然可以传音术交流，所以虽然相隔如此近距离，也不虞秦天明父女听到。

秦天明也知姑射山和九天玄女的实力，但他还是沉声道："即使有你师门姑射山之助又如何？躲得了一时，也躲不了一世。如不能找到彻底解决此事的办法，这个隐患一直留下来，最终会让牧场迎来滔天巨祸。"

秦骊如也知此事的危机所在，沉思道："这事恐怕很难办，但女儿绝对不信，我大洪牧场、我秦家会因此而亡。"

秦天明道："秦家当然不会坐以待毙，不过现在对方还没有动作，我们只能见一步走一步，不能操之过急，以免走错一步就满盘皆输。"

秦骊如点头称是。

"对了，爹听说你将新征的两个资质很不错的新兵派去洗刷马圈，这样做是不是太过儿戏了？"秦天明突然问起两兄弟的事情。

兄弟俩闻言一乐，想不到父女俩还会提到他们，便饶有兴致地听下去。

秦骊如沉吟道："爹说得是，其实本来粗粗一看，以那两人的资质，加入咱们牧场队伍后定可以大放异彩，我大洪牧场对这样的人才也大是欢迎，自然不能委屈他们。但那两兄弟有甚多可疑之处，为保我牧场安全，才会有意疏离他们，让他们不能参与关键之事。女儿已经派人前往二人报上来的地址查探其真实身份，具体怎么处置他们，到时再说。如果情况属实的话，女儿自是会重用他们。"

耀阳与倚弦兄弟俩一听便知道要糟，虽然二人并不惧怕什么危险，但是毕竟因为兄弟俩多少在三界已经稍有薄名，像是这样试图窥探人家私密是理亏的事情，如果被揭穿更是一件很尴尬的事情，这还不如直接跟幽玄等老辈干一架来的舒服。但是现在他们也来不及做些什么，只有等待会儿回去再做打算，现在还是好好听秦天明父女说些什么吧。

秦天明讶道："可疑之处？你说说看？"

秦骊如沉思片刻道："女儿看那两人气宇轩昂，神采奕奕，神色间有着无比的自信，绝非寻常之人。但他们的行为却甚是古怪，先是说送人来应征，后来当女儿说一定会将他们送的人剔除时，他们神色有异，最终却又愿意入我牧场，这等情况极是惹人心疑，女儿怎么能不留心。而一路上女儿偶有听他们说起关于洪泽城城防等事，说得头头是道，有些方面连女儿都自叹不如，像这样的人物却甘心来我牧场做个小小兵士，岂能不令人怀疑呢?”

这时，耀阳又忍不住对倚弦道：“难道英伟不凡也是我的错吗?”

倚弦摇头苦笑道：“你小子还真是自信非常，甚至脸皮的厚度也丝毫不差!”

耀阳并不反驳，反而做出一副哈哈大笑的样子，自是没有出声。倚弦瞪了他一眼，懒得再做理会，专心听秦天明父女说话。

秦天明听了秦骊如所言，不由惊道：“真是如此，那这两人的确可疑。这次你做得很好，此时正是用人之际，如果因为怀疑而贸然将两人赶出，会影响应征者的积极性，但是若让他们进入军营中始终是个不稳定因素，太过危险。这是唯一最好的解决方法，将两人留住，不管他们意向如何，都已在明处，更便于监视。而他们出现什么异常状况，我们也能趁早知道，及时做出反应。”

秦骊如冷笑道：“如果他们是对牧场不利，女儿决不会心慈手软放过他们。”

秦天明点头沉声道：“任何威胁到牧场的人或物都不能姑息，如果那两人真的意图不轨，就别怪秦家心狠手辣了。”

秦骊如的眼神看向香火供着的雕像，突然问道：“对了，爹，‘梵一秘匙’的秘密究竟是什么，为何竟能引起三界魔妖两宗的觊觎呢?”她忍了好久，终压不住好奇之心，说了出来。

秦天明周身一震，道：“你问这个干吗?”

秦骊如坚定的眼神看向父亲，道：“这‘梵一秘匙’关系到我秦家的存亡，女儿能不问吗?”

秦天明叹了口气道：“‘梵一秘匙’是先祖传下来的三界奇宝，本来是玄宗之物，但不知为何竟会被先祖所得，这个自是谁都不知道的。只知‘梵一秘匙’的存在是我秦家绝对不能外传的秘密，此物绝对不能被他人所得，特别是魔妖两宗之人。所以，无论如何我们都要保住‘梵一秘匙’，不让邪魔歪道夺走。”

秦天明仍说得含糊不清，秦骊如自然不肯罢休，追问道：“那到底‘梵一秘匙’有什么作用呢?”

秦天明看秦骊如一眼，摇头叹道：“这事你现在不要问，不知道还比知道好，如果到了时候爹自然会告诉你，现在你别再牵挂此事。身为大洪牧场继承人，爹自己也是在娶了你娘之后，才得知其中秘密。”

秦骊如虽然心有不甘，但毕竟不好逆了父亲之意，迟疑一下，欲言又止。

秦天明道：“骊如，别急，以后爹一定会告诉你的。现在还是想想如何将我大洪牧场和‘梵一秘匙’保住吧。”

秦骊如无奈道：“是的，爹。”

父女俩商议了一番对付宋镇兵马的策略，大概情况也就是如耀阳所料，集中兵力正面防守，如果万一不敌立即退守洪泽城，并有可能向殷商郡镇借兵御敌。当然现在还要赶快募集兵士，加紧训练，以应付宋镇兵马。

在确定了各种方法之后，秦天明父女就此离开密室。

看秦天明和秦骊如离去，关上密室，耀阳和倚弦都叹了口气，不由一阵失望。因为秦天明所说的‘梵一秘匙’之秘还不如两人知道的多。

倚弦问道：“现在该怎么办?”

耀阳一屁股坐在地上，道：“能怎么办？大半夜的不睡觉，跟踪别人跑到这种地方来，结果除了一个可能会被揭穿的坏消息外，什么收获都没有，真是不爽。”

倚弦环顾一下四周，道：“埋怨什么？现在还是想办法找借口离开牧场吧。否则万一跟秦天明父女碰面，被他们揭穿谎言的感觉绝不舒服。我自问脸皮还未厚至那个程度，绝对不可能坦然面对他们。”

“你以为我想吗？不过，这有什么好想的，我们想走就走吧，哪管得了这么多，就让大洪牧场当我们是逃兵就好了。不管了，我在这里找找，可能会有什么线索也说不定。”耀阳一下子爬起来，索性开始在密室中翻寻起来。

倚弦摇头道：“这样不告而别，不是很好，那就是我们欠大洪牧场的，而且还会被他们认为是图谋不轨。依我之见，我们还是要找个借口离开。”

耀阳嗤笑一声，道：“我们本来就是图谋不轨，不跟他们见面有什么关系。不过你小子就虚，既然这样其实很简单啊，直接说他们怠慢了我们，我们不干了不就行了？他们让我们洗刷马圈，本来就有些过分了。”

“唉，就照你说的吧。”倚弦只能点头同意，“每次都会被你的鬼主意连累！”

“可别只是说我，记得当时你也同意过的！”耀阳吆喝道，“还呆在那里干嘛，赶快一起找啊，不论有或无，总要试一下。”

兄弟俩小心翼翼的寻了许久，除了金银铢帛之外，别无发现，耀阳还特地查看各处有可能的机关，但就是没找到任何可疑的东西。

耀阳一摊手叹道：“唉，看来真是什么东西都没的。”

倚弦想起秦天明当时说到“梵一秘匙”的表情，揣测道：“有一点很奇怪，秦天明虽然说是要全力保住‘梵一秘匙’，但事实上却似乎并不担心‘梵一秘匙’被人夺走一般，因为他神色显得非常自信镇定，丝毫不像他口头上所说的这样担心。恐怕担心牧场比担心秘匙来得更多些！”

耀阳神色一动道：“照这么说，‘梵一秘匙’应该是一个他自认为无法被人得知的秘密，故而他一点都不必忧心，‘梵一秘匙’会被人偷走。”

倚弦道：“不错，应该是这样没错。”

“这个老狐狸！”耀阳骂了一声，道，“既然如此，我们干找也没用，还是先回去吧，否则那昏睡假相被识破，咱们可只能尴尬地狼狈溜走。这跟抱头鼠窜可没什么分别。”

“走吧……有人！”倚弦刚要动身离开，突然感应到有人进了书房。

耀阳凝神静听来人的脚步缓急，讶然道：“这人好像是秦天明，他怎么这个时候又回过头来了?”

倚弦道:“难道他折回来是想确定一下‘梵一秘匙’的安全?”

“很有可能,这是一个正常人的做法。哈哈,我们躲在一旁,看看他所知的‘梵一秘匙’究竟是什么东西?”耀阳显得大为兴奋。

倚弦眼疾手快,当即施法将兄弟俩翻动过的痕迹恢复正常。

此时,外面已经开了机关,两人再次隐遁藏于密室角落中。

秦天明再次从镜中行将出来,只看他环顾了一眼密室,似乎并无其他开启机关的举动,而是打开其中一口箱子,从中拿出一套黑色衣物。

两兄弟不由纳闷地互看一眼,难道这‘梵一秘匙’的秘密就在这很普通的衣服中不成?很快,见到秦天明换了一身衣服后,两兄弟才恍然大悟,原来他是换上一身夜行衣想要外出。

但是这个时候,他鬼鬼祟祟的又能去哪里呢?

两人更是惊讶与好奇,当即跟着秦天明出了密室。

秦天明出了书房后,便祭起风遁迅速离开牧场,耀阳和倚弦对视一眼正要跟上去。倚弦却突然灵觉一动,叫道:“啊呀,糟糕……”

耀阳急问:“什么事?”

倚弦沉声道:“有人触动我在马圈竹棚外布下的结界,看来是有人正向我们睡觉的竹棚而去。难道是秦骊如查棚去了?”

“真是糟透了,我们施的那个幻术只能骗骗外行人,只要法道修为稍有基础的人都能看破!唉,咱们还是回去吧。”耀阳无奈地看了看秦天明离去的方向。

“那还磨蹭什么。”倚弦忙拉着耀阳急速风遁而回。

兄弟俩全力风遁,身如电闪,匆忙从另一侧赶回马圈。听着脚步声逐渐靠近竹棚,两人隐身借一阵风偷偷进入竹棚,丝毫没引起来人的注意。两人迅速卧下,抽了元能化掉假身,然后佯装假睡,耀阳甚至还煞有其事地发出鼾声。

来人却在竹棚外停下来,没有继续前进。

耀阳假装翻了个身子，双眼微睁，透过竹棚的缝隙看去，看清来人果然是秦骊如。看来她果然是不放心两兄弟，所以才会深夜来探。

再怎么说秦骊如也是九天玄女之徒，耀阳和倚弦不敢大意，收敛全身元能佯装已经睡熟。

秦骊如双眼厉芒如星辰般闪过，盯着棚内两人半晌，神色变幻莫测，突然纤纤玉指一弹，一道若有若无的玄能疾速扑向耀阳。

耀阳知道这一道玄能袭击没什么威力，却是能探测出来他是否有法道修为。当然对于这个耀阳丝毫不担心，身子微有丝毫变动，“牵机引玄法诀”已经迎上那道玄能，仗着归元异能的殊异，不但瞒过那道玄能的探视，更顺势将其导了一圈，看似将耀阳全身都检查过了，其实只是围着早已收敛玄能的耀阳身外周围转一圈而已，当然不可能感觉到有什么元能法力。

秦骊如以玄能感应，却始终没有任何发现，不由微有讶色，以她心中的想法，自是怀疑耀阳两人是修行之人，但现在却没感觉到任何元能法力。她盯着耀阳沉思片刻，转身飘然离去。

等秦骊如走远了，耀阳才吁了一口气，道：“这小妮子的心眼真不少，这个时候还来查探一番，幸好我还有些手段，否则恐怕要穿帮了。”

“算你厉害，行了吧！快点睡啦。”倚弦语罢安然入眠。

耀阳道：“很久没睡这样的地方了，说句实话还真是挺怀念的……”说完也就这样睡去了。

第二日清晨，两兄弟在寅时就被叫醒了。

当然又被安排繁重琐碎的洗刷事务，他们对此并没有什么怨言。耀阳边洗刷边道：“小倚，秦骊如既然已经去查了，恐怕我的身份也差不多已经泄漏，看来不能久留了。”

倚弦点头道：“这话不错，时间不容拖延，虽然秦家奈何不了我们，但真的不得不面对秦家的兵马，那就难堪了。不如就今晚吧，如果关于秘匙的事情再没有进展，我们便马上离去，免得在这里还要担心身份被揭穿。”

耀阳自是同意。

一个早上都是不停地洗刷马匹等，没有一点歇息的时间。不过，吃过午饭后，两兄弟难得的被允许休息一下，两人倚在马圈旁的栏栅上，随意聊着。

正聊着，耀阳眼尖，轻撞了一下倚弦道：“嘿，那个小妞来了。”

倚弦感应敏锐，顺着耀阳所说看去，远处一苗条翩影策马而至，来的人正是秦家大小姐秦骊如。

秦骊如来到马圈后，跳下马来将马匹交给守卫，到了两人面前。耀阳和倚弦自然恭敬地道：“见过大小姐！”

秦骊如点了点头，俏目扫视两人，细细打量了一番。

看着她似乎不善的眼色，耀阳怀疑身份已经被揭穿，眼神瞥向倚弦，用眼光询问该怎么办。倚弦神色变化不大，不过耀阳还是知道他说的是静观其变。

耀阳收回目光，看向秦骊如，心中暗想被秦骊如戳穿谎言后，他该怎么应付？

哪知秦骊如并没斥责两人，却是沉吟一会儿，问道：“你们为何当日只是送人来牧场，后来又同意应征入牧场呢？”

兄弟俩大感奇怪，对视一眼，都不明白为何秦骊如没直接揭穿他们，这时耀阳也只能死撑下去，随口胡掐道：“其实我两兄弟本无心做个兵丁，但牧场维护我们村镇安定，赋税收得也极为低廉，各家生活安康。我们镇里的父老乡亲无不感激牧场，故而此次受了邻里伯婶所托，送他们的儿孙来应征，谁知他们的体格不合格，不能为牧场献力。我两兄弟为表我村对牧场的感激，只能硬着头皮顶上。否则平日受牧场之恩，关键时候却帮不上忙，我等岂能安心。”

秦骊如微微点头，神色释然，又道：“原来如此，难怪当时你们有些不大情愿，最后却还是同意应征了。不过，昨日听你们论起我洪泽城的防备，讲得头头是道，一语道出要点，看不出两位还深谙兵道常识。却不知为何要屈居于村乡之镇，以两位之才理应能大展鸿图，创下一番功业才对啊？”

胡诌方面耀阳最是拿手，这时露出惊喜的样子，道：“是吗？我们真的这么厉害？我当时只是随便说说而已！”

秦骊如点头道：“能一眼看穿我洪泽城布防之人，才能如何会差？难道两位自己都没有信心吗？”

耀阳故作惊讶道：“我们所知的一点兵道是学自一名异人，当年流浪他乡的时候，这名异人将兵法教给我们，并且对我们说，如果我们稍能了解应用，便足以一生衣食无忧。我们那时还不肯相信哩！”

倚弦听耀阳瞎掰，心中好笑，但表面上还是一副肃然点头的模样。

“太好了，两位实在是难得的人才。”秦骊如居然意料之外的大喜过望，她还对那异人大感兴趣，问道，“两位可知那位异人现在在何处？”

耀阳摇头叹道：“那异人神出鬼没，我们也不知他在哪里，记得当时他们还教了我们一点拳脚工夫后就离开了，我们甚至连他的名字也不知道！”

“实在可惜！”秦骊如的语气有点惋惜。

耀阳和倚弦虽然有些明白，但还是没有完全摸透秦骊如的意思，当即也没有说话，等着秦骊如开腔。

秦骊如看了看两人，又问道：“你说那个异人教了你们一些拳脚功夫，那你们现在的武功怎么样了？”

耀阳和倚弦面面相觑，他们修行法道自非常人打斗的武功可比，但是真正意义上而言，他们并未学过任何武功而言。这时秦骊如突然问起，两兄弟不免呆了一下，不过耀阳应付这样事情还是绰绰有余，神情丝毫没变，就道：“还好，那异人要求我们长期锻炼，所以现在还有些力气。”

秦骊如沉吟道：“你们有武功就好，现在练几招给我看看。”

“没问题。”耀阳隐去全身法力，从旁边的守卫那里接过长戟，开始与倚弦对杀起来。虽然隐去了法力，但两人所表现出来的，却仍非一般高手可比，两人戟来矛往，舞得金光乱眼，虎虎生风。两人龙腾虎跃，耀阳一戟还将草地砸出一道不浅的裂痕。当然打到后来，两人还免不得逼出全身汗来，大冷天两人额头上的汗水仍是直冒，还大口喘气，显得有些吃力。

耀阳和倚弦整整苦战了半晌还难分胜负。像两兄弟这样的强力对战，未曾修过法道的人也能有如此威力，还能坚持这么久，实在是非同小可。秦骊如自是能看出两人的厉害，不由被兄弟俩的身手所震，道：“够了，你们停手吧！”

耀阳和倚弦同时停住，用戟矛撑着身体，气喘吁吁地问道：“我们还是不能持久，好累……”

秦骊如笑道：“像你们这样的打法哪能不累，就算是在战场之上，也不可能一直是毫不休息地全力动手。所以以你们这样的能力，足以率一队人马冲杀了。”

耀阳假装再喘口气，高兴地道：“是吗，这样说就是我们苦练这么久，总算有些用处了。”

秦骊如点点头，然后沉声道：“你们可知本小姐为何要试探你们吗？”

倚弦摇头道：“这个我们不知道，我们只知小姐似乎对我们有所疑心。”

“对不起！”秦骊如道歉道，“当初因为两位竟对我洪泽城的布防一看便明了，我自然大惊，又想到两位本是不愿来，后来才改变主意说愿意加入牧场，因此我才产生疑心的。”

两兄弟心道果然如此，表面上却是做出惊讶状。耀阳问道：“原来是这样，这怪不得小姐，不过为何小姐现在好像是相信我们了呢？”

秦骊如嫣然一笑道：“我让人连夜去查探两位底细，终于得知两位所说身份属实，自然不会再对两位有疑心了。之前实在是骊如不对，在这里就向两位道歉了。不过，以两位的身手才能，断不应该被埋没，骊如希望两位能不计前嫌，留下来加入牧场，助我牧场一臂之力。”

“这样啊……”兄弟俩低头作势考虑，其实却是掩饰心中莫大的惊讶。他们真的是丈二金刚摸不着头脑，不清楚他们瞎蒙怎么会蒙对了，还是秦家的人竟查出他们所言不虚的结果？

但是既然有机会自然不会放过，当即耀阳用眼神询问一下倚弦，便点头道：“小姐这样做是谨慎处事，我们自是明白，怎么会有怪责之意？既然牧场对周边村镇有恩，而且据闻此时有外敌来犯，我俩岂会袖手旁观，自是愿为牧场出力。”

秦骊如大喜道：“如此就好，有两位相助实是我牧场之幸，骊如这就带两位前去军营。”她对眼前两人甚是看重，她深信无论是两人的武功还是才识，只需稍加锻炼与提拔便定能独当一面。

第一百一十六章　意外见闻

秦骊如领着兄弟俩来到牧场东侧的兵营，耀阳这次不敢再任意四顾，但余光还是一眼扫视兵营的布置。兵营以木栏围住，一边连着牧场的围栏，却像是山寨一般。耀阳也没有再次评论这里的布置，以免再惹风波，倚弦自然更不是寻常多嘴之人。

进了兵营，只听喝声如雷，原来新近募集的新兵都在训练中，戟光如银练闪华，虽然未经沙场，但其之士气如虹，斗志高昂，动作竟也是有模有样。

看着整齐规划的牧场兵力分布与操练，兄弟俩掩不住心中的震惊，这些新兵不过刚入伍便被训练得有模有样，虽说第一天尚未受苦，但已是难得可贵，由此可见即使用兵作战，大洪牧场也不可小觑。

耀阳看看周围，问道：“大小姐，不知牧场的兵力状况怎么样？跟宋镇兵马相比会不会吃亏呢？毕竟宋镇在殷商八百镇中也算是颇有实力的。”

秦骊如略有讶异地看看耀阳道：“没想到你们也对天下大势有所了解？”

耀阳暗叫糟糕，差点一不小心又说错话，不过幸好秦骊如对他们不再怀疑，他便搪塞道：“这些都是那个异人在平时随便闲聊时说的，我听得多也就记住了。”

“是这样的，那个异人真是非常人啊。”秦骊如自从证实两人情况属实后，已经对两人甚为信任，这时候自然不会因为耀阳随口一句话而产生疑心，而且根据两兄弟所说的“异人”肯定有过人才能，知道这些事情也很是正常。

耀阳乘机道："当然，这位异人通古博今，天下间少有其不知之事，真乃神人也。故而他所言宋镇兵力不少，实力较强，我们甚为担心。"他趁这个机会给秦骊如打点底，万一哪天又说错话，也可以用这个编出来的"异人"来圆谎。

秦骊如沉吟道："不错，宋镇兵力之强的确是无可置疑，否则也不可能拥有大片疆土，威慑邻近城镇。我牧场对外号称一万将士，其实可战兵力实则不过五千，兵力上还不如宋镇。但是我们丝毫不怕他宋镇，我们秦家在附近的两位姨父何尝不是大有实力的一镇之侯。虽然两位姨父的实力比之宋镇还有不如，但联合起来，加上我大洪牧场的实力，保管让宋镇兵马有来无回，让他们知道想觊觎牧场是要付出极大代价的。"

两兄弟这才释然，想来也是，以大洪牧场现在的地位财力，自然有资格跟其他侯镇联姻，这也是维护大洪牧场的好办法。所以凭着大洪牧场本身的实力，加上联姻效果，殷商天下除了朝歌和四大诸侯镇外，基本上没有其他势力能对大洪牧场产生威胁，即使强如宋镇如果不是有魔妖两宗插手，也断断奈何不了牧场。

一边聊着，几人很快到了牧场主营。因为非常时候，基本上整个牧场都在戒备状态，五千将士俱是衣不解甲，对秦骊如态度非常恭敬，见到都恭声揖礼，齐称："大小姐!"

负责牧场领兵的是秦家的忠实老仆莫凌风，此时正在操练着新老兵马，虽然年纪老迈，但吆喝之声却仍然显得甚是孔武有力。

秦骊如引两人去见了莫凌风。莫凌风的年龄比秦天明大了二十多岁，鬓发半白，眉毛都秃得差不多了，但是双眼有神，浑身健壮得很，精力旺盛不下壮年。他见到秦骊如立即尊敬地道："老仆见过大小姐。"

"莫老，都好几次说了，您从小看我长大的，叫我骊如就行了。别什么大小姐大小姐的，听了好觉得见外!"秦骊如嗔道。

莫凌风恭声道："主仆有别，老仆不能坏了牧场的规矩。"

"莫老你啊……"秦骊如无奈地叹了口气道，"真是倔脾气，好了，我也不跟你争。对了，今天我推荐两个人给你。"

莫凌风上下打量一下秦骊如身旁的两兄弟，道：“是他们吧，不错，骨骼强壮，身体坚实，应该有些本领。小姐的眼光真是不错!”

秦骊如道：“这两位得高人指点，素懂兵法，能一眼看出洪泽城的防卫要点，甚为不易，是难得的人才。而且他们的身手骊如看了，就常人而言，的确是很不错。所以骊如想，他们也无须参与基本操练，直接分派职务给他们，相信他们一定能做好的。”

“是，小姐!”莫凌风果然是丝毫不肯逾礼，向秦骊如行礼应命。

秦骊如对此也没有办法，只能点点头道：“莫老，那他们就交给你了。骊如还有其他要事，也不打扰莫老练兵。小易，小阳，你们就听莫老安排吧。”最后一句话是跟两兄弟说的。

耀阳和倚弦自然点头称是。

秦骊如就此离开，莫凌风送了几步就回来了。回头看看两兄弟，微笑道：“两位小兄弟不要紧张，小姐的眼光老夫还是很信得过的，也相信两位不会让小姐失望的。”

两兄弟立即道：“当竭尽所能，为牧场效力。”

莫凌风点头道：“你们虽然才能出众，不过毕竟没有领过兵，故而不能在短时间内让你们担任太高的职位，你们就先带个十人小队，负责夜间巡寨的事务，等你们熟悉军营规矩，稍有功绩后，再将你们提拔起来。老夫相信以你们的能力，定是可以顺利晋升。”

“多谢莫老!”两兄弟心不在此，才不想理会究竟有多高的权位。

莫凌风见两兄弟得知喜讯却仍然可以保持不卑不亢，神色如常，不由大为欣赏，转身喊道：“胡牙过来。”

校场中一个精悍的壮年将领小跑过来，行礼道：“总管有事吗?”

莫凌风挥挥手道：“胡牙，他们是新来的兵丁，负责夜巡，就在中军营中安顿下来，你替他们安排一下住处。之后，再分配十个兵士给他们。”

胡牙应声道：“是!”

莫凌风又转头对两兄弟道：“那你们就先跟胡牙去吧，有什么不明白的问题尽管问他就行!”

耀阳和倚弦自然没有任何异议。

一路上，耀阳问了胡牙不少关于军营的事情，也算对牧场兵营有所了解。各个要点，耀阳也一一记在心中。胡牙这人还挺和气的，有问必答，丝毫没有一丝不耐烦的神色。

行了一段路，最后两兄弟被领到一个靠近大洪湖的兵营休息。胡牙着人先拿点物品过来放在很简陋的案几之上，然后道：“你们先休息一下，关于你们的手下兵丁，我这就去安排，不过需要一点时间。记住，今晚就要开始巡夜，你们好好休息，具体出巡时间我会及时通知你们!”

耀阳点头道：“多谢胡大哥指点，我们省得，麻烦胡大哥了。”

送走了胡牙，两兄弟回到兵房，耀阳一屁股坐在卧榻上，环顾简单的兵丁房，用手拍了拍卧榻上的铺垫，笑道：“洗刷马圈和这个待遇果然不同，虽然都还不怎么样，但至少也算是有了一个能容身的住处。”

“自然比不上你的将军府!”倚弦笑道，“不过怎么样的住处还不是一样，已经快到年关了，我们不可能在这里待多久，除非你真想在这里过年。”

“怎么可能!”耀阳跳起来道，“我们就这点时间，自然是需要尽快将事情搞定的。”

倚弦点头道：“算你这家伙还没昏头转向。”

“当然，你也不想想你兄弟我是谁!”耀阳突然话锋一转，想到方才的整件事情，奇道，“秦骊如怎么会认为我们所言属实的？这点实在是奇怪?”

倚弦也有此疑问，道：“不可能有这么巧被我们蒙对了，那秦骊如会不会有什么问题？她难道是知道我们的身份，故意想要稳住我们才会这般重用?”

耀阳摇头道：“不可能，我的眼睛准得很，秦骊如如果真是有什么阴谋绝对逃不过我的法眼。我看她眼神并无作假，难道她的确说的是实话。”

“你的眼睛毒得很，这个我知道!”倚弦没好气地忍受着耀阳的自负，道，“不过事情还是有些蹊跷。”倚弦说完陷入沉思之中。

耀阳心中一动道："事情的确是不可思议，除非是有人帮忙……"

"有人！"倚弦心中灵觉顿生，轻声道。

两人不再说话，门口果然有人憋着嗓子来报道："禀报易队长，阳队长，三名巡夜兵丁前来报到！"

"进来！"两人都是一怔，没想到这么快就有人来了，但来的为何只有三个。马上两人又有所察觉，因为这时来人已经掀开帐廉。

耀阳一看，高兴地大笑道："就知道是你们搞的鬼！"

来人原来是穿着牧场兵丁衣服的小千、小风和小仙三人。

小千和小风炫耀道："师父，我们不错吧，这么容易就混进来了哩。"

耀阳笑着说道："有什么可以得意的，以你们的能力如果连牧场都混不进来，我一定将你们逐出师门！"

小千和小风吃憋，不敢再行邀功。

倚弦则挺起大拇指道："这次你们做得不错！起码我们现在有个照应哩！"

有了师叔倚弦的撑腰，小千和小风大为高兴。

耀阳看着小千与小风一副趾高气扬的模样，于是无奈摇头道："看你们两小子乐的，怎么现在才来？"

小千立即笑道："这事师父你可又要夸奖我们了，你们身份对口的事情是小仙姐当日听完你们的话后，才让我们特意去安排的。我们刚搞定不久，就有牧场的人来查。师父，你也知道，我们两兄弟或许别的不行，但是唬人绝对有一手，将那个牧场去的人耍得团团转，绝对没有一点破绽。"

耀阳问道："这是小仙提出来的吧？"

小千与小风带点头道："是啊。"

耀阳嘿嘿笑道："那夸奖你们做什么，要夸也要夸小仙。小仙，你果然是心细如丝，这次是多亏你了，否则我们的身份可就被揭穿了。"

倚弦亦道："是啊，没想到秦骊如看起来很火暴，做事却这么周全，我们没顾及到这一点，差点就要前功尽弃。"

小仙被耀阳一夸，玉容粉红，低声道："这些都是我应该为耀大哥做的!”

小风听得有些不乐意了，嚷道：“没有我们去做，怎么能成事呢。”小千也点头道：“所以我们的功劳自是必不可少的一部分，师父可不能偏心!”

倚弦再次替小千和小风说话，道：“你们做的不错!”

看着耀阳跟着倚弦点头赞许，小千和小风顿时又神气起来。

耀阳道：“先不管其他了，现在大家都在一起好好商量一下，该怎么办?”

倚弦沉声道：“年关将近，我们尽可能要在过年的时候去拜祭花子爷爷。所以我们所剩的时间不多，必须要尽快离开牧场。”

耀阳自是赞同道：“的确，我们没什么时间在这里长待下去，再怎么说，没有什么事情比拜祭花子爷爷更重要的了。”

倚弦道：“所以，我们要充分利用这几日时间，过两天不管有没查到什么，我们都要离去，免得耽误去吴境的行程。”

耀阳点头道：“就这样吧，我们也不能再浪费时间了，今晚再探洪泽城，看看其中究竟有什么奥秘？我想，现在宋镇即将兵临牧场，当中定有不测变化，那‘梵一秘匙’如果真的在此，其秘密肯定会在这几天内泄漏出来。”

“此话不错，错过这几天，那‘梵一秘匙’的秘密恐怕更是难以发掘，我们留下来也没用。说得有点过分的话，这次宋镇来袭正是我们的机会。”倚弦表示赞同耀阳的话。

耀阳继续道：“宋镇决不会跟大洪牧场长期作战，他们的目的只想在战乱中让魔妖两宗的人趁乱出手，窃取‘梵一秘匙。长时间坚持下去，对谁都没有好处。”

商议许久，几人终于确定，过几天不管成功与否都会立即离开。

傍晚时分，胡牙领了十个精壮的老兵过来，示意今晚晚饭后就开始巡夜，两兄弟满口答应下来。

晚饭后交接巡夜，两兄弟助小千与小风幻化成自己的模样带队巡寨。他们则连夜隐身向洪泽城风遁而去。

这次他们是轻车熟路，很快就摸到秦府密室之外。上次翻箱子的时候，耀阳便注意到放夜行衣的箱子上没有丝毫尘埃，箱子盒盖处磨损甚大，衣服摆放的痕迹也显示时常被用，由此可见秦天明夜晚出去的次数颇为频繁，两兄弟因此想来碰碰运气，说不定今夜秦天明仍会出去。

许久不见任何动静，不过两兄弟没有丝毫沮丧或是不耐，还是安心等待。

果然还是让他们猜对了，将近子夜时分，秦天明真的来了，看他的样子丝毫没有犹豫，可见同样行径已经不知做了几次，熟得不能再熟。

秦天明进了密室，两人笃定他肯定要马上出来，也没有跟着进去，几番耐心等待之下，在不久之后，秦天明已经换了一身蒙面夜行衣出来，直向洪泽城外而去。秦天明跃空而起，夜色中身影一晃已在百丈之外，速度奇快，虽不是风遁，但速度不下于风遁。

以两兄弟的眼力，早已一眼看出这是法道密法，有些人天生不擅长使用风遁，自有各种遁法修行。看秦天明的身形，他的修为可谓不低，比之秦骊如强了不少。两兄弟这下可吃惊非常，他们一直以为秦天明是有着家传精深武学，身手定是不弱，却没想到他竟会有如此精厚法道修为。最令两人惊讶的是，他们昨日竟都没看出秦天明会有这么好的法道修为。

这个秦天明竟能掩饰得如此之好，肯定不是什么简单角色，难怪大洪牧场存在数百年仍巍然如故，还越来越强盛。像秦天明这样，身为一场之主，表面上的举止非常，根本无人知道其有这样的法道修为，由此可知秦天明恐怕还隐藏了不少东西。能将自己隐藏这么好，秦天明做这个场主看来也不是吃素的。秦家有这么厉害的场主，大洪牧场又怎么会衰弱下去?

心中惊讶之情难以言表，但两人还是没有任何迟疑，果断跟上。

秦天明很快出了洪泽城，一路直行，没有惊动任何人，不久竟到了大洪湖畔，也不见他短暂停留，飞身遁空掠水而去，脚点湖水转眼就如离弦之箭般向湖中心疾去。

隐身的两兄弟紧紧跟住，在湖面上遁空而过，眼前竟出现了一座湖中孤岛。孤岛位于大洪湖中央一带，四处不着边际。秦天明直接上了孤岛。

两兄弟大疑："他来这里干吗？难道梵一秘匙便藏在此岛之上？"

秦天明踏足孤岛，丝毫不做任何停顿，在山间小径上穿梭如飞，显是对此地非常熟悉，两兄弟紧跟而去，随着他深入孤岛之中。

这孤岛看起来荒芜孤弃，草木枯萎也不见任何山路的影子，更是没有一点的人烟踪迹，跟了一会儿，转过一道山坳，两兄弟同时露出惊讶之色，前面不远处竟出现一个石亭，雕梁砌石。

在这么一个看来绝对不会有任何人烟的地方却有这样一个还不错的石亭。更让两人吃惊的是，如非他们修为不浅，还根本不知会有石亭，因为有一个屏蔽结界将石亭周围十丈内的空间跟外界完全隔离。结界内的一切，外面基本上没人可知，而结界外的一切也影响不到结界内的人。

秦天明进入结界法阵就不见人影，看来是被结界屏去身影。

两兄弟到了结界外，耀阳看着表面上没有什么异样的石亭，奇道："这个结界法阵的元能波动极是奇怪，竟然直到靠近二十来丈的距离，才会被我们察觉。真是不简单。"

"有得必有失，虽然这结界法阵不易被人察觉，但威力却是大大减少了。"倚弦细看一下立即瞧出端倪。

耀阳点头道："不错，我想秦天明肯定没想过会有法道高手来此，所以只求隐蔽。以我们现在的修为，这样的结界绝对别想挡住我们，我们也别在这里瞎看，进去吧。"

两兄弟依靠归元异能毫不费力地破入结界，但却丝毫没有引起结界的变化，还是一如往常，秦天明自然也无法发觉。两人进了结界，见到穿着蒙面夜行衣的秦天明，就坐在石亭之内，在他的对面还有一人坐着跟他对弈。

兄弟俩看得真切，在跟秦天明对弈的人，竟是被秦天佑刁难的半面侍女素儿。

"是她？"两兄弟同时一怔，他们怎么也没想到秦天明大半夜闲着没事会来跟那个叫素儿的婢女对弈。

耀阳压低声音，嘿嘿笑道："这老家伙是不是看上那个叫素儿的小丫头了？大半夜还出来幽会。”

倚弦没好气道：“少用你的肮脏念头去想别人，你看秦天明是这样的人吗？”

耀阳道：“嘿，那谁知道？知人知面不知心……”

“去你的……”倚弦骂了一句，懒得跟这个龌龊的家伙继续争辩下去。

棋局还没开始，秦天明却是哑着嗓子问道：“那法诀练得如何？”

素儿恭敬地道：“师父，弟子还有不明之处，还请师父指点。”

秦天明缓缓点头，还是哑着嗓子道：“为师知道此法诀甚是难明，你就算再聪明也不可能一下子学得通透，莫要心急，慢慢来。”

“是，师父！”素儿不再发出声音来，却是拈起一颗白子下在棋盘之上。

就这么几句话，两兄弟就听得大惑不解，这秦天明竟然会是素儿的师父？那为何素儿还要在秦家当婢女？

耀阳更是奇道：“秦天明已经见了徒弟，这里又没外人，为何还要蒙面？”

倚弦道：“的确是奇怪。”

耀阳沉吟道：“总觉得这事透着稀奇古怪的味道。秦天明半夜蒙面出来，来这里教徒弟素儿，偏也不取下蒙面。而素儿又是他家中倍受欺凌的婢女。”

倚弦也是想不通，疑道：“如果素儿的师父不是秦天明，倒可能是为了‘梵一秘匙’，但现在总不可能是秦天明闲着没事偷自家的东西吧？”

耀阳做出哈哈一笑的表情道：“或许秦天明就想试试‘梵一秘匙’的秘密安不安全。”

倚弦道：“你以为秦天明像你一样白痴啊？”

耀阳耸耸肩开着玩笑道：“谁知道他是不是脑子坏了。”

倚弦笑骂道：“你这小子少在那里胡说八道，我看你才是脑子浸水了呢。好好看看他们吧。”

耀阳将注意力转到秦天明师徒俩身上，却愕然发现他们在对弈中闭起双目，似乎完全屏去了外界的侵扰，专心奕奕地下棋，但每一颗棋仿佛都下得有些沉重。

耀阳仔细看着两人，更是大怔，明明见到两人之间的唇动，却听不到任何声音，不由大愣道：“怎么回事，他们应该是在讲话，为何我们听不到他们所言？”

倚弦道：“看来他们师徒两人说话有什么特别方法，可以不发出任何声响。”

“这就想难住我，嘿嘿，我得想想法子……”耀阳想起《幻殇法录》上的奇功妙法，就有几种可破密语传音的方法，立即聚精会神默运起来。

耀阳盯着秦天明师徒，双眼烁然，双手变了几种姿势。倚弦一直没打扰他，等他放下手来，才问道：“怎么样，可有什么收获？”

耀阳长吁一口气，眉头深锁，道：“奇怪，我怎么也听不到他们的一点声音。看来他们应该不是正常的密语传音，而是有其他极为厉害的法道秘术。但究竟是什么秘术，我丝毫没有头绪。屹立数百年的大洪牧场果然不简单，秦家此等秘术恐是家传。”

倚弦讶道：“没想到连你也无法探知他们的密语，秦家可还真是厉害。这样的秘术，我也从未曾听说过，应该是秦家家传的可能性较大。”

耀阳学得《幻殇法录》，倚弦遍读“琅寰洞府”，连他们也不知道，更显得此秘术之神秘。

倚弦问道：“现在我们怎么办？”

耀阳无奈道：“能干什么，只能等他们下完棋再说。”

倚弦就算再聪明也想不出其他的办法能不惊动秦天明师徒，而继续探查他们的秘密。而且兄弟俩搞不懂其中的玄虚，又不甘心就此离去，只能静静等待，当中耀阳几次埋怨秦天明师徒闲着没事，下这么久的棋干嘛。倚弦却一直平心静气地等着，丝毫没有一点不耐烦之色，甚至开始远远看着师徒俩对弈的步骤。

时间慢慢地过去，秦天明师徒在对弈中似乎更加投入，也越来越吃力缓慢。两人没有丝毫放松的倾向，仿佛这一局棋是真正的战场一般。

倚弦渐渐也被两人所布下的棋局所震撼，因为他根本无法看懂师徒俩下的是什么棋，他们之间的对弈规则显然与世俗棋弈完全迥异，倚弦虽然并未与人对弈棋局，但是基本规则还是知道的，但他现在确实越看越迷糊。

耀阳再次嘟囔道："只是一盘棋而已嘛，何必这么认真，该输的快点输吧，该赢的也应该赢了。素儿一个女人家也就算了，但是秦天明大男人一个，还这么婆妈，都快一个时辰了，竟然还没下完，真是无趣。"

"你就少说几句吧，我看他们决不是下棋这么简单。"倚弦没好气地给了他一肘，然后回望石亭，心中霍然一震，似乎感应到一种异样的灵触，心中莫名涌起师徒俩已经结束对弈的感觉，禁不住道，"他们总算结束了！"

"还说我哩，自己还不是一样这么急，你以为说结束就结束吗？"耀阳反而多出耐心来了，再次向秦天明注目望了过去。

想不到秦天明真的从几近入定的状态中醒来，伸手抹去额头上的汗珠，嘘气的沙哑嗓音传出来，道："素儿，你果然是聪颖过人，不过短短三年的时间，居然可以领悟到法诀的第七重境界，这样的天资实非常人可比。"

素儿脸色微红，忙是自谦道："多亏师父教导得好，花了三年的时间，弟子当然应该有此成就才对得起师父。"

秦天明哈哈大笑道："素儿你太谦虚了，你要知道当年为师练此法诀可用了十年的时间。以为师的天资还算过得去，但比起你来可就差远了。"

"师父说笑了！"素儿自然不会真的自以为是，她站起身来，竟然跪下身子，向秦天明道，"师父，徒儿希望能尽快离开大洪牧场，恳请师父批准。"

秦天明闻言震惊道："素儿，你这是为何，难道牧场的人对你不好吗？"

素儿摇头道："并非如此，而是素儿自己不好，总是不能让二老爷舒心，从而导致秦场主和大小姐为了素儿跟二老爷屡屡发生争执。素儿担心这样下去会影响他们之间的亲情，所以甘愿离开，免得秦场主为难。"

听了这话两兄弟对视一眼，更加难以明白，素儿竟然不知她的师父就是秦天明？这也就解释了秦天明为何跟徒弟见面还要蒙面，但因此两兄弟又产生了疑问，为什么秦天明要对素儿隐瞒身份，难道这当中有什么难言之隐？两兄弟就算智比天高，也想不通其中原因，只能作罢。

“原来是这样！”秦天明问道，“素儿，那你认为秦场主对你如何？”

素儿一怔，沉吟道：“秦场主对素儿照顾有加，倒是没让徒儿受一点委屈，素儿甚是感激他。师父的意思弟子明白，弟子定会恩怨分明，能助牧场一臂之力的时候自当报恩。”

秦天明含笑点头道：“这样就好。因你而起的本是小问题，不值得牵挂，而且也不是你的错，但大洪牧场的安危却是事关重大。素儿身为牧场的一分子，应该也为此出一份力。”

素儿应声道：“徒儿遵命。”

秦天明道：“为师相信你能做出好的决定。为师现在得回去了，这里为师布下阵法，不会有人来打扰你。你就根据刚才所悟，再在这石亭中，好好练习两个时辰，切记，此法诀不能有一日荒废，但也决不可操之过急。”

素儿恭敬地道：“徒儿知道，就此恭送师父。”

秦天明一挥袖，立起飞身离开，快如闪电地出了结界法阵，掠湖而过，径直回洪泽城去了。

看着秦天明离去，耀阳啧啧称奇道：“这秦天明真是厉害，这么快就找了个徒弟替大洪牧场卖命。难怪不敢露出真面目，原来是怕被揭穿。”

倚弦摇头道：“照我猜想，秦天明应该不是这样的人，你看像素儿这样的身份，其实秦天明根本不必骗她，她也绝对会为牧场出力甚至卖命。秦天明这样隐瞒定是另有原因才是。”

“这倒也是，不过也不管我们的事情。既然这里并无‘梵一秘匙’之秘，我们还是先走吧……”耀阳正要拉了倚弦离开，谁知倚弦却突然在他旁边发起怔来，呆呆的看着素儿。

耀阳不由诧异问道：“怎么了？”

“素柔?”倚弦大震。原来就在素儿再次坐下之时，倚弦终于看清了素儿的半张脸，无比熟悉的感觉涌上心头，她竟然跟已被申公豹所杀的素柔一模一样。难怪会令他初次见面便生出务必熟悉的感觉！但是，为什么这世上会有两个人如此相像呢?

“素柔？又是谁?”耀阳一头雾水，突然想起倚弦曾经说过的事情，恍然大悟道，“你是说老土的姐姐，在离垢城那个喜欢杨戬的丫头？你不是说她已经死于申公豹之手了吗?”

倚弦摇头疑惑道：“素柔应该已经死了，而且就在我眼前灵元俱灭，魂飞魄灭了……但是这个素儿露出的半张脸竟跟素柔是如此的相像，甚至看不出一点异处。当然，素儿自然不可能是素柔，但是长得如此相像，不知两人是否有什么关系存在呢。”

“这就不得而知哩……”耀阳摇头以示不解。

蓦地，兄弟俩耳边传来小千和小风非常急迫的密语传音，兄弟俩闻声色变，当即不再有丝毫停留，耀阳和倚弦两人大惊失色，顾不得再观察素儿，立即出了结界，风遁全力施展出来，火速赶向牧场。

原来是小千和小风兄弟领着小队在牧场外围巡夜时，忽然遭遇兵马围攻，其中甚至有法道高手参与，两人甫一接触就觉得吃不消。

转眼到了牧场兵营，耀阳当场仰天长啸，大吼一声道：“大洪牧场所有将士，全军集结，敌军夜袭，就在牧场外围东北方!”

顿时间，洪泽城内战鼓擂动，所有兵营灯火通明，人声沸腾，所有兵马都开始集结。

两兄弟在用啸声提醒牧场兵马之后，立即率先赶去小千和小风所说之处。他们还不想被揭穿身份，自然要回去找到小千和小风，而且还怕两人有危险。毕竟对方也有法道高手，加上大批兵马，小千和小风法道增进虽快，也绝不是对手。

循着打斗叱喝声的源头觅去，兄弟俩很快到了激战处，只是就这么一会儿时间，一小队人早就被杀死，小千和小风凭着从耀阳那里学的一些法道修为，勉强保住自身狼狈逃回。

追在小千与小风身后的是几个法道高手，其后更带着几百精悍的先锋兵士冲来，最后可以看到就是很远处一群密密麻麻的黑影，或许是因为已经惊动洪泽城的兵马，所以一时间所有人马全都燃起火把，竖起旗帜，远远看去正是宋侯旗号，其迅速涌来之势，绵延整个洪泽岭方圆数里，看起来少说也有万余兵士。

幸而小千和小风的逃跑功夫拿手，总算没被围上。抬眼看到师父和师叔赶到，两小子跑得更快，一会儿工夫就到了耀阳两兄弟身后躲起来。

耀阳一眼扫去，发现对方的几个法道高手中没有一个熟人，尽是一些身形魁梧的妖魔高手，当即从小千手中接过一把断戟，迎上其中一名法道高手就是一戟，无匹的元能向对方狂猛冲过去。

那名法道高手虽然有点手段，但怎么能与耀阳相比，甫一接触，便被耀阳的浑厚玄能震伤，若非耀阳存心隐瞒实力，只是那家伙的这点元能怕是早就死了。

耀阳随手再一击，戟风如雷展出，又将一人击飞。如此修为，顿时吓得那几个法道高手后退几步，倚弦则乘机冲入几百先锋兵士之中，拳脚大展。他虽不如耀阳通晓兵法，却也知道如果让这悍不畏死的上百先锋在牧场军队集结前冲入牧场，势必形成一场混乱，这极有可能会导致牧场被破。故而这时他也不能再有怜悯之心，拳脚击出，敌人非死即伤。

小千和小风方才受尽凌辱，此时也挟愤冲入这些先锋兵士当中，他们虽然对着那几个法道高手寡不敌众，但是配合着耀阳和倚弦阻杀这些普通兵士却是易如反掌。

耀阳乘着一鼓作气，飞身强悍出击，断戟如狂风扫出，不一会儿就将几个法道高手击毙或击伤。暂时没有法道高手的威胁，就立即跟数百先锋兵士战在一起，手中断戟成了勾魂之物，舞得风起云动，呼啸声如厉鬼哭嚎，出手便是数人被杀。即使强如这些精悍的先锋兵士也有惊惧之色，若非他们早已下了死心，恐怕已经不战而逃。

耀阳和倚弦却大为着急，他们断不能放这些人进入牧场，但是如果他们凭几人之力硬将这数百强悍无比的先锋兵士阻在此处，兄弟俩法道修为高绝的秘密就绝对不可能再掩藏下去。

不过马上他们就放心，就在这时，附近驻扎的几百名守卫已经赶到，耀阳和倚弦大喜，等牧场守卫跟敌军接触后，就立即互打了个眼色，拉扯着小千和小风退出战场，还故意搞得大汗淋漓，又让身上添几道无关紧要的伤口，显得是一番拼死血战、差点就要殉身的模样。

耀阳还大口喘着气，对看顾他们的一个将领道："幸亏你们赶到，再过半会儿，我们可就完了。"

那个将领佩服道："你们已经非常不错了，不但能以这么少数人挡住他们的凌厉攻势，还及时向牧场通报。今次应算大功一件了！"

耀阳和倚弦作势休息一下，掩藏了实力再次冲入敌军阵中，配合牧场兵士将对方的前锋人马杀了个丢盔弃甲。

有耀阳、倚弦两人不着痕迹的帮忙，加上对方法道高手无法参战，训练有素的牧场守卫拼死挡住敌人，奋不顾身地将敌军一一斩杀。而耀阳和倚弦总能在关键时候有意无意地破坏敌军的阵形，让对方难以联手攻击。这样下来，敌军大是吃亏，布阵整齐的牧场守卫大占上风。

一番血战之下，敌军的前锋兵马已经无法再支持下去，最后剩下百余人退走了，留下一地已经敌我难分的尸身。而此时牧场守卫也不可能收拾这一片血腥战场，因为大批敌军主力已经逼近。

第一百一十七章　牧场风云

仅在两三里外，军容鼎盛的敌军黑压压的一片蓄势已备，在黑夜中像是择人而噬的凶猛巨兽，虎视眈眈地盯着大洪牧场。

“退！”守卫主将知道敌军之势非他们之力可挡，当机立断，立即下令放弃第一条防线。这种情况下，他们这几百人根本不可能阻挡敌军前进的步伐，还不如暂退保存实力。耀阳暗中点头，无疑这是最明智的做法。

当他们一众将士退到第二条防线时，牧场军队已经集结完毕，主将莫凌风先是夸奖两人几句，然后安排大夫替他们包扎伤口。

五千余将士已经准备完毕，老当益壮的莫凌风全身铠甲，站在大军前面，大喝道：“我大洪牧场的英勇将士们，我等一向安定和乐，不与人争。如今，竟有宋镇贼子敢来侵犯我大洪牧场，想侵占你们的财产妻儿，你们肯吗？”

“不肯！”五千将士轰然而应。

莫凌风喝道：“那就追随老夫拼死杀敌！”

“拼死杀敌！”整个校场响声震天，士气鼎盛。

此时宋镇兵马已经赶到，二话不说，无数战车满山遍野疯狂冲来，轧得草原发出呻吟之声。莫凌风一直没有下令，仅是盯着对方攻来的势头。

当对方仅在里外之处时，莫凌风蓦然暴喝道：“牧场将士们，给我杀！”

“杀！”城门洞开，四千将士驾驭着战车向敌军迎面冲去，声势浩大丝毫不输给宋镇兵马。

这时耀阳已和倚弦出来观看，耀阳沉吟道：“奇怪，莫将军为何要等这时才令全军启动迎敌，这样的话，牧场战车恐怕无法发挥借助冲刺之利，不给敌军一个机会了。”

正当耀阳奇怪之时，宋镇的战车竟突有迟滞缓速。耀阳一看惊道：“原来如此，莫将军熟知此处地形，早料那里会阻敌军一下，所以等到这个时候才下令全军冲杀。这莫将军果然有不少才能。”

其实草原看起来平坦得很，没有过高斜坡，但是毕竟不可能完全平缓。只是在这黑夜中，谁都不知道哪里高哪里低，又或哪里易行哪里难进。莫凌风在牧场多年对这一带地形已经一清二楚，早知那一段有相对较高的斜坡，而且还有些坑洼，决不利于从牧场外进来。前面宋镇兵马不知底细，一味前冲，遇到此地坑洼加上前面是高坡，自然会迟缓。后面的战车被前面所阻，也不得不慢下来。

莫凌风把握时机极佳，就在宋镇兵马的战车变缓之际，四千牧场将士已经冲到。宋镇战车已缓，加上要逆着高坡而上，冲刺力大大减少。而此时全力发挥速度的牧场战车借着顺斜坡而下的冲力，顿时大占便宜，借着强势的冲击，尖锐的长戟将宋镇兵士尽数挑飞。

两军交错，惨叫声连天而响，车翻马毙，双方将士身体横飞，触目惊心的猩红血花飞溅而起，瞬间在这一片草原染红。黑夜中，鲜血的痕迹并不明显，但是那强烈刺鼻的血腥味却无处不再。

黑夜之中，双方的血液沸腾起来，疯狂的情绪需要发泄。所有人都奋不顾身地向敌人斩杀，杀不了对方，自己就得死。

牧场将士首次接触就大占上风，以绝对优势击杀不少宋镇兵士，不由大为振奋，士气如虹，向对方杀去，他们大部分人长期在草原之中，对这里的地势决不陌生，往往可以避开坑洼一带。

宋镇兵马虽多，可惜气势已被刚才一击所夺，加之不了解地势，常遇到水坑泥潭，车身会不由自主地倾斜，使得车上兵士一下子站立不稳，本来并无很大关系，但在双方交战中，谁都是拼命而为，就这点小问题往往就性命悠关。

人数上占优的宋镇军队，就这一转眼的时间，吃了大亏，兵马战车损失不计其数，士气难免有所低落。而此时莫凌风已经亲自带领剩下的一千将士也驾驭战车从侧面出城冲向敌军。

宋镇兵马还不及重整军队，又有大批战车冲杀过来，将他们整体的队形从中切开，在这漆黑夜里，茫无头绪的作战，这无疑是对他们的致命一击。数以千计的宋镇将士被牧场将士的长戟挑起，鲜血染红所有人的脸容衣甲，倒地的兵士即使暂时不死也被战车无情地轧过，杀红眼的兵士绝不会有一丝不忍之色。

形势完全是一面倒，宋镇战车一辆辆拉着马匹倾倒，兵士一个个坠车身亡，这草原上大部分的血和尸体是宋镇的。若非宋镇军队兵力实在占优，还能抵住，此时恐怕已经溃退。

承受这一击，宋镇的主将也知大势已去，鸣金声起。士气低落的宋镇已经迫不及待开始退走，黑压压的一片兵马仓皇离去，士气一片低靡，声势比起之前进攻时判若两军。

“杀!”乘此机会，莫凌风仰天大喝，带着牧场将士向敌军衔尾追杀而去。

看着眼前的形势一片大好，耀阳吁了口气道：“赢定了！以莫老管家的能力，定能见好就收，宋镇即使退兵时布下任何圈套，也决不会难倒他老人家。”

耀阳与倚弦相视一笑，总算还是帮了牧场一个忙，心中的愧疚多少好受些，便带着小千与小风回兵房，名正言顺地去休息了。

果然，天色微明之时，莫凌风已领兵回到洪泽城，他带兵追到牧场势力范围的临界处就撤了回来。这一战，牧场将士战死五百余名，二百多人轻重伤不等。但是宋镇兵马却至少死伤两千以上。

这一战，大洪牧场可谓大获全胜，宋镇夜袭不成反而损兵折将。

莫凌风回到城中兵营，耀阳和倚弦随即被唤到校场去，校场上全军集结，火光将清晨仅剩的一点黑暗驱散。校场前面的点将台上除了莫凌风等几个将领，还有秦天明和秦骊如肃立一旁。

耀阳和倚弦被一队兵士带至台上，秦天明满意地看了看两人，却没有说话，秦骊如满脸欣然地点头道："小阳、小易，这次你们做得很好。能及时报警并拖住敌军，让我军迅速做出反应，取得这一场夜袭的胜利。如无你们处理恰当，牧场可能会面临危机。这次因为你们居功甚伟，特奖励你们十铢金锭，连升两级，升为百夫长。"语罢，她轻挥玉手，身后的兵士便将奖赏端了上来。

"百夫长？"耀阳和倚弦心头暗自好笑，西岐的护国大将军竟被任命为一个管辖百人的小官，但表面还是做出大喜过望的模样，面向全体兵士道："多谢小姐和莫总管的栽培，其实这都是众位将士的功劳，我俩不敢居功，尤其是那些在这场保卫战中死难的将士们更应该受到嘉奖！"

秦骊如闻言更是欣赏有加，道："居功不傲，两位真是难得。那些死难将士自然是必须嘉奖的，不过两位之功众人可见，牧场素来奖罚分明，所以你们必须接受牧场给予的奖赏！"

两兄弟不好再作推辞，他们虽然不将这些身外物看在眼中，但是既然已经面对牧场全军，自然要做足样子才行，便接受了赏赐，再又齐声向秦天明父女以及莫凌风致谢并以示忠诚。

秦骊如又赞扬两人几句，之后又褒奖全军将士。秦天明身为场主却只是说了几句场面话，大部分时间都在让秦骊如发挥主将之风。看得出秦天明对其女的有心栽培与支持。

奖赏完毕之后，全军休息，秦骊如等人自去议事，却让两兄弟好好休息，莫要太过操劳。耀阳和倚弦自然明白她始终存在顾忌外姓的戒心，不过兄弟俩真正的目的并不在这里，也就无所谓了，于是告退去兵房休息去了。

回去的路上，倚弦沉思道："没想到宋镇还真的敢犯险攻击大洪牧场，而且动作竟会这么快！"

耀阳咧嘴笑道：“不用说，肯定不是为了‘梵一秘匙’的秘密这么简单。因为就算宋侯拿到‘梵一秘匙’对他而言也没用，我看真正想得到‘梵一秘匙’的人肯定是魔妖两宗之人。”

“没错。”倚弦点头道，“宋镇决不会为了一个传说中的‘梵一秘匙’，得罪能供应大量战马的大洪牧场，而是借着妖魔的撑腰，试图一口吃下整个牧场，壮大己方的势力！”

耀阳点头分析道：“宋镇虽然提到想要谋夺大洪牧场，但事实上就算他们拿下了大洪牧场，一时间怕是也没什么好处，秦天明父女怎会让自己辛苦养出来的这批战马拱手让人？即便抱着同归于尽的心思也绝不会让宋侯得逞。所以宋侯得一个空牧场又有什么用呢？现在唯一的可能就是魔妖两宗的人在背后操纵，而昨晚的兵马如此轻易便被击退，我想其中定然还有其他镇侯的兵力参与，如此一来自是意见不一，才会导致昨晚兵马冲突时出现一军退，全军退的溃败局势，料想这也应是魔妖两宗的人从中挑衅的结果。”

倚弦赞同道：“小阳，你说的不错，真正想得到‘梵一秘匙’的人肯定是魔妖两宗的人，但究竟现在有多少妖魔参与其中，又或是已经引发所有魔族前来探听虚实了呢？”

耀阳摇头道：“这点就很难知道了。虽然那日猪头三等人出现过，可以确定所谓的‘梅山七圣’肯定有参与。但是‘梅山七圣’本身有一定势力，跟九尾狐有勾结，又是通天教主的人，通天教主跟陆压也有些牵连，说不定这‘梅山七圣’跟其他几个老家伙都有勾搭。也有可能是几方魔妖两宗的人都分别渗入宋镇也未可知。毕竟‘梵一秘匙’乃是魔妖两宗觊觎甚久的物事，所以想起来丝毫没有头绪，真是头痛。”

倚弦沉吟再三道：“此事很麻烦，魔妖两宗的插手让事情变得更加棘手。”

耀阳环视整个营地，道：“大洪牧场防备不错，又有地势之利，兵力虽少，但对驾御马匹方面甚有心得，实力未必会比宋镇差。而且还跟附近两个不小的侯镇联姻，宋镇想要硬攻打下大洪牧场的可能性不大。所以军事方面不用担心，真正头痛的是魔妖两宗，他们怂恿宋镇出兵，恐是想制造混乱，以便魔妖两宗的人混入牧场偷取‘梵一秘匙’。”

倚弦自然同意，道：“你说得不错，魔妖两宗的人诡计多端不可不防。可能他们真有办法能取得‘梵一秘匙’也说不定。”

耀阳不屑一顾地撇撇嘴道：“这些笨家伙想要偷到‘梵一秘匙’，这是在做梦，他们只会瞎捣乱。我头痛的是万一他们搞事，多半会暴露我们的身份。”

倚弦担心道：“你别大意，魔妖两宗的人绝非易与之辈，不想想他们能跟神玄两宗对抗这么久，没有点厉害手段怎么还能撑下去?”

“魔妖两宗?”耀阳发出一阵冷笑，他自忖对二宗的手段见识得多了。

两人走得不快，像是闲暇散步一般，到了他们所在兵房之时，天色已经大亮。小仙、小千与小风三人正等着他们。

大家围在内室桌前坐了下来。

小仙见耀阳眉头微皱，似有难解之事，便问道：“耀大哥，你有什么事么?”

耀阳对于他们当然不会隐瞒，将事情原原本本说了出来，道：“就是为了‘梵一秘匙’的事，现在完全没有丝毫头绪。”

小千道：“‘梵一秘匙’据说这是天地奇宝，是玄宗第一宗匠朴抱生所创，当年妖宗中曾有传说，秘匙所用的原材料来自神宗女娲的补天石，制成后功用无比，能解天地三界任何密宝禁制。相信有了‘梵一秘匙’，以师父和师叔的修为，三界之中难有什么禁制能让师父和师叔却步。”

耀阳含笑问道：“那请问，‘梵一秘匙’现在在哪里? 它是什么模样呢? 究竟怎样才能打开各种禁制呢?”

小千讪讪道：“这个我不知道，传闻‘梵一秘匙’早已在三界中失踪千百年。”

耀阳没好气地道：“你刚才所说的一点用处也没有，况且‘梵一秘匙’

现在在哪里，这是我们现阶段最应该确定的事情。你们谁又知道？”

几人都是摇头，除了道听途说的一些，这里没有谁对“梵一秘匙”有所了解。耀阳和倚弦对视一眼，知道这事肯定讨论不出什么结果，只能就此摇头作罢。

耀阳沉吟一阵，道：“既然大家都没其他线索，那现在就只能从牧场着手了。小千、小风，这次就看你们的，我要你们以千里眼和顺风耳的天赋随时监控整个牧场的动静。这样的话，不但能监控到魔妖两宗是否出手，或许还可能就此得到关于‘梵一秘匙’的消息。”

“知道了，师父！”小千和小风苦着脸答应，这项任务绝对不是说说那么容易的，毕竟兄弟俩的修为有限，而整个洪泽城乃至大洪牧场的距离之大，已经足够他们俩花费不小的工夫去详加注意。

这时，营房外有一兵士禀报道：“报，大小姐有请阳百夫长！”

“知道了，请稍等，我更衣后就去！”耀阳随口胡诌道。

“看来这个秦骊如八成是看上你了。”倚弦压低声音打趣道。

耀阳笑着回敬倚弦道：“放心，我虽然这么吃香，但是一定不会忘记好兄弟，到时候自然会在场主面前帮忙撮合你与素儿！”

“去你的……整天歪脑筋！”倚弦大感吃不消，抬脚将耀阳送出门。

尽管兄弟俩不停打趣，但是小仙在旁仍是紧张地小声道：“耀大哥，他们叫你过去，会不会有什么事？你千万要小心！”

耀阳一笑，道：“放心。秦骊如此时来叫我过去，不用说，定是为了问些关于牧场防卫方面的问题。看来表现表现还是有用处的。有可能还能从他们嘴中探听点消息出来。而且以我的修为，他们就算有阴谋，我也不放在心上。”

倚弦提醒道：“哪有这么容易，你自己小心应付，千万别暴露身份。”

“放心了。好歹我也曾经是西岐的大将军，难道连这点小场面也应付不来？”耀阳哈哈一笑，起身走出兵房，从容地随那名兵士去了。

倚弦见小仙仍是有些忧色，便开解道：“小仙，你就别这么忧心了。

小阳这小子，别的不行，诡计脑筋却特别多。别人不上他的当就该烧高香了，谁还想骗他，哪有这么容易？何况整个牧场还没有能在他手下走过几招的法道高手。”

小仙听得“噗哧”一笑，她对倚弦的话自是深信不疑。

看到小仙笑靥如花，倚弦却想起同样可人的女子素柔，进而又想到半张脸跟素柔几乎一模一样的素儿，顿时心事重重，舒了一口气，道：“你们就在兵房内待着，小千与小风注意警戒，我呢，出去散散心！”

小仙等三人点头称是。

倚弦出了兵营，漫无目的地向前走着，心中浮现的是素柔和素儿两个人，思及素柔惨死在他眼前，却又想起为他而死的姮姮，也想到婥婥和幽云，一时思绪如潮，心中久久不能平静。

突然听得马声嘶鸣，他抬头四顾，原来不知不觉中竟然到了大洪湖畔。虽然经过一宵激战，战场血流成河，尸横遍野。但是大洪湖还是那么平静，牧场的日常沐马、驯马等事务依然有条不紊地进行，冬日的晨午，给人感觉特别的清新，人们来回忙碌，似乎丝毫都不担心宋镇兵马是否会再来。

看着眼前平和朝气的景象，倚弦长吁了一口气，心情略觉舒爽。转头四顾，发现湖畔正有不少牧场女眷在洗衣，眼光顾盼之间却看到一个熟悉的身影。倚弦心中一怔，定睛向那名女子看去——竟是素儿。

长发遮住半面的素儿正在湖边洗衣服，倚弦没想到正想着她的时候，偏又就在这里遇到了，心中又想上前问询，但是细细一想，他凭什么去问呢？难道就因为她半张面孔像素柔吗？

倚弦犹豫不决，站在湖边，愣愣地看着素儿，不知该做些什么。

微微清风轻轻掠过平如镜面的大洪湖水，轻抚在湖边每个人的脸上，舞乱三千愁丝，倚弦伸手将额头垂下的长发撩起，却骤然发现这阵舒心的清风也将素儿遮脸的乌亮长发拂起，露出那一直被遮住的另一半玉容——

倚弦终于完全看清素儿的脸容。

此刻，倚弦原本平静下来的心境再次掀起浪涛，莫名震撼地看着素儿。他虽然已经有了心理准备，但还是被眼前的情景所震，光滑有若凝脂的脸庞并没有素儿自称的伤痕，而且那秀眉、那双眸……她的长相竟与素柔一模一样，几乎没有丝毫的偏差，两个人就像是一个模子中刻出来的一般。

世上竟会有两个人如此的相似，如同一个人般。如果不是素柔千真万确地死在了自己的怀中，倚弦几乎会认为她便是素柔。

震惊失措的倚弦盯着素儿，一时没有任何掩饰。素儿亦是法道修行者，自然不会忽视这愕然而灼热的目光，立即感应出来，警觉地扭头朝他看去。

倚弦还未从震惊中反应过来，于是没有任何避讳地正面对上了素儿的目光。四目交织，素儿却只是匆匆一眼瞥过，眼神似有慌乱，她立即端起洗衣木桶起身，然后转身就匆匆离去。

一见素儿要走，倚弦不知为何心中大急，赶忙快步赶上，拦在素儿前面。

素儿一惊，却又马上恢复镇定，低头恭声道："不知这位公子拦住奴婢有何事?"口气甚是卑下，完全是一副下人的语气，显得楚楚可怜，让人感觉太过的逼迫着实是一种罪过。

倚弦张开口却说不出话来，一时不知该怎么讲，半晌才实话实说道："请姑娘恕易某无礼，在下无意冒犯，只是发现姑娘与在下一位故友甚为相像，故此不自觉地做出此等不雅的举动，还请姑娘恕罪。"

"原来是这样！如无其他事情，奴婢想这就告辞!"素儿微微一笑，不置可否，向倚弦福了一礼转身就走。

倚弦伸手想要留她，但最终欲言又止，只能颓然放下手，站在原地望向素儿离去的背影，心中忽而又想起了昔日死在自己怀中的素柔，胸口顿时有些气闷，莫名的竟有一种如鲠在喉的伤感。

正当此时，倚弦迷失在伤感中的心神蓦地一震，归元异能的警觉突生，敏锐的触觉让他立即察觉到不妥，原来在他心神恍忽之际，居然有数道妖能劲气奇袭而至，杀机盈然。

倚弦立即清醒过来，提起元能防备，双眼如电四扫，但身周数丈偏又没有任何动静，一切都风平浪静，似乎没有任何可能发生的异状。

但这些伎俩如何瞒得过倚弦，他立即断定理应是妖魔隐遁而至，当然来意肯定不善。倚弦冷笑一声，不动声色地一拂袖，瞬间布起“绝龙壁”，突然而来的妖能结实地击在“绝龙壁”上，惊起一阵强烈的元能波动。

倚弦着实地接了这一击，身子却稳如泰山，丝毫没有颤动一下。他双眼发出骇然厉芒，厉喝道：“妖魔宵小之辈，给易某滚出来!”一挥手，冰火异能斩出数十道风刃飙出，将周围十丈内的范围全部封死，不让任何妖孽有脱身余地，却也不会伤害一个牧场的人。

以倚弦连幽玄等辈也要忌惮三分的修为，这些偷袭他的妖物，如何能在隐身下躲避，慌忙纷纷现身全力躲避。

看着这些狰狞无比的妖物，倚弦立即运起元能，长啸示警，高声叱喝道：“何方来的妖孽，敢来牧场逞恶，牧场将士们准备迎敌!”

所有妖物本欲隐遁行凶，如今知道行踪被查知，便不再隐藏纷纷现身，从大洪湖中窜出袭向倚弦，数十上百妖物不再顾忌，露出各种千奇百怪的狰狞面孔，大部分的妖物还没有化成人形。

这些妖物奇形怪状，样子凶恶得很，更胜噩梦中的凶残怪物。湖畔原本还比较平静的一众人等顿时像是炸开了锅一般，纷纷大喊出声，惊骇无比地四处逃窜，即使一些守卫兵士也惊惧逃开。他们原本都是尘世普通人，突如其来地面对这些不知来历的凶恶妖物，自然惧怕无比。

面对大批忽袭而至的凶猛妖物，倚弦岿然不惧，稳稳地站在原地，迎面就是一记手刀斩出，强悍无匹的冰火异能汇成一道无比庞大的冰寒剑气斩出，将首当其冲的几个逞强妖物当场击毙，溅射的剑气余劲疯狂前冲，剩下的那些妖物知道厉害，立即吓得左右急避，剑气直冲入大洪湖，惊起十数丈的惊人水浪冲上岸来，水花飞溅在空中形成异样的绚丽景色。

倚弦再又断喝一声，双手闪电拍出，强势的冰火异能化成铺天盖地的剑势，将左右两边的妖物尽数击退。没有一只妖物能近得了倚弦的身旁，剑气风刃如暴风骤雨倾出，攻势如潮，转眼又有几只妖物被倚弦击毙。

那些妖物也有不低智慧，一见倚弦法道修为极高，它们也不会傻到白白送死，立即转移目标，纷纷扑向手无寸铁的妇孺和惊慌失措的牧场兵士，大肆残杀毫无抵抗能力的人，利牙尖爪将一个个人活生生地撕裂，鲜血洒得遍地都是。

倚弦见此等情景，不由睚眦俱裂，怒气如滔天浪潮，难以遏制，暴喝道："妖孽敢伤害无辜?"立即痛下杀手，剑气毫不留情地斩出，挥手就是无比杀招。

围着倚弦的妖物无不是修为较高的人形妖物，十多只妖物联手，实力不弱，极为难缠。但即使如此，它们也抵挡不住悲愤填膺的倚弦全力而为。有如实质的惊人剑气猛然斩出，又将一只躲避不及的妖物硬生生劈裂。一道剑气未尽，倚弦又再次挥出一片冰寒刃锋，混着锋利风刃的"寒星变"猛然展出，出手狠辣无情，转眼趁着妖物慌忙，又一举击毙两只妖物。

除了被十多人形妖物缠住的倚弦外，慌乱逃窜的人群中，唯一有能力足以跟妖物缠斗的就只有素儿了。原本以素儿的身手完全可以顺利逃开，但是她怎么可能会不顾牧场的民众？一开始出事她便立即开始照顾妇孺，疏散她们赶快逃开，于是她自然而然难以避免地跟妖物正面对抗上了。

素儿虽然修行法道的天赋不低，但是毕竟时日才不过几年时间，根本没有任何法道对抗的经验，甚至还不善于利用本身的法道能力作战，此时面对五六只凶悍妖物，她仅能凭着精奥的护身法诀勉强自保。

但那些妖物的强悍战斗力绝非一般人可比，五六只合力对付一名左支右拙的女子，好半晌仍然奈何不了，更是凶性大发，不惜自毁其身来攻击素儿。如此一来素儿已经开始愈渐不支，几个回合下来不慎被一只妖物用爪子将她的肩膀抓伤，三道血痕皮开肉绽，鲜血如注外流。

素儿吃痛不由疼呼出声，身形一阵踉跄，受伤之下，形势更是岌岌可危。

倚弦顺手斩掉一只妖物的头颅，耳边听到素儿的疼痛呼声，心中一惊，回头看到她肩膀受伤严重，被几只妖物逼得步步后退，不由大急，但他身周偏又围拢十数只，却是顾不得再隐瞒身份，蓦然厉喝一声，挥手祭出龙刃诛神，龙形剑气发出一阵龙吟怒啸，威力倍增，光彩耀眼，瞬间将措不及防的三只妖物斩杀。

在素儿骇然惊呼声中，倚弦脱出重围风遁而至，龙刃诛神斩出剑气狂潮，将迎面的两只妖物无情吞灭，妖物灰飞烟灭，连一点渣滓也没有剩下。手持龙刃诛神的倚弦根本不是这些妖物所能抗衡的，冰寒剑气纵横方圆，不久就将附近的妖物尽数斩杀。

素儿没想到倚弦竟有如此修为，不由大为震惊，看着倚弦正要道出谢意。但是倚弦却飘然如风离开，截住那些正在追杀无辜妇孺的妖物，龙刃诛神决无留情地斩出，不久又击毙十数只妖物。此时，大部分牧场中人已经逃离湖畔范围。

倚弦继续阻杀那些妖物，却听得湖水骤响，回首一望，竟有更多的妖物从大洪湖中跃然而出，妖物数量之多绝非倚弦一人在一时间可以顾及得来。倚弦不由大急，因为这样下去，他自然不怕危险，但整个牧场都恐怕会遭到妖物残害。

素儿也到了他的身旁，脸色苍白地问道："该怎么办？"

"看来只能顶上了！"倚弦无奈摇头，毕竟他一个人也救不了多少人，所以面对如此窘迫的境地，他也是束手无策。

正当倚弦大感头痛之际，耳际却传来耀阳的传声："小倚，快点离开沿湖半里范围，嘿嘿，老子要让那些不知死活的妖孽吃点苦头。"

倚弦精神一振，回头看向牧场高处，却见百步外的耀阳站在一个很高的斜坡之上，正指挥着百多名弓箭手布成一个法阵，只看弓箭手排成两排，搭弓拉弦，利箭对准冲来的妖物，随时准备。

虽然一时不清楚耀阳会如何对付这批皮糙肉厚、甚至拥有妖能护界的妖物，但倚弦对耀阳的能力还是非常信任，立即喝道：“我们走！”一把拉住素儿的手，风遁而起。素儿不及反应被倚弦拉起，虽然飘如柳絮般轻掠而起并无多余身体接触，却仍是不由感到脸色发烫。

与此同时，所有妖物齐齐扑至，渐近弓箭手射程距离之内，耀阳手势一挥，大喝一声道：“第一组，射！”随着耀阳的号令，前排弓箭手的利箭劲射而出，恍若流星一般划空而落，由高处飞速落下，经过超百步的距离，尽数射在妖物身上。

那些妖物似乎有所倚仗，就算利箭近身也并不移动身躯，似乎对这些凡俗之物颇为不屑，甚至更有些妖物仰天嘶鸣不已，态度极其嚣张。但是它们万万没有想到的是，数以百计的利箭在临近那些妖物护体结界时，竟显出白光玄芒，然后深深钉入妖物体内，溅出墨绿色的体液。

顿时间，所有中箭的妖物纷纷哀嚎着，翻身摔倒在地，显然是承受不住体内所中符箭的玄能，先是在地上不住翻滚，最后顷刻便化成一摊浓水。

耀阳回身朝倚弦挥出必胜的手势，嘴角浮起傲然笑意，因为所有箭枝上被他花了很大力气加上了玄能法符，所以对付这群修为不算很高的妖物而言，实则已经具有无比的威胁力。

倚弦知道耀阳从《幻殇法录》中学知各种异术，对付这群妖物自是不在话下，风遁至安全地带，这才放落素儿的柔荑。

素儿早已有些面红，低声致谢道：“奴婢多谢公子相救！”

倚弦摇头轻笑以示没什么，然后关切地问道：“你没事吧？肩膀的伤势怎么样？让我帮你看看……”说着正要帮忙看看伤势，却被素儿一缩肩避过了。

“一点小伤，不碍事的。”素儿说罢，已经自行止血，然后道，“奴婢这就回去敷药，告辞了！”她抬眼见到秦骊如正在一众随从的促拥中从旁近赶过来，便快步闪身离去。

倚弦知道她不想被秦骊如看穿隐藏的修为，才会这样匆匆而去。而他却被方才素儿拒绝接受自己疗治的行为所震，那瞬时的表情更是像极了素柔，他的思绪不免又想起了当日在“琅寰洞府”中的情景……

“第二组，射!”见到剩下的妖物叫嚎着继续前冲，耀阳下令后排的弓箭手齐齐射击，一整排利箭激射而出，钉在前冲而来的妖物身上，顿时间又射杀了一批。不少妖物开始后退，但更多的妖物还是悍不畏死向前冲来。

而此时，前排的弓箭手早就再次搭箭准备完毕，再次给妖物以狠厉的射击。

妖物的强悍凶残毕竟非常人可比，第三波的弓箭射击后，数十只妖物借着同伴的身体阻拦已经冲到离箭阵约二十步左右的地方，但是他们再次前冲之时，竟霍然撞到了一股无形气墙，被强大的元能反弹而回。

这时，第四波的弓箭射击已经袭到，二十步的距离对于弓箭来说更俱准星，立时间除了一些动作奇快的妖物迅速逃窜外，其他的纷纷中箭倒地。

耀阳得意地大笑道：“愚蠢的妖孽，你们以为你家耀爷爷会不防到这一手，早就布下结界了，凭你们这点本事，没有一炷香的时间别想破阵，哈……第一组，继续射!”

于是，再一波利箭扑出，那些妖物已经被吓得骇然失色，别说破阵仅需一炷香工夫，就算半炷香不到的时间，这些弓箭手已经足够将他们射杀数次。

此刻眼见功败垂成，这群妖物只要没死的、还能动的，都立即转身逃向大洪湖。它们悲嚎着跳入大洪湖之中，水遁而逃，当然仍还有剩下一些妖物妄想着冲杀过来，但耀阳岂会让他们如意，手势轻挥，箭阵便将它们尽数射杀。

倚弦已经回过神来，到了耀阳身旁，见小千与小风都在箭阵当中，他们俩的箭术虽然不怎么样，但是凭着修为非普通人可比，杀的妖物还是较多。

耀阳用肩膀撞了一下倚弦，邪邪笑道：“小子不错嘛，这么快就来了一个英雄救美，是不是看上人家小姑娘长得妙不可言哩!”

倚弦闻言气结，回道：“你能不能思想纯正点，只知道胡说，我救她那是因为素儿长得很像素柔而已，再说就算任何人这时遇险我都会去救，莫说是她了，你小子就会胡思乱想!”

“不要狡辩了!”耀阳双目玄芒似乎望进倚弦心中，道，“如果说没什么，如果说你一视同仁的话，那我问你，如果当时还有别人同时在遭受妖物攻击，而且伤得更重，请问咱们的小倚哥，你先救谁?”

倚弦闻言一怔，愣在当场，心中的确被这个问题难住了。

耀阳大笑着拍了拍倚弦的肩头，道：“小倚，好好想想，如果是真的有意思，千万别让自己错过了！如果有什么不懂的，来问我就行，这方面我比你在行!”

“去你的!”倚弦反应过来，知道自己被耀阳套住话了，只能干咳两声，指着前方道，“你别瞎搅和，这个时候还开什么玩笑，正事要紧，我不打搅你了，小心对付那些妖物。”说完，忙不迭地离开耀阳身边。

耀阳哈哈大笑，再次下令，满天箭雨激劲倾出，射得那些还心存侥幸的妖物痛叫连天。耀阳也算久经沙场，对付这群毫无组织、各自为阵的妖物自然是得心应手，很快将剩下的妖物尽数剿灭。耀阳挥扬叱喝，一时威风尽显，仿若是面对千军万马也丝毫不惧的大将。

耀阳指挥若定的神态被旁边的秦骊如看在眼里，不由芳心暗震，知道自己还是小看了这个家伙，能如此镇定地将这批妖物轻松剿灭，绝非常人。她心中不由起疑，这个叫小阳的家伙究竟是谁？竟有如此能力。

秦骊如已经确信耀阳两人肯定是在撒谎，他们绝对不可能是附近村镇的普通人，至少两人那法道修为还远在身为九天玄女弟子的她之上，甚至连三界四宗中那些青年俊彦也比之不上。想起这点，她不由大为气恼，这两人竟然一直骗她到现在。

当然在这个关键时候，她自是不便出去质问兄弟俩这些问题，当即挥手示意所有随从兵士止步，静静的在稍远的坡地上观望湖畔的境况发展。

一刻钟过后，妖物已经不再从湖中窜出，耀阳和倚弦各自默运元能感应一番，知道那些妖物已经退走。耀阳吁口气道："幸好它们退走，如果再拖些时间，那些法符箭枝就不够用了。"

倚弦奇问道："这么短的时间，你怎么能做出如此多的法符箭枝？"

耀阳一笑道："你以为我龙腾大将军是白做的啊？既然魔妖两宗的人插手，自然要预防此种情况。所以我昨晚让小千与小风特地去预备的，谁知今日正好派上用场，说起来也是这些妖物命不逢时！"

倚弦诧异地望向坡地上的数百名兵士，道："怎么只有这么些人？如果万一你顶不住怎么办，秦家父女不会是这么相信你的能力吧？"

耀阳道："那也是没办法的事情，就在之前得到消息，宋镇再次集结兵马准备强袭牧场，莫老要率全军应战，已经无暇顾得了这边。而我听到你的传音后自是计算精准，才会在秦家父女面前做出保证，不管是否做得到，他们只能让我过来抵挡一阵再说！"

"原来如此！"倚弦点头道，"不知那边现在怎么样了？"

"应该没什么事情了吧！"耀阳笑着回身挥动手势，向坡地上观望的秦骊如打了个招呼，再道，"刚才得到消息，莫老镇定指挥，已经率领全军，依仗地利人和的优势，已然将攻袭逼退。莫老果然是厉害，能做这大洪牧场的主管兼主帅绝非没有道理的。不过看妖物在宋镇攻袭、牧场无暇抽身之时才来攻击，可见二者显然是早有预谋的攻袭策略。不过他们料不到这里有我耀阳在此，所以想不栽跟头也不行。"

倚弦摇头表示不乐观，苦笑道："你这家伙先别太得意，咱们这回可是真的露馅了！"

耀阳回身望去，秦骊如已策马来到他们旁边，淡然道："妖物已退，骊如多谢二位助牧场击退妖孽，现在请两位随骊如回一趟洪泽城！"话中意思明明是感谢的话语，但口气却冷淡得紧。

耀阳和倚弦相视苦笑，知道她定是看出他们兄弟俩骗她而大为恼火的，当下也不知该说什么，只能留下一小队兵马负责戒备巡视，然后直接收队，跟随秦骊如回洪泽城。

一路上，秦骊如鼓着嫣红朱唇始终不说话，显然还在气愤之中，即使耀阳和倚弦的表现已经说明不可能是他们的敌人，但秦骊如心中的气恼始终难消。

倚弦看了看耀阳，低声道："看来这位秦大小姐生气了，我们该怎么办?"

耀阳轻声道："别管她，女儿家就是小气。不过等段时间就不会有什么事情了，听我的准没错!"他虽然压低声音，用的却并非密语传音，显然是故意露底能让秦骊如恰恰听到。

果然，秦骊如勒马回身，睁大俏目狠狠瞪他一眼道："你在说什么?"

耀阳打了个哈哈，道："没什么，只是觉得今天的天气真好。"他本就是想看看气气这个秦大小姐会有什么有趣反应，反正现在他们也不可能再隐瞒一身修为，自然不怕得罪她，当然也是因为他知道秦骊如并不是因私废公的人。

秦骊如冷眼一睨，瑶鼻发出一声闷哼，只是低哼道："敢说不敢认，无胆鬼。"

耀阳没有反驳，却在她后面做了个鬼脸，惹得后随而上的兵士都偷笑出声，秦骊如虽然没看到，但听众兵士忍不住的笑声，知道不会有好事，但又不便发作，只能隐忍住。

耀阳玩得兴起，一路上索性不停逗秦骊如说话，但是秦骊如打定主意，就是不理他，让他顿感一时无趣，只能闭嘴不说，自是惹来倚弦的暗笑。

不久，众人回到了洪泽城，秦天明早听到兵士回报情况，知道两兄弟乃真正的能人异士，更是修为精湛的法道高人，立即亲自率众出城来迎。

甫一见到两兄弟，秦天明首先揖礼，谢道：“两位侠士助我牧场再渡一劫，秦某在此先行谢过！”

两人自然谦虚回道：“这只是举手之劳，秦场主千万莫要客气！”

秦骊如没好气地说道：“对啊，爹，帮这点小忙对人家而言根本不算什么，你不需要这样大阵仗！”

秦天明一愣，没想到一向得体的女儿会说这样的话，大感惊诧。

只有两兄弟苦笑不已，暗叹女人家的心眼果然是狭窄。

秦天明忙瞪了秦骊如一眼，示意她不要太过分，道：“小女骊如年轻不懂事，如果有说错话的地方，还望两位侠士不要见怪。”

两兄弟自是不会与一名女子一般见识，便连称不会计较。

秦天明感叹道：“没想到两位竟有如此惊人修为，秦某一时愚昧，竟未能知晓两位之才，致使两位侠士在牧场委屈了几日，甚至还被……实在是抱歉的很。”

兄弟俩心中更觉理亏，连道：“哪里，哪里……”

接下来双方客套了几句，秦天明将他们接到秦府的议事厅，着令仆人茶水伺候，奉为上宾。而秦骊如对两兄弟特别是耀阳就一副爱理不理的模样，看得秦天明暗中摇头，对女儿的异常更加奇怪。

各人坐定，秦天明沉吟一下，稍作犹豫问道：“以两位侠士的身手定非无名之辈，不知能否相告你们的真实身份呢？”

倚弦略作迟疑，正大感踌躇之际。秦天明见倚弦为难的模样，忙道：“既然两位有难处，那秦某也不会勉强！”

秦骊如极为不屑地看了一眼耀阳，样子显然蔑视两人对身份的隐瞒，耀阳顿时大为不忿，抱拳道：“秦场主不必如此，我两兄弟的身份也没什么好隐瞒的。在下耀阳，他是在下的好兄弟小易。”

“火舞耀阳？两位是来自西岐？”秦天明不由心头大震，想这有着“火舞耀阳”之名的耀阳在西岐连战连胜，早已声名在外，秦天明如何不知。

但是他根本想不到西岐的大将军竟会在这里出现。就连他身旁的秦骊如也难以置信、目瞪口呆地看着眼前的两人。

耀阳想不到自己的名号居然会这么响亮，铿声道：“我两兄弟的确是来自西岐，区区薄名，不足挂齿!”

秦骊如怀疑的目光扫视两人一下，显然有些难以相信。不过想到传闻中的西岐一战，再联想到方才兵士形容的小易掌中神兵利器的神威，的确不是寻常法宝利器可比，所以这个小易与三界声名正盛的那个小易看来很有可能是同一个人。而且那个耀阳方才率领弓箭手威风凛凛的威势，也应该就是被誉称为“火舞耀阳”的西岐大将军，即使是心有不忿，她还是不得不对两人刮目相看。

不过她生性使然，从来不惧任何权威，自是不会轻易被兄弟俩的声名所慑，看着得意洋洋的耀阳，更是没来由的一阵气恼，哪肯认输，皱眉一会儿，便冷声质问道：“即使两位真是三界鼎鼎声名的小易和耀阳，那为何以两位的尊贵身份会伴装成小兵混入我牧场。虽然未曾做出任何对牧场不利的行为，还助我牧场渡过难关，但是否也应该给一个解释?”

“这个……”两兄弟不由一时语塞，总不成他们真的将目的道出，说是也为了“梵一秘匙”而来，秦天明的反应还未可知，但恐怕以秦骊如的性格，马上翻脸刀戈相向也说不定。

第一百一十八章　龙腾虎跃

秦骊如见他们迟迟无语，心中生疑，嗔道："难道你们真有什么见不得人的目的，所以不敢说出来是吧？"

"怎么会呢？嘿嘿……"耀阳拖延着说话，心中急急思索，突然灵机一动，故作迟疑道，"我们只是有些不大好意思说……"

秦骊如皱眉道："如果不是有什么不可告人的目的，你们有什么不好说的。"

耀阳叹道："既然小姐想知道，我们也就不隐瞒了。我们之所以混入牧场，纯粹是为了素儿姑娘。"

"素儿？这跟素儿有什么关系？"秦骊如大是诧异，眼底精光一闪而逝，也不禁露出狐疑的神色。

耀阳耸耸肩，用手指了指倚弦道："具体情况，你们就问小易吧，这是他的主意。"说着一下将问题踢给了倚弦，气得倚弦恨不得暗踹其一脚。虽然素儿的事情不是什么见不得人的，用来做掩饰更是耀阳的神来之笔，完全可行，但毕竟他生性脸嫩，如何说得出这些暧昧的话。

然而面对秦天明父女怀疑的目光，倚弦只有无奈地道："因为素儿很像我的一位朋友，两人的模样几乎是一模一样，所以易某忍不住想看个究竟，但又不欲因为这点小事而惊动别人，故而只有乔装混入牧场之中，不论如何，其中的不当之处还请场主和小姐见谅！"

秦骊如大讶，根本没想到两兄弟是因此而混入牧场的，疑道："真的如此，你那位与素儿极似的朋友叫什么名字?”

倚弦轻叹一息，道：“她叫素柔。”

“素柔？素儿?”秦天明也不由奇道，“两人的名字念起来甚是相似，难道她们之间真有什么关系不成?”

耀阳和倚弦注意到秦天明的神色有异，只是他掩饰得很好，不易被旁人察觉，不过他们也没什么意外，毕竟知道秦天明跟素儿之间的关系极为复杂，有此殊异的神色才算正常。

秦骊如一脸讶异，半信半疑地看着两兄弟。

秦天明追问道：“不知这个素柔姑娘是什么身份？她现在在哪里?”话说出口又觉得太过唐突，毕竟兄弟俩帮过牧场，虽然隐瞒身份有所不对，但并无恶意，所以又紧接着道，“我也只是有些疑惑不解之处，如果小易兄弟觉得不便回答，自是无须理会!”

“其实也没什么!”倚弦想起素柔之死，略带哀伤道：“她是一个苦命的姑娘，是三界有炎氏族人……后来她为了有炎氏而亡，是个值得尊敬的好女子。”

秦天明看倚弦哀伤神色真切，相信倚弦说的是实话，遂不再疑心，只是叹道：“这样的好女子过世，实在是可惜。难怪易先生见到素儿会为此来到牧场，也因此帮了牧场，总也算是有缘，至于素儿是否与先生所说的素柔姑娘有关系，还是待会儿去问过素儿才能得知，因为素儿三年前才回到牧场，所以很多事情我们也是不得而知!”

倚弦点了点头，不再讨论关于素柔的事情，他心中原本对素柔之死大有愧疚之心，此时又借此来开脱兄弟俩来牧场的目的，更是大感不安。

见秦天明和秦骊如都相信了，耀阳也乐得不开口，他清楚得很，言多必失。

秦天明确定两兄弟的动机并非另有目的，心中大喜。他知道“梵一秘匙”已经招致妖魔二宗的觊觎，而此时兄弟俩的出现自是让他欣喜万分，耀阳和小易之名，三界之中各大势力无人不知，身为大洪牧场的当家，他自是对两人的能力很是了解，他相信以两兄弟的能力定能保住“梵一秘匙”和大洪牧场。

秦天明沉吟半晌，挥手将厅中的闲杂人等尽数遣退，然后小心翼翼地将厅门紧闭起来，面向兄弟俩问道：“两位可知为何宋镇会联合魔妖两宗强袭我大洪牧场吗？”

耀阳自然不会说出实话，反而故作讶异地道：“难道不是宋镇为了觊觎大洪牧场的百年基业，才有所行动吗？现在魔妖二宗的势力四处渗透，就连被称为乐土的西岐也难以幸免，想来参与其中也不稀罕吧！”

秦天明摇头道：“这只是其中一个原因，宋镇对我牧场基业垂涎已久，他们为此会对我牧场出手，这并不奇怪。但魔妖两宗定不可能为此而强行参与，因为以宋镇的实力而言，根本不需要借助魔妖两宗的势力相助。魔妖两宗之所以来攻打牧场，是另有目的！”

耀阳与倚弦对视一眼，故意露出惊讶的神色，问道：“场主又如何知道，魔妖两宗的目的是什么呢？”

秦天明脸容肃然，沉声道：“他们想要的是‘梵一秘匙’！”

“什么？梵一秘匙？”耀阳大惊，这个惊讶的反应非常恰当，如果他故意做出不知道“梵一秘匙”的事情，反而会被秦天明怀疑。

“不错，就是三界闻名的‘梵一秘匙’。”对耀阳这样的反应，秦天明没有任何疑心，以耀阳和小易两人的才能，断不可能没听过这个响当当的物事。三界之中，无论谁听到“梵一秘匙”之名，也会有这样的反应。

倚弦讶声道：“难道‘梵一秘匙’就在牧场之中？”

秦天明微微颔首道：“虽不中亦不远矣。”

耀阳追问道：“耀某倒是很想知道，那‘梵一秘匙’究竟是何物事？不但三界知名，而且还令妖魔二宗蜂拥而至呢？”

秦天明一阵迟疑，大感为难道：“至于‘梵一秘匙’之事，秦某人现在对两位说出来，已经是有违祖训！所以其中详情请恕秦某无法告知，还请两位见谅！”

耀阳露出失望的神色，不过还是摆出一副极为理解的神情。倚弦更是彬彬有礼道："这种事情我们当然能理解，祖训是不能不遵的！"

秦天明欣然道："多谢两位不嫌秦某难言。"

耀阳大笑出声，然后直截了当地说道："秦场主有话不妨直说，你违背祖训将秘密直言告诉我们，定然是有一定理由存在？所以，请尽管道来！"

秦天明点点头，同样笑道："耀将军快人快语，秦某也就不拐弯抹角。此次宋镇跟魔妖两宗联手，强袭我牧场，实是有志在必得之势。我牧场虽然不惧宋镇这跳梁小丑，但是魔妖两宗的实力却非同小可，恐不是我牧场所能抵挡的。如今幸得两位在牧场之中，两次助我牧场脱险，所以秦某想请两位再助我牧场一臂之力，击退来贼，还请两位莫要拒绝。"

说了半天，秦天明的目的很简单，就是希望两兄弟替牧场出力抗击妖魔二宗。耀阳和倚弦对视一眼，大有难色，毕竟现在年关将近，他们本就只是看能否探到"梵一秘匙"，如果不行也要短时间内离开。现在秦天明让他们留下来帮忙，恐怕不会是一天两天的事，如果照这样耽误下去，他们不敢确定能否在过年前抵达吴境，而且一旦他们参与此事，就还要考虑与魔妖两宗之间的冲突，虽然兄弟俩并不在意，但是无事揽祸上身实非智者所为。

耀阳迟疑片刻，道："这个的确是有点麻烦……"

秦骊如见他似乎不是很乐意，不知为何，就是气恼不过，立即脱口而出道："叫你帮点忙都不肯是吧？还被称之为什么火舞……其实还不是怕了魔妖……"

"骊如！"秦天明厉声喝止秦骊如，这个时候以保住牧场和"梵一秘匙"为重。他也不明白为何秦骊如会突然变得这样不识大体，似乎对耀阳很有偏见。

秦骊如见父亲发火，也不再多言，只是不忿地盯着耀阳。

秦天明抱拳道歉道："秦某教女无方，两位不要见怪。"

倚弦可不想因为耀阳曾经说过的几句让秦骊如生气的话，搞得秦天明父女为此不和，便讪讪道：“场主无须就此解释，原本是我们不好，大小姐心系牧场，也是一时情急，你就别怪秦小姐了。”

秦天明黯然道：“我大洪牧场传承数百年，没想到到了秦某之手，竟出现了建立牧场以来最大的危机，而秦某大有束手无策之感。秦某实在是我秦家的罪人，天幸能遇到耀将军与易先生。所以秦某非常想恳请两位留下来能助我牧场，为此秦某愿意付出一切。”

“这……”见秦天明言语如此恳切，两兄弟感到这时抽身离开，不论如何都有些过不去，况且倚弦心中因为素儿的关系，更是有些不忍见到惨剧的发生。

秦天明继续道：“大洪牧场和‘梵一秘匙’是我秦家的一切，如果保不住它们，秦某九泉之下也没有颜面去见列祖列宗。所以真的迫切希望两位能助我牧场，只要能保基业无损，你们的什么要求秦某都可以答应，甚至死也无憾。”

秦天明险些跪求兄弟俩援手，完全置两兄弟于实难拒绝之地。

兄弟俩对视一眼，转念一想，虽然时间相对紧迫，但他们原本便知道其中曲折，既然已经置身其中，便不能见死不救。况且今日之战已经得罪魔妖二宗，必会令二宗更加变本加厉加害牧场，所以间接上也有他们的一点责任存在。而且对他们兄弟俩来说，也不希望“梵一秘匙”被魔妖两宗得去。

权衡利弊之下，耀阳看了看倚弦，只能装作无奈地摊摊手，道：“秦场主不必如此，我们兄弟俩答应便是！”

秦天明大喜道：“这样就太好了，秦某先谢过两位！”他身旁的秦骊如此时闻言，紧绷的脸色也稍有好转。

“不过，我有个条件。”耀阳突然吊起胃口来。

秦天明道：“耀将军尽管说来，只要不违祖训，秦某什么都可以答应。”

耀阳沉声道：“碍于事态有可能发展恶化，我们也只可以暂时帮忙，毕竟这非是长久之计，我们还另有要事，断不可能永远都留在牧场。秦场主最好在这些日子里想好长久的应付良方，方可一劳永逸。否则终有一日我们要离开牧场，那时恐怕还是会有更严重的事情发生。”

秦天明欣然点头道：“这个自然!”

“还有……”耀阳看向秦骊如，嘴角浮起微笑道，“耀某带兵一向自由无拘，不习惯有人干涉，免得碍事，故而希望在下在帮牧场的过程中，秦大小姐不要插手，否则我们兄弟也不敢肯定是否足以力挽狂澜。”

“你……”秦骊如一听蓦然大怒，这话的意思无非是耀阳嫌她碍手碍脚。

秦天明怎会不答应这个小小的要求，便道：“这个当然可以，骊如为人怎会不知轻重缓急之分，她当然不会插手阻碍耀将军的。”

“爹……你怎么……好，随便你们。”连老爹都帮着耀阳，秦骊如不由大恼，转身负气离开大厅，虽然此时的她似乎毫无淑女风范，但是那股泼辣直爽、敢骂敢恨的性格让耀阳目瞪口呆。

秦天明讪讪一笑，道：“小女生性鲁直，望耀将军与易先生莫怪!”

倚弦道：“大小姐天性直爽，我们怎么会怪她呢。”

耀阳道：“既然如此，我们不如现在就好好布置一下，以及谋划如何应敌之策，不过请场主告诉我，现在牧场具体兵力如何，又是怎么样的布置？也好让耀某准备准备。”

“这个容易，秦某这就召集各位将领前来议事。”秦天明挥手出声将厅外的下人叫进厅内，并让他们摆上桌子和牧场地形图，又让人去请了莫凌风等牧场将领过来，共商大计。既然已经不需要再隐瞒身份，耀阳也就没有了顾忌，让小千和小风也过来帮忙。

小千和小风性子急，自是最先到了大厅，秦天明听闻他们是耀阳的弟子，也甚是客气，让这两小子大大虚荣了一把。不过被耀阳瞪了一眼也不敢放肆，只能毕恭毕敬地站在耀阳后面。

不久，莫凌风等将领已经抵达，秦天明当众将耀阳和倚弦向众人介绍一下，众将无不震惊钦佩，不是修行法道之人或许对小易所知不多，但是所有人都知道西岐龙腾大将军的威名，耀阳可是实打实地连胜数场大仗，虽然后来西岐城曾经一度被破，但没人会认为这是他的责任。

莫凌风当即眼神一亮，赞道：“没想到竟是耀将军，难怪如此风采过人，还助我牧场两次渡过难关，这次老夫可是看走眼了。”

耀阳淡笑道：“莫老过奖，相比莫老，耀阳还是太嫩。”

莫凌风叹道：“老仆老了，怎么能跟你们年轻人相比？以耀将军的能力胜过老仆十倍，耀将军如此谦虚，老仆更是无地自容了。”

“莫老说笑！”谦虚几句话后，众人扯入正题。

莫凌风介绍道：“我牧场虽然号称万余兵力，也只有不到六千之数，加上一部分固守洪泽城，所以真正能用来征战的只有五千兵马。而这次紧急招募的士兵大概有一千余人，但这些新兵一时无有大用，如非迫不得已，定是不会让他们正式参战。而宋镇本身几乎举全镇兵力而出，加上调遣其他小镇的大批兵力，虽然早些时间他们损失数千，但现在仍有超过一万的兵力，有着不可低估的作战能力。现在他们应该在离我牧场范围三里左右的位置，虎视眈眈地看着这边，随时都可能对我们进行强袭。不过我军五千兵马布置在进入牧场必经之路，时刻戒备，他们想要突然偷袭也是不易。”

耀阳沉思道：“看来这么说，经过前面两次胜利，我军只要小心应付，即使宋镇兵马想拼个鱼死网破也不是易事。但是现在宋镇兵力毕竟还是明显占优，正面冲突我军并无优势，虽然牧场两次凭着地利人和将他们击退，但是他们连吃两次亏定会有所警惕，下次的攻击应该会谨慎许多，若还想抓住他们的弱点反击，会有所困难。而且还有魔妖两宗的人插手，更是平添无数威胁，他们这些家伙可黏人得很，再失败也绝不会轻易放弃，一次的失败只会让他们派遣更强的实力，老实说牧场的形势有些危急。如不小心对付，恐怕牧场危矣。”

秦天明和莫凌风众将皆知牧场势弱，却没想到敌军竟有如此威胁，听耀阳一一分析才知事态严重，竟隐隐有陷入绝地之感，不由大是担忧。

“今日大洪湖的妖物偷袭，便可见魔妖两宗已经按耐不住，蠢蠢欲动了。现在三界形势已经迥然巨变，他们为了将来能把握更多的主动权，对于此次的目的可是势在必得，绝对不会手下留情。”耀阳摇头一叹。

一众将士脸色大变，只要对三界稍有所知的人都晓得魔妖两宗插手，事情就肯定越来越麻烦，他们虽然能自如应付宋镇兵马，但是魔妖两宗却不是他们所能轻易对付得了的。

耀阳一见众人神色，心下满意，他首先要给这些人示警，让他们知道情况。牧场两战两胜，难保不会因此而轻敌大意，不让他们有点戒心，恐怕以后会有不必要的损失。当然也不能让他们失去信心，耀阳神态镇定，含笑道：“其实诸位也不必如此担心，敌势虽强，我军也未必没有胜机。”

莫凌风问道：“何来胜机?”

耀阳淡笑道：“第一，宋镇兵马虽强，但连续两战皆败，士气势必大落，若他们再次主动出击，不管他们想要如何，牧场大军只要能让他们的目的不能轻易得逞，使他们久战不下，到时他们定会人心浮动，兵将士气低靡、萌生退意。第二，敌军虽会谨慎不易中计，但我军的地利人和优势仍在，又善于驾驭战马，加上两战胜后士气大涨，交战中定能占得先机。第三，敌军远途来袭，兵将必定甚为疲累，牧场大军坐地迎敌，以逸待劳，精神振作，精力充沛，这些又是一大优势。第四，宋镇要速战速决，牧场却可以拖时间，因为宋镇兵马虽多，但部分是其他各镇召集而来，不管他们关系如何，如果久攻牧场不下，联军必散，何况冬日本就不利远途长攻，牧场可以利用此地将敌军牵着鼻子而走。有此四点，当可击退宋镇兵马。更别说附近还有两镇是牧场的姻亲，牧场并无太大危险。”

莫凌风拍案叫绝道：“妙论，真妙。耀将军此言真是惊醒梦中人，枉老仆带兵多年，竟未能想全此点。难怪耀将军能名震天下，以此等才能，当不愧龙腾大将军之名。”

众将也无不赞扬，顿时信心大增。只有秦天明对三界四宗之事所知颇多，对于魔妖两宗更为重视，面有愁色地道：“耀将军所言甚是，但是我牧场现在最大的敌人可能不是宋镇而是不知来路的魔妖两宗，他们实力强悍无匹，恐怕不是我牧场所能对付的。”

耀阳非常自信地微微一笑，道：“如果魔妖两宗任何一方倾力来袭，牧场断无可幸存之理。不过，他们即使有这种想法也绝对不敢，魔妖两宗之人多是自私自利之徒，现在那批不知来路的魔妖人物敢这样打牧场的主意，定是有他们不为人知的秘密。否则纷拥而来的魔妖两宗绝对不可能这样齐心协力联手，情况应该是非常混乱的，哪像现在如此风平浪静。而且他们绝对也会顾忌到神玄两宗的反应，那批魔妖人物为了麻痹其他人，定不会大张旗鼓的动作，现在他们不可能倾巢而出，反而会尽可能减少行动。这样刚好使得牧场有机会将他们击退，也不必担心魔妖两宗强势攻取。”

耀阳一番话既没有点出牧场“梵一秘匙”之秘，又将具体形势点了出来，令众将士心底坦然，然后又道：“如果只是一小股妖魔鼠辈前来捣乱牧场的话，那就更无须担心了，我们兄弟俩虽然不是什么神通广大之人，但是也算在三界混得一点薄名，应付起来当不会有什么问题！”

众将对三界四宗知道的并不多，但听耀阳侃侃道来，胸有成竹的模样，随之信心大增，就连秦天明听耀阳如此一说，也放下了心。

莫凌风心悦诚服道：“耀将军见解独到深邃，能如此把握全局，老夫佩服。”众将无不赞同莫凌风之言。

耀阳沉吟再三，道：“面对如此形势，耀阳以为正面防备宋镇兵马大概只需要四千人马，四千人马足能拖住宋镇大军。而剩下一千人马则要轮流巡视整个牧场，魔妖两宗的手段诡异，谁都不知道他们会从哪里再出现，必须要日夜小心戒备。巡视之人一旦发现异状，以安全通知大军为要，除非意外情况，否则不得自作主张。毕竟魔妖两宗才是我们所要解决的最大难题，如果能顺利解决魔妖两宗的问题，无后顾之忧，宋镇兵马就不足为惧……”

“说得好！耀将军继续……”莫凌风赞道。

耀阳微微一笑，继续安排兵力布置。倚弦见过耀阳的威风，自然习惯，但首次见到耀阳指挥作战的小千和小风已被耀阳的风采所吸引，首次感觉到眼前这个师父是个真正的大人物，他们不由为当初明智地拜入耀阳门下而骄傲。

两小子正在心生钦佩中，耀阳突然喝声道：“小千、小风!”

“在!”两人吓了一跳，马上闪到耀阳面前恭敬地道，“请师父吩咐。”

见两人动作还算不慢，耀阳满意地颔首道：“双方交战，敌情为重。这次为师要交给你们一个重大的任务，就是负责在牧场方圆十里左右探听一切可疑消息。相信以你们的能力，这点事情断不会为难到你们，你们可有信心完成任务吗?”

小千和小风同时大声道：“请师父放心，我们一定将敌军情况一一禀上。”

耀阳抬头看了一下秦天明，沉吟一下又再让小千与小风附耳过来，在兄弟俩耳边传音道：“还有，你们顺便也要监视秦天佑夫妇的一举一动，一旦他们有什么异动，立即回报?”

小千与小风自信满满地点头道：“没问题!”

耀阳点头道：“就这样了，你们先出去吧。”

“是!”小千和小风立即兴冲冲地跑了出去，这是耀阳在大战中首次用到他们，难怪他们兴奋十分，也望能有一番成就。

接下来又是一番攻防议事，耀阳将战事防御过滤一遍，在确定没有什么大遗漏后，才让各人各自离去。西岐龙腾大将军的名号果然足够震撼力，加上刚才丝丝入扣的分析，众将无不心服口服，对他自然不会再有阳奉阴违的举动。

议事会结束，耀阳与倚弦闲步出了洪泽城，沿着山径缓步前行。

倚弦问道：“看你刚才说得这么自信，是真有什么办法吗?”

耀阳苦笑道："我哪有什么办法，不过你也看到了，如果不说点大话，那些人恐怕未战已怯，那还怎么可能赢得了这场战？"

"这倒也是！"倚弦点点头。

"所以，姜先生的《龙虎六韬》上最先说到的便是——为将难！"耀阳笑了笑，续道，"不过算起来，此战也非是完全没有转机，否则就是打死我，我也绝对不愿意揽下这个烂摊子。"

倚弦沉吟道："这个我当然知道，但老实说现在情况不是很妙。魔妖两宗绝对不会轻易放弃'梵一秘匙'，一计不成还会不断使手段。如果他们暗地里搞鬼，有小千和小风盯着也起不了什么大风浪。但我就怕他们实在没办法，会以更直接甚至不要脸的方式来寻牧场的麻烦，这样乐子就大了。毕竟牧场在三界中没有什么靠山，最后大洪牧场和'梵一秘匙'难免会落入魔妖两宗的手中。"

耀阳点头道："这话没错，虽然我刚才一直强调神玄两宗不会袖手旁观，但是我心中也明白得很。'梵一秘匙'虽是开启'刑天族地'的必需之物，但是三界闻名的'刑天族地'又如何可能这么容易就被找到打开？'梵一秘匙'落入魔妖两宗手中或有麻烦，但也不是牵涉三界的大动乱，神玄两宗参与的可能性不大。所以一旦魔妖两宗真的不顾一切，那牧场就危险了。"

倚弦问道："耀大将军，可有什么好办法么？"

耀阳耸耸肩，目光毅然道："办法始终是会有的，敌人并没有绝对优势，否则哪容得我们这么悠闲。"

两人从山路上了洪泽岭，随意地行到了一段坡顶，此时夕阳西下，已是傍晚时分。耀阳松松浑身筋骨，笑道："小倚，很久没有好好活动一下身子了，来来，我们过几招，看看谁厉害！"

倚弦笑道："也好，这里离洪泽城不远，不必搞出太大的动作，不如我们就空手试试吧！"

耀阳自然同意，他们如果动用龙刃诛神和轩辕剑的话，实际效果不说，但这声势之浩大可是让人见之骇然，恐怕连幽玄等辈也稍有不及，惊天动地的还不引起牧场的慌乱？

“那好，我来哩！”耀阳叱喝一声，纵身跃起就是一拳击向倚弦，火烈的炎劲向倚弦满头罩去。

倚弦身形一颤，已在丈外，竟然轻松非常地避开了耀阳这一击。

第一击本就是开局一试，耀阳根本没用多少元能，早料如此，此时虎腰一挺，整个人跃然弹起，风驰电疾般窜到倚弦面前，双拳如雷砸下。

倚弦低哼一声，挥出满天掌影，硬是跟耀阳着实地拼了一招。“砰！”数十击在瞬间交击，耀阳和倚弦同时闷声而退。耀阳在空中连翻两个跟斗安然落地，他刚走在空中以下坠之力击出，自然占了一些便宜，在空中还能控制身势。倚弦相对就狼狈了些，踉跄地后退十来步，不过看起来夸张，实际上倚弦是借机后退化解对击之力，并拉开与耀阳的距离，重整架势。

耀阳顺了口气，立即低喝踢出如涛腿影，铺天盖地向倚弦盖去，蕴含天火的腿劲锁住倚弦上方和前面所有的方位。

倚弦不想跟耀阳再这样硬拼，只能脚尖一点，早已风遁急退。耀阳踢腿落空，立即喝出一声，身子没有着地，却如蛟龙打腾般凭空扭起，紧随倚弦追去，手上不放松，一记手刀瞄准倚弦的脖颈斩出。

“臭小子这么狠！”倚弦低骂一声，翻身斜起，一肘击出精确无比地格住耀阳手刀，身子转动时却是踢出一腿以不可思议的角度，踢向耀阳的后背，这一脚满含冰火异能，如被踢中，即使如耀阳的修为也会够呛。耀阳岂会不知，立即以倚弦的一肘，借势弹起，一拳击向倚弦的来脚。

这次倚弦竟是不避，两人再次元能交击。

“砰！”却是一击轻响，蓄劲已久的倚弦居然借劲直飞，这若不是他早就蓄意如此，断不可能这样如意。耀阳一拳落空，哪会不知倚弦还有后招，马上急弹而起，手刀向倚弦疯狂斩出十数道风刃。

果然就在这时，地面上窜起冰寒石剑，倚弦的冰魄寒气将泥石凝结成无比坚硬锐利的石剑，直向上冲，猛如奔雷。幸好耀阳已有准备，及时闪开，但身形难免略乱，本来趁此时，倚弦应该能乘势追击以占得上风，不过他却被耀阳劈出的风刃一阻。就这一点时间，耀阳就再次稳住身形，蓄劲反击了。

倚弦将风刃击破之时，耀阳刚好重整旗鼓，聚齐天火暗劲有如怒雷般一拳击向倚弦。如此蓄势一拳，倚弦知道没有心理准备的他如果硬拼的话，肯定会吃亏，立即双腿一踢，如电闪避。当然他也清楚耀阳这一击绝不简单，如不小心应付，定会被迫于下风。同时，已使出“绝龙壁”护住全身，“寒星变”亦出，他伸出双指直出一道惊人剑气，反袭耀阳。

耀阳一拳击空，却没有收回，反而拳劲直下，正中地面。“轰!”一声巨响，飞石如暴雨逆天般狂溅而起，携着无比的威力扑向倚弦，让他根本无处可躲。而随之而起的满天扬尘，亦将倚弦遮得昏天暗地。

穿过“寒星变”卷风的飞石击在“绝龙壁”之上，竟纷纷爆碎，无有侵近倚弦身者。看不清眼前一切的倚弦虽然能感觉到耀阳所在，但他很清楚，耀阳既然会如此做，这种感觉定是耀阳的障眼法，立即身形不停，急急后退，很快就退出尘哀范围。

耀阳运出《幻殇法录》中的“瞒天易身”，留下一身气息，却在瞬间敛起全身气息，转移到其他地方，为的就是给倚弦一种定位错觉，不管倚弦是否察觉，他都能得到有利的攻击机会。

见倚弦狂退之势，便知这是最佳的攻击时机，可惜为避倚弦击出那一道惊人剑气，耀阳已错失最好的追击路线。就这一缓，他已清楚地知道继续追击，是毫无用处了。他立即缓住身形，再次蓄劲攻击。

耀阳狂烈出击，蕴含天火炎劲的拳脚威力，不下于神兵利器，倚弦在如风闪避之时凌厉回击，务必出击耀阳必救之处。逐渐入夜的黑暗对他们没有一点影响，他们的动作没有因此而有一点的迟滞和犹豫。

两人交击如雷电交鸣，震耳欲聋，激起烈风狂摧，附近走沙飞石如潮水四涌。没有神器相助的一击仍是威力奇大、声势惊人，整个坡顶已被他们扫得干干净净，除了多出来的深坑之外，其他的就如被一群人好好打扫了一边似的。

耀阳与倚弦对战，都发现经过这些日子将《轩辕图录》所悟逐渐吸收，他们的修为再次得到进一步的提升。两人的修为进步可以说是一日千里，每过一段时间就能有很大的进步。而实战中也更能将法道修为发挥，身手更精。现在每一招之间的变换，两人已没有什么迟滞勉强之处，仿佛一切都是这么自然。

就算是黑衣老者看到他们现在的对战，恐怕也会惊骇不已，就这么几日时间，两人的修为竟能提升至此。如果照这样进展下去，假以时日，别说幽玄、陆压等辈，即便是那修为骇世的黑衣老者也迟早会被他们超过。

两兄弟对于自己的进步清楚得很。他们明显地感觉到体内那强大的力量被自己自如地运用，耀阳忍住喜色，大喝一声，再次与倚弦一拳正面对击。轰然作响中，两人同时被震飞。

落地后，两人都喘了几口气。虽然一番苦战，但耀阳仍是双眼神光如电，在黑夜中像是耀眼的星辰，精神振作得很。倚弦亦是如此，温和的眼神中绽放出炫目的玄彩，连黑夜都遮挡不住。

“不错!”耀阳展了展双手，仰首享受冬夜的冷风，长呼一口气，道，“越来越觉得《轩辕图录》果然是厉害非常，能得此绝学，三界虽大，但迟早我们将能任意遨游，不需要看任何人的脸色。小倚，你认为现在我们各自空手与魔门各族宗主一战，可有几分胜算?”

倚弦沉吟片刻，第一次毫不客气地说道：“如果只是对付四宗年轻一辈的高手，我们已经完全可以将之收拾得一无是处！如果对手是魔门五族的宗主级数，单打独斗怕是还稍稍略逊一筹，当然如果我们联手使用龙刃与轩辕，那么无论对手是谁，都将俯首称臣!”

耀阳满意地点头道：“我也这样认为!”

倚弦苦笑道：“但是，如果我们被黑衣老者找上门，那恐怕就得落荒而逃了。而且能不能逃掉也是一个问题。想起当日手持龙刃诛神的我，愣是被赤手空拳的他狂追百余里地，几次都差点被他生擒，若非他那时好像旧伤未愈，我怕是早就成了他的阶下囚。”

耀阳想到那黑衣老者的厉害，也难免心有余悸，叹道：“这个家伙究竟是谁呢？竟有如此惊人修为，而且他又怎么从劫地中逃出来的呢？为什么他对归元魔璧这么熟悉，而魔门五族偏又无人识得他呢？”

“太多的为什么，都等着我们去寻找答案！”倚弦皱眉道，“不过有一点可以肯定，他既然能让我们离开劫地，自然自己也能想到办法出来，不过能拥有这样的骇世修为，应该不会是默默无名之辈才对。”

耀阳叹了一息道：“对此我们基本上没有什么线索，还是先别管这个家伙了。眼前的麻烦就不容易摆平。”

倚弦何尝不知，抬眼注视耀阳，再次问道：“你真有把握保住牧场吗？”

耀阳望望夜空稀疏的星辰，道：“刚才我就说了，如果单是宋镇的兵马，以牧场的实力以及外番的关系，不会输给什么宋侯倪展，我自有办法让他们有来无回。可惜正如你所言，事情远远没有这么简单，现在真正让人头痛的是事关‘梵一秘匙’，魔妖两宗绝不可能轻易放手。不过虽是如此，我还是有足够的自信应付这一切。”

第一百一十九章　五行驱魔

倚弦拍了拍耀阳的肩头，道："放心，我一定会全力支持你的！"

哪知耀阳哈哈大笑道："你不会只是为了支持我吧，平常老说自己多么圣洁，我想这次是因为看上了素儿这丫头！"

倚弦神色大窘，随即脸色一变，皱眉斥道："你小子可千万别瞎说，我倒是无所谓，如果坏了一个姑娘家的名声可不好！"

耀阳嘿然一笑，道："我才没瞎说，很少见你会支持我干这种纷争四起的事情，如今为何会忽然改变态度了呢？"

"这次不同，我们是为了整个牧场的百姓而努力，自然不同于你以往建功立业的个人想法！"倚弦大摇其头道，"难道你的思想就不能纯洁一点吗？别老是有这种龌龊的想法，我都会替你觉得丢脸。"

"男欢女爱，本是人伦天性，哪有一点丢脸吗？"耀阳毫不在乎地答道。

兄弟俩正说话间，却见山径远处行过来两名牧场兵士，像是在四处找人，此时见了倚弦与耀阳两人，忙大声叫喊着奔了过来："耀将军，易先生！"

耀阳与倚弦应声回头，等那两人过来禀告，才知道原来是秦骊如遣二人来请耀将军，说是有要事相商。

倚弦在旁直摇头，低声笑道："你这家伙就会诬赖别人，自己却反而惹得一身腥不说，你看人家秦大小姐都主动找你了。等着她收拾你吧，小子！"

可惜耀阳的脸皮可就厚多了，反而得意地笑道："这叫作个人魅力，比你这家伙总喜欢偷偷摸摸好得多。哈，没想到这匹暴烈的胭脂马终于肯低头了，你说兄弟我的本事可以吗?"

两名兵士一听耀阳将秦骊如比喻成胭脂马，顿时强忍笑意，不敢笑出声了。

倒是倚弦终于隐忍不住了，抬起一脚便踢在耀阳的大屁股上，喝道："臭小子，谁像你这么不要脸，赶快滚去接受秦大小姐的责罚吧!"

"她，还嫩着哩！哎哟，说说而已，你用得着这么大力吗?"耀阳摸着生痛的屁股，嘟囔着跟两名兵士走了。不过那两名兵士临走前还惊骇地看看眼前这一片满目疮痍却少有尘土的山石地面，不知道这里发生了什么事情。

看着耀阳离去的背影，想到他那一脸兴奋而去的神情，倚弦不由哑然失笑，耀阳生性不羁，不会为世俗的条条框框所约束，在有了一定的实力和名声后，这种态度反而造就他异常的魅力，注定他天生就是位于首领位置，即便是经过这么多事，耀阳的表面仍然没变，事实上却是成熟稳重了很多，而且变得更加具有自信，更不会被任何一点挫折所击倒。

历经风风雨雨，耀阳的威严一日胜似一日，不过在倚弦面前却还是时常露出孩子气的一面，兄弟俩仍然像从前一样打闹互损，没有丝毫的距离与芥蒂。就像倚弦面对耀阳一样，他不必再保持那分淡然冷静，可以尽情放开心的嘻笑打闹，这种心情不是其他人所能了解的。

不过，耀阳的偏重始终与他不同，耀阳所具有的才能却不是他所喜的一面。倚弦长吁了一口气，负手立在这山坡顶上，借着夕阳回首俯视这广阔的"大洪湖"周围，"大洪湖"甚是安详，稀疏紧密的各处房屋缓缓升起炊烟，显出牧场的安定与平和，仿佛这一切都是那么平静，没有任何的权谋诡计，没有任何的私心贪欲，没有任何的仇恨厮杀。

看着这一切，虽明知道这只是暂时的表面情况，但倚弦心中竟然仍禁不住对眼前的纷杂形势感到有些厌恶，暗忖如果事情没有这么复杂多好，这样平静逍遥的生活，正是他满心欢喜而向往的。

正心生感慨之际，归元异能忽然无来由的一阵颤动，敏锐的直觉告诉他，有人近身而至，而且对方理应是一个拥有法道修为之人，不过倚弦并没有做出任何戒备，因为对方的步子轻缓有度，不像是心怀叵测，而且随着对方距离的拉近，他凭着归元异能感应出来人——竟然是素儿！

耀阳跟随传话的兵士下山而去，进了洪泽城之后，令他诧异的是他们带路的方向并不是议事营或秦府，却是径直向牧场的兵营校场而去。

耀阳大讶，问道："我们这是去哪里？"

一名兵士道："禀耀将军，奉小姐之名，请耀将军前去兵营校场！"

耀阳愣道："已经入夜，小姐怎么还会在牧场？"

兵士摇头道："这个小人就不知了，只是小姐吩咐，我们奉命行事而已。"

耀阳怀疑道："秦大小姐在搞什么鬼？"看样子秦骊如不是跟他商议军情这么简单，不过他自是不怕，大步随着两人前进。

不久，他却跟着两人来到了兵营校场的演武场中，空荡荡的广场上没有其他人，一身戎装更显英姿的秦骊如正等着他的到来。

待到耀阳三人走近，秦骊如挥手便让那两名兵士离开了。

看情形秦骊如果然不是为了跟他商讨什么军情，而是另有目的。耀阳饶有兴趣地打量一下她，随便揖身行了个礼，道："见过大小姐，不知小姐找耀某来有何要事？不过，如此夜里，男女有别，我觉得我们应该避一下嫌。"

秦骊如脸色微红，又马上变得大恼，喝道："耀将军如此轻佻，莫非是看不起骊如吗？"

耀阳微笑道："哪里，耀某只是说实话而已，又怎么会看不起大小姐哩。大小姐既然说是要商议军情，便应是与牧场众将一起才对，但是现在只有我们两人，势单力薄恐怕难以想出周全的计划，就怕别人不会相信，可能产生一些不必要的误会，这就不好了。耀阳以为不如凡事等到明日，聚集牧场各位将领，大家好好商讨一下为好。”

耀阳的话语带着揶揄，秦骊如如何听不出，脸色顿时变得有些不好看，冷哼道：“耀大将军，你先不要得意。我也不拐弯抹角，这次找你来，并不是商议军情，而是另有要事。”

耀阳打了个哈欠，道：“有什么事？尽管说来。”

秦骊如冷道：“听闻耀大将军乃是三界最杰出的青年高手，骊如不才，今日想领教领教耀将军的高招。”

耀阳听了一怔，怪不得秦骊如会让人骗他来此，原来是她气不过自己不让她干涉牧场军事，故而竟在此地向他挑战。看来这小妮子倔得很，此次行为肯定是瞒着秦天明而来的。

秦骊如继续道：“这次我就跟耀大将军下个赌约，我们拼战一场，若是谁输了就要听对方的，不得反悔。”

耀阳哪曾想到跟一个女子交手，而且对手还是大洪牧场的大小姐。两人交手，他无疑是以强凌弱，当下没好气地道：“如此大事岂能儿戏？既然是场主让耀阳帮忙，我定然会全力以赴。如果你我比拼是场主之意，耀阳自当依言而行。否则请恕耀阳不能答应。”

秦骊如见他搬出父亲来压自己，更是气恼万分，叱喝道：“你别拿我父亲做挡箭牌，身为将帅，连一个女子的挑战也不敢应战，何以领军作战。”

耀阳淡淡道：“正是因为耀阳为全军将帅，更不能私自械斗，何况和一女子决斗，本就胜之不武。大小姐千金之躯，万不能有所损伤，请大小姐自重。”

“你敢瞧不起女人？”秦骊如听了，顿时大怒，一把抽出长剑直欲出手。

耀阳苦笑，瞧不瞧得起女人全让秦骊如说了，耸耸肩也不说话。

“住手！”正当秦骊如要一剑劈向耀阳之时，一声较为威严的喝声阻止了她，却是秦天明及时赶到。耀阳已然察觉秦天明的到来，才会这么悠闲，他可不想跟气头上的秦骊如这样的纠缠不清，他也怕麻烦。

“爹！”秦骊如脸色微变。

秦天明呵斥道：“骊如，你在干什么？怎么能这样子对耀将军呢？他现在可是牧场的主帅，岂能容你胡闹？”

秦骊如冷哼了一声道：“难道就凭他这点名气，咱们就把关系牧场存亡安危的事情交给他吗？”

“你好，素儿姑娘！”倚弦微微一笑，首先转头出声向素儿打招呼。

素儿躬身先是行了一礼，道：“奴婢见过易先生！”她始终还是一副卑下的语气，但是倚弦明显感到她今日的不同。

因为素儿居然很难得地束起了长发，露出了秀丽的玉容，倚弦近看之下，无比清楚的是，她的长相果然与素柔的样貌一模一样，不由更是心中慨叹不已，虽然已经有了足够的心理准备，但倚弦仍为素儿的长相而震惊，一时间盯着素儿竟忘了反应。

素儿脸嫩，被倚弦盯得面红耳赤，忍不住轻斥道：“易先生……”

倚弦闻言一震，这才反应过来，知道自己这样盯着一个女孩子着实不雅，不由尴尬地笑了笑道：“不好意思，你跟我的那个朋友实在太过相像，我几乎找不出不同之处，所以难免一时失神，还请素儿姑娘不要见怪！”

“没事，挂念故人本是人之常情！”素儿也不想追究倚弦的失态，只是好奇地问道，“易先生为何会急于寻找那个跟奴婢长得很像的朋友？”

没想到素儿会这样问，倚弦禁不住怔了，一时不知该如何回答，竟是愣在当场，是啊，素柔已经在他面前烟消云散，他为何至今仍然对她念念不忘呢？

素儿见倚弦迟迟不作回答，又再问道：“她……是你所爱的人吗？”

“那倒不是，我们根本没有那种关系！”倚弦顿时大摇其头，对于素儿凭空的推断感到哭笑不得。

素儿又问：“那她是你从小一起长大的朋友？”

倚弦摇头道：“也不是！”

“那么她是你的亲人？”素儿将心中对这个关系的猜测都说了出来，但倚弦一一摇头，心中苦恼着该怎么向素儿说清楚，不想对她隐瞒偏又不能将什么都说出来，这真让不善于说谎的倚弦感到十分为难。

“哦，奴婢明白了！”素儿忽然点头笑了起来。

倚弦闻言总算松了一口气，他深怕素儿再继续询问下去，他会更不知所措，难免会因此说漏什么，导致更难堪的后果发生。

素儿一双美眸此刻紧紧注视有些穷于应付的倚弦，道：“易先生，你和耀将军乔装进入牧场，恐怕不是因为我与你那位朋友相像这么简单吧？奴婢记得自己已经近数月未曾出过牧场一步，你们又远在西岐，又怎么可能知道我跟你的朋友长得相像呢？”

素儿在倚弦如此小心的回避中突然提出质问，让根本没有任何心理准备的倚弦大感措手不及。

“这个……”倚弦一时哑口无言，他远没有像耀阳这么好的口才诡辩能力，骤然之间哪能编织什么理由出来？更何况对方还是一个跟素柔如此相似的女子。

素儿见此，更进一步追问道：“由此可见，你们兄弟俩进入牧场绝非找人这么简单，恐怕是另有心思？说难听一点——就是心怀叵测。”

倚弦怔住了，不知该做何辩解，如果单纯来讲目的，他与耀阳混入牧场的目的确实见不得人，他甚至想不到素儿下面的话更让他难以招架。

素儿继续说道：“奴婢还敢肯定一点的就是，昨晚，易先生和耀将军定然是去过‘大洪湖’湖心岛上的石亭，而且恐怕也知道了关于奴婢的一点小秘密。而你们去那里的原因也不外是因为‘梵一秘匙’吧？易先生，不知奴婢有无说错？”

倚弦震惊莫名，偏开头去，再不敢面对素的逼问，虽然按照素儿先前关于他们的猜测都是有据可推，但是他却不明白素儿如何会知道他们去过湖心岛亭，难道当时的法阵结界还有如此作用不成？

倚弦转瞬又推翻了这个想法，因为如果可以通过法阵结界发现他们踪迹的话，那么秦天明应该不会继续再教授素儿秘法才对，更不会将牧场的安危交给两个这么危险的敌人！由此可以得知，秦天明理应没有发现他们兄弟俩的存在，但素儿又怎会发现的呢？难道她的修为尤在秦天明之上吗？

见到倚弦说不出话来，素儿却出奇地没有继续追问，反而叹了口气，道："先生一定想不通你们为何会被奴婢发现行踪，不过，这些都已经并不重要了！"

倚弦只有苦笑摸了摸鼻子，期望缓解心中的郁闷。

素儿淡笑道："虽然你们心中必有所隐藏，但是经过昨日的战事，奴婢还是相信你们应该不会对牧场有所不利。虽然你们与那些妖魔的目的相同，但本质却完全不一样。奴婢可以不将此事告知场主，只是有一个小小的条件！"

倚弦想到昨日出手搭救她的事情，暗忖还是做好事有回报，同时对素儿所提的要求感到讶然，晓得自己被人吃定了，好笑地摇摇头，问道："好吧，素儿姑娘，我想听听你有什么条件？"

素儿秀眸凝定倚弦，泛出异彩，道："其实也很简单，易先生和耀将军才能过人，冠为三界四宗年轻一辈法道高手之首。现在牧场危机重重，奴婢只是希望两位能够全力助牧场转危为安，击退宋贼和魔妖两宗。这点对于三界闻名的易先生和耀将军应该不是一件难事吧？"

看素儿说起他们两兄弟才能过人的语气，显然并不是揶揄之词，而是真的对他们信心十足，看来也是被两兄弟的声名所震，完全看不到牧场与敌人的实力差距，倚弦不由苦笑道："素儿姑娘太看得起我们兄弟了。现在这种情况下，牧场各方面都处于下风，谁都不敢说绝对有把握。我们也只能尽力而为，但结果如何，老实说，我们并不敢保证。不过姑娘可以放心，不管如何，我们一定会全力保护牧场的安危。"

素儿一脸愁容，正色道："还望易先生莫要过谦了。只要牧场可以渡过厄难，素儿甚至可以因此将'梵一秘匙'借你们使用一次！"

倚弦见她抛出"梵一秘匙"这块香馍馍，大感好笑道："虽然易某不否认多少有为秘匙而来的意图，但这并不是目的所在！素儿姑娘无需以此来作饵，我们兄弟俩自然会遵从自己对场主的许诺。"

说到这里，倚弦话锋一转，道："想不到素儿姑娘小小年纪，居然如此精通体用手段，难道你就不怕今日来了此地，便再也回不去牧场了吗?"

素儿正视倚弦炯然注视自己的目光，道："奴婢既然相信易先生的人品，自然就不会惧怕会有如何凄惨的下场!"

倚弦有些哭笑不得，道："既是如此，你又何必先以我们兄弟俩的私密相逼呢？岂不因此显出自己的小器!"

素儿莞而一笑，柔美的脸庞在夕阳余晖中显得格外动人，道："我本是奴婢出身，所以并不在乎别人如何看待自己!"说到此处，素儿再是一笑，道，"希望先生一直记得方才答应过奴婢的话!"

说完也不等倚弦回答，便飘身离去。

倚弦看着素儿渐已远去的背影，苦笑不已，抬眼见到夕阳缓缓沉入大山的背面，黑暗似乎在瞬时间开始侵吞整片大地。

倚弦的心中隐隐感觉到危机的来临，他明白大洪牧场因为"梵一秘匙"的秘密现世，即将面临来自妖魔二宗的最大威胁。

秦天明喝道："你以为莫老等人为何肯听服耀将军之名？亏你平日熟读兵书，真以为常人能取得耀将军这样的成就吗？有耀将军这样的能人帮助牧场，是何等之幸？偏你还诸多阻扰，你往日的聪慧去哪里了?"

秦骊如道："女儿正是因为小心谨慎，也不会被他的名声所惑，所以要跟他决一胜负，看看他是否真有能力？这何错之有?"

"你……"秦天明薄怒道，"骊如，你怎么会变得如此糊涂？难道一个人的带军水平是靠着法道修为评定的吗？就算你能赢耀将军又怎么样，你能有耀将军这样的能力？聪明如你怎么也会犯这样的错误？真是不懂事，还不赶快向耀将军道歉。"

"休想!"秦骊如正是火大，如何肯依，将头一扭，瑶鼻闷出哼声。

秦天明也拿秦骊如没办法，只能无奈地摇头叹道："这个孩子跟她母亲真是一般脾气……耀将军千万不要见怪。"

耀阳自然不会跟一个女子一般见识，显得很是大度地笑道："秦小姐生性率直，有话说话，耀阳怎么会计较这些。”

秦天明点头赞道：“耀将军果然是宽宏大量，如此大度，不愧是名震天下的西岐龙腾大将军，怪不得能在西岐创下如此惊人功绩。小女虽是有点本事，可惜毕竟是个女儿家，有点小家子气，如果能学得耀将军一般的气度就好了。”

秦天明这样一说，在夸赞耀阳的同时，却也让秦骊如在众兵将前颜面大失。秦骊如顿时脸色更加难看，恨恨地盯着耀阳，神情极是不忿，几乎是想要咬耀阳一口。耀阳大是奇怪，即使秦骊如对他有意见，也不至于有什么深仇大恨吧？

想不通其中缘由，耀阳耸耸肩，不再理睬秦骊如，免得再惹上这个麻烦，当下向秦天明抱拳道：“秦场主，敌军诡计多端，为了全面防备敌军，耀阳必须在晚间好好布防一下，必须回兵房布置，就此告辞。”

秦天明道：“既然这样，耀将军尽管请回吧。对了，耀将军的主帐已经准备好了，等会就有人领耀将军前去。”

“多谢秦场主。”耀阳微笑向外走去。

“休走！”只听一声断喝从背后响起，耀阳回身望去，此时早已暴怒的秦骊如竟拔剑向耀阳斩去，其势凌厉，毫无留情之势，竟欲将耀阳置于死地。

在场众人无不大骇失色，谁都想不到秦骊如竟会下如此狠手。即使秦骊如对耀阳恼气非常，也绝不应该在其背后用如此杀招，若是耀阳修为稍差，恐怕结局只能是非死即伤。

耀阳也没想到秦骊如竟会当众出手，而且元能劲道霸道无比，务必置人于死地，险些让他措手不及。不过耀阳的修为之高非是秦骊如可比，当下疾如掠影，错步间已经一拳将来袭劲道击散，但耀阳竟有感那元能些许压力，秦骊如不应该有此等修为才对。

秦天明更是手忙脚乱的在旁大声喝止，哪知秦骊如仿若未闻，依然我行我素。

耀阳正大感诧异，秦骊如有如疯了一般向耀阳狂攻而来，眼中的杀气让人心惊。耀阳不敢小觑，虽然秦骊如对他产生不了什么危险，但如想制住秦骊如又不伤她分毫，却不是一两招就能解决的。为了怕误伤别人，他纵身到了无人的校场。

秦骊如紧追不舍，誓要当场杀死耀阳一般。

耀阳看出秦骊如的不对劲，心中诧异，静下心来能沉着应付。

谁知秦骊如越战越强，剑气狂飚，激得风起土扬，毫无留手，杀性无限。剑气在耀阳身边怒飞，狂烈无比，耀阳怡然不惧，只是因为怕牵累别人，所以也不躲不闪，挥手间就将剑气击破。

秦骊如不依不饶，欺身而近，一剑当头向耀阳劈下。耀阳低喝一声，挥手一掌准确无误地劈在剑侧，浑厚元能立时将秦骊如整个人甩开。秦骊如落地，竟是微有嘶吼，眼中的厉光不似常人所有。耀阳大是皱眉，归元异能贯注双目，竟然隐隐发现秦骊如额头似有黑色异芒隐现。

秦骊如狠盯着耀阳，冷哼一声，剑尖微颤，幻出一道诡异的黑色剑气，剑气倏地激飞，却向耀阳困缚而去。

“魔剑缚心?”耀阳耀阳不由大怔，他是何等身手和见识，如何识不得那是来自魔门的狠毒招法。但为何出身玄宗的秦骊如会使出魔门异法？立即五指齐弹，五行玄能顿时将剑气击碎。

此时，秦骊如却又斩出三道蛇形剑气，那剑气如吐着红信的毒蛇一般，向耀阳疾扑而去。

又是魔门异法！耀阳眉心一皱，双眼迥然盯着秦骊如，却见她的眼底略呈黑色，目光微滞，神情狠厉。耀阳一惊，果然有问题，这分明是中魔的征兆。难怪她的行为这么奇怪，看来一定是魔门的人从中捣乱，自己也太大意了，一个不小心就被瞒过了。

“该死的魔宗妖孽!”耀阳低骂一声，双手一摆，双眼精光暴闪，厉喝一声，全身五行玄能运起，磅礴气势自然爆发，直压秦骊如。秦骊如的攻势不由一滞，耀阳身子骤动，以迅雷不及掩耳之势，一击手刀斩下。

秦天明在旁大惊失色，急忙道：“耀将军手下留情!”

耀阳其势快逾闪电，从刚才不动声色的缓缓应战到现在雷霆万钧之势出击，转变实在太快。秦骊如一时没有反应过来，竟被斩中脖颈，顿时闷哼一声，昏迷倒下去了。

耀阳掠身而起，在秦骊如倒地前将她一把抱起。

秦天明担心许久，见秦骊如倒下，立即跑将过去，紧张万分地问道：“耀将军，怎么了？骊如没事吧？”

耀阳皱眉道：“大小姐没什么事情，她是中了魔门贼子的毒招，耀阳只需帮她将魔气驱除就行。不过此次大小姐中魔，分明是魔门妖孽搞的鬼。看来魔门妖人果然按耐不住，牧场倒真是有些麻烦了。”

秦天明因此有些愁眉不展，看看昏迷中的秦骊如叹了口气。

耀阳淡笑倒道：“其实场主也不必担心，魔妖两宗的高手，耀阳也见多了。这些家伙，倒也不怎么样，不需要怕他们。”其实耀阳知道情况已经开始恶化，他将面临的不再是集团化的兵马攻袭，而是来自魔门的明枪暗箭，这对并无多少法道高手的牧场而言，无疑是更大的威胁。不过他不敢向秦天明说明，怕的就是他失去信心。

秦天明点点头，但神情还有些不安。耀阳也不再劝他，知道这事不是能劝得了的，对他而言，只要秦天明还有足够的信心就行了。

耀阳身具五行玄能，又习得三界最为广博玄奥的《幻殇法录》，对于魔门各种异法所知甚是详细，秦骊如身上所中的魔门符气自然难不住他。随着他将五行玄能注入秦骊如身体之中，五行光彩闪烁，片刻间，一缕缕似有似无的魔气从秦骊如的额头缓缓离开散去。

秦骊如似乎忍住很大痛楚，咬紧朱唇，眉头深皱，在痛哼声中汗如雨下。

良久，耀阳猛地一声喝声，光芒四射，五行玄能如潮涌入，秦骊如的娇躯不由一震，发出阵阵抑止不住的喊痛声，一团黑气从她的头顶赫然冲出，被耀阳随手一挥，立即消失无踪。

秦骊如闷哼出声，整个人一挺，又马上软倒在耀阳怀中。耀阳长吁一口气，对秦天明微笑道：“好了，魔气全部被驱除，小姐只要休息几日便可无碍。”

秦天明连道："如此就好，多谢耀将军出手相救。"

此时，正当众人好不容易松了一口气，却忽然接到有人来报，说是洪泽城内秦府来了几位不速之客，让人请场主回去。

秦天明和耀阳对望一眼，他们不知道这个时候还有什么人会来？只是可以肯定的是对方来意不善，而且能这样自由进出防守森严的洪泽城，绝对是法道高手，想来只有可能是魔妖两宗之人。

两人急忙率领众将返回洪泽城，而秦骊如因为还没有苏醒，秦天明着人将她送回秦府内室，然后与耀阳一起去往大厅。

到了秦府大厅，耀阳隐有感觉里面的人应该见过，当即大步进了会客大厅，却见来人竟然是刑天灭父子三人，耀阳不由愣了愣，随即明白过来，毕竟刑天族地之秘是他们本族的秘密，他们几代人空守宝山数千年，都未能解开秘密所在，魔门五族中的确没有比他们更心急的了。

刑天灭还是老样子，嚣张得很，傲然立于大厅主人方位，负手而立背对着门外。刑天抗则随便找了个地方坐下，摆弄着茶几，一脸倨傲，大有其父之风。只有刑天放静静地站在一旁，不知是不是有意，位置跟刑天抗错开，区别极为明显。他没有什么特别的神情，眼神平淡得很，好像很平常，远不如刑天抗出彩，不过耀阳总觉得他有些碍眼。

看到刑天灭三父子，耀阳心绪急转，马上明白过来了，现在恐怕是魔门各族都已经知道"梵一秘匙"之事。因为梅山七圣再怎么也不可能跟刑天氏联手，现在刑天灭父子在此，那么有可能很快其他各族也会到来。

当耀阳和秦天明踏入大厅之时，刑天灭赫然转身，双眼紧紧盯着耀阳。

刑天抗见到耀阳，先是哈哈大笑，随即大有深意的问道："耀将军，方才伊人在怀，不知你感觉如何啊？"

耀阳冷冷一笑，不置可否道："不劳烦心，耀某还没有你这么无聊兼无耻。"

刑天抗得意非常地怪笑道："耀将军千万别这么说，你如今能抱得佳人而归，也多亏我帮你创造机会！"

耀阳看到他们，便早料到秦骊如中魔之事跟他们脱不了干系，哪有兴趣跟他废话，索性不再理会他，径直看向刑天灭，沉声问道：“不知刑天宗主来此有何用意？大洪牧场应该跟刑天氏没有什么交情才对吧?”

刑天灭满是不屑地瞥了耀阳一眼，转而看向秦天明，冷森森地道：“小小一个大洪牧场，如何能跟我圣宗相抗？就我刑天氏不费吹灰之力也能将你们全部灭了。大洪牧场数百年基业，秦场主想必也不愿意为了一点三界外物而让牧场就此毁在场主手中吧?”

只看刑天灭不答耀阳的问话，却直接向秦天明施压，显然也不愿卖耀阳的账。

耀阳被刑天灭如此小视，心中略恼，但有了足够历练的他，自然不会因此而发火，反而微微一笑，冷静自若。

秦天明看了一眼耀阳，学着他的口气问道：“刑天宗主有事尽管道来，如果秦某有什么可以帮忙的地方，定然会不遗余力。”他不知刑天灭底细，只能随口说着客套话。

“好一个不遗余力!”刑天灭双眼神光烁然看着秦天明，低沉地道，“本宗主此次过来，正是想秦场主帮个忙，希望秦场主不会拒绝就好。初次会面，顺便带来一点小礼物，不成敬意，不过本宗主相信秦场主还是用得着的!”不容秦天明拒绝，已经拍掌示意。

刑天抗的手向后一拍，魔能翻涌而出，隔空震起一个木箱落在秦天明之前。原来刑天灭父子早将木箱带来，放在刑天抗身后的地上，耀阳进入内厅时震惊于出现的是刑天氏，一时没注意到这点。耀阳心知这是他的疏忽，心中暗凛，提醒自己以后一定要仔细观察周围变动，否则一点的疏忽就可能导致大错。

刑天抗虚劲一摄，打开木箱，竟是一大箱金银珠宝，件件闪烁发光，不论成色还是种类，俱是最上乘的货色，在满箱珠宝之上还放了一个大包袱，不知里面是什么。

耀阳心中叹道，魔妖两宗的钱财来得真是容易，这么一大木箱金银财宝，在人界俗世即使一方巨富也不一定拿得出。而现在刑天灭随手就拿了出来，看起来毫无不舍之色，显然是将这些东西不看在眼里。但是对于大洪牧场而言，这的确是一笔大数目。

刑天抗阴阴一笑，道：“或许这还不算什么，不如场主看看这包袱里的东西。说不定你更感兴趣！”说着，隔空挥动魔能将包袱慢慢打开。

耀阳略感形势不对，秦天明惊讶地向包袱内看去，不知这里面会是什么，好似说得比这一箱财宝还要贵重。

刑天灭随手一抛将包袱掷在地上，包袱中的东西咕隆滚了出来，赫然是倪展父子的人头，其中倪嵩的头还滚在秦天明脚边。秦天明虽然绝不胆小，也看惯生死，但是此时毫无心理准备，突然看到这血淋淋的东西，还是不免惊吓了一跳，往后退了几步。

刑天灭冷笑道：“本宗主为了秦场主去劝倪展父子退兵，谁知他们不肯听劝，本宗主想来刚好送秦场主的礼物还是不够，就只好借他们的头颅一用。”

秦天明不由倒抽一口凉气，他自然听得出刑天灭此话是明显的威胁。

刑天灭继续道：“本宗主希望秦场主能不吝帮忙，只需借‘梵一秘匙’一用即可，用完即还，绝不会为难秦场主。不知秦场主以为如何？秦场主大概还不知道现在我圣宗五族都蜂拥而至，为的就是那‘梵一秘匙’，秦场主可能会因此很难做。如果秦场主肯将‘梵一秘匙’一借，本宗主可保其他各族绝不来打扰牧场。”

秦天明看着眼前明显带着威慑性的大礼，知道刑天氏此次恐怕是志在必得，但他更清楚“梵一秘匙”绝对不能取出给魔妖两宗。面对刑天氏的宗主，秦天明自知无法应付，束手无策的他只能望向耀阳，自然是希望他能帮忙挡架。

耀阳冷眼旁观刑天灭利诱威吓，心中大是不忿，此时当然不会拒绝，走上一步，冷笑道：“刑天宗主似乎将自己抬得太高了吧？阁下凭什么说其他各族会听你的？人称魔门最杰出的宗主好像是闻仲，而不是阁下，就算是闻仲，恐怕其他四族也无一族会听他的，何况是阁下。刑天宗主还认为是数千年前刑天氏称霸魔门的时候吗？你口上声称只是要借‘梵一秘匙’一用，但又口出威逼，看你这模样，耀阳敢说你早就存心要将此秘匙占为己有，此等明借实抢的行径，刑天宗主又何必遮遮掩掩？何不直接说出来爽快一点。”

耀阳一语中的，直接道出刑天灭的用心，毫无留口，还讽刺他不如闻仲，直接揭了刑天灭的心中创口。刑天灭顿时大恼，脸色铁青，喝道：“小辈无礼。”

耀阳翻翻白眼，连幽玄他也敢出言大骂，还会怕他刑天灭？

刑天抗怒瞪耀阳，喝道：“耀阳小子，你非牧场中人，凭什么多管闲事？”

耀阳大感好笑，刑天氏这样欺上门，还不准别人帮秦家，否则似乎还无理了，此等强盗逻辑对别人或许还能有点用处，对于耀阳这个原本就有痞性的家伙，连屁用都没有。不过，刑天抗这样一说，不管有理没理，耀阳如果还要无故插手，他们恐怕完全有借口攻击牧场，虽然这个借口在耀阳眼中实在是好笑得很。

第一百二十章　力慑群魔

秦天明心知不能让刑天氏有这样借口，当即出面说道："谁说耀将军跟我大洪牧场无关，他将娶秦某女儿秦骊如为妻，本就是牧场一员，为何不能管我牧场之事？"

"什么？"耀阳差点失声叫出，他被这些话吓了一跳，然而看了看一脸为难的秦天明，心知这是唯一的权宜之计，让刑天氏不至于找到借口为难牧场。

刑天抗这个时候窜了出来，斜睨了耀阳一眼，嘲讽道："咦，耀大将军啊，你不是西岐的龙腾大将军吗？什么时候变成了大洪牧场的上门女婿？看来你是在西岐混不下去，所以来这里混吃混喝，顺便骗个美娇娘到手，你打的主意倒是不错。"

一直闷声不吭的刑天放也慢悠悠地开口讥讽道："西岐难容的丧家之犬在牧场中或许还能骗些无知的人，但奇怪的是居然还能骗得了这里所有明眼人，这倒是一件奇事！"

刑天抗接过话来，哈哈笑道："这也难怪，耀大将军别的不行，就嘴巴厉害。几句话就能哄得别人开开心心的，最后还傻乎乎地把女儿卖了。"

对于刑天氏两兄弟的冷嘲热讽，耀阳却是淡然面对，更显风度，摊摊手丝毫不在意两兄弟的话，却是看向刑天灭，微笑道："耀某身为牧场姑爷，想必有资格代替牧场跟刑天宗主打个商量了吧？"

刑天灭冷哼一声，狠狠盯了秦天明一眼。

秦天明笑道："刑天宗主，关于牧场之事，秦某的女婿能替牧场出面，有什么事，大家可以好好讨论。”言下之意已经表露无疑。

倚弦回到兵房，便被兵士通知耀阳已在洪泽城的秦府内大厅，请他立即过去那边。倚弦问清情况，才知道麻烦终于来临了。

来到秦府外，倚弦明显感觉到秦府附近的魔能异动，他不由暗惊不已，知道魔妖两宗看来已经忍不住出手了。

甫入秦府，就见素儿迎了上来道：“易先生，耀将军和秦场主正在会客厅会见刑天氏的宗主，易先生要进去吗？”

“刑天灭？”耀阳心中一惊，没想到这次真的连刑天氏也惊动了，但仔细想想，刑天氏的确最急迫想要得到“梵一秘匙”，但是从他现时的感应可见，恐怕魔门其他几族都已经赶到。

素儿道：“不错，除了刑天氏宗主之外，还有他的两个儿子也一起来了。”

倚弦清楚事态的严重性，不由皱眉望向秦府四周，寂寥的黑暗迎着凄冷的夜风，遍布莫名杀机，道：“似乎现在魔妖两宗的各方势力都来了，当前的局势越来越紧张，不易对付。”

素儿担心地问道：“那该怎么办？”

倚弦细思片刻，道：“你也不要太过担忧，魔妖两宗虽然势大，但他们相互牵绊顾忌，牧场反而不容易这么快遭到攻击。”他转身面向府外暗黑一片，缓缓道，“素儿姑娘，你先回府，这里一切交给我吧！”

素儿见倚弦一脸毅然的神色，知道他有所决定，虽然有些忧心，但也知道自己就算留在这里也帮不了忙，反而会连累倚弦，所以只能悻悻告退。

倚弦没有踏入会客厅，因为他感应到除了刑天氏父子外，还有其他潜藏在牧场内的妖魔力量，这些家伙隐藏在一边虎视眈眈，随时都会出手。这批人的存在将对牧场构成极大的威胁。倚弦知道耀阳面对刑天氏绝对不会低头妥协，现在要的就是给魔妖两宗一个警告，让他们不敢轻动。

为了配合耀阳在厅内与刑天氏谈判的威势，倚弦下定主意，决定冒险出手。魔妖两宗没有所谓的怜悯，他们讲的就是实力，有实力的人才能说话。

主意已定，倚弦迅速将灵觉神识扩散开去，寻找四周可能潜伏的妖魔。归元异能果然超卓无比，顿时让倚弦感到灵觉无比敏锐，转眼就察觉到附近各处都明显有妖魔存在。

倚弦冷笑一声，陡然风遁而起，疾扑到一处楼顶，霍然就是一脚踢出，躲在楼顶后面的那个家伙赫然窜起，身形徒现而出，堪堪避开了这一脚。

倚弦却并没有追击，而是背负双手，卓然立于楼顶之上，半轮夜月下，衣衫长发随风展扬，更显英姿风发，然后淡然道："阁下何人，为何鬼鬼祟祟躲在这里？"

那人是个猴头秃眉的家伙，身形倒是健壮得很，一身浑厚妖能，看着倚弦，不屑地哼声道："小子，不认识你家袁洪爷爷不成？"

倚弦淡笑道："原来是'梅山七圣'的老大袁洪啊，当日伏羲武库匆匆一见，倒是没看清阁下这副尊容，恕罪恕罪！"的确，当时他是没时间去注意魔妖两宗到底来了一些什么人。不过这个时候说出这种话来，分明就是不将袁洪看在眼里。

袁洪大恼，喝道："小辈，你偷袭袁洪爷爷有什么用意？"

倚弦微微一笑道："其实也没什么，只是希望阁下可以离开大洪牧场，免得在座诸位难做！"

"老子管谁难做不难做！"袁洪冷笑道，"别以为拿了把鸟神器，就能在三界摆出作威作福的鸟样，爷爷就是不吃这一套。"

倚弦嘴角勾出一丝冷冷的笑意，伸手祭出龙刃诛神，淡笑道："那易某就只好得罪了！"

"去死吧！"袁洪怎么说在魔妖两宗之中也算是半个有头有脸的人物，何曾受过如此轻视，不由勃然大怒，挥出一棍向倚弦当头劈去。

倚弦心动身起，如化幻影般闪开这一击，龙刃诛神轻轻一递，强势剑气蓦然爆发，向袁洪吞噬而去。袁洪一棍劈空，却不料倚弦的动作如此之快，转眼前方已完全被剑气封杀，不由骇然大惊，急急向后急窜。

倚弦趁势追击，龙刃诛神如雷劈出，无坚不摧的剑气向袁洪劈头盖脑扑去。袁洪顿时手忙脚乱，长棍疯狂击出，将近身剑气击碎，同时他迅速后退，避开更多更强的剑气。

“怎么样?”倚弦没有再次追击，立于虚空之上，龙刃诛神向下斜指，双眼如电，浑身凌厉气势锁住袁洪所有的方位。

袁洪竟一时为之所摄，愣了一下，才知自己大失威严，怒吼道：“小辈，别自以为是，爷爷让你知道我‘梅山七圣’的厉害。”长棍向倚弦狂砸而去。

倚弦摇头哂道：“那就别怪易某不客气了。”撩起龙刃诛神，剑气化成巨龙怒吼着向袁洪扑去。临近袁洪之时，龙形剑气骤然张开惊天巨嘴，似要一口向袁洪咬去，冰晶火魄之能绝非寻常，不是袁洪此等辈分可以抵挡。

本来还欲躲闪的袁洪蓦然大惊，只能抡起长棍，卷飞一圈妖能，披风一般击向剑气，企图以硬碰硬化解危机。

“砰!”气劲迸射，袁洪的修为虽然不错，但比之九尾狐还稍有不如，怎么可能会是仗有龙刃诛神之威的倚弦的对手，甫一接触，袁洪就被强大的龙形剑气震飞十余丈。

袁洪忍不住吐了口血，心中大骇，他也没想到倚弦竟有如此惊人的修为，不过几招便让他不敌吐血，虽然其中有他轻敌的原因在，但看刚才一击，即使他全力以赴也断不是眼前这个小辈的对手。既然知道讨不到任何便宜，袁洪立即收手，头也不回地遁身离去。

倚弦自然不会去追，立于楼顶持剑迎风，他选择并击退袁洪不过是为了杀鸡儆猴而已，虽然未必能吓退多少妖魔法道高手，但至少能先震慑各方魔妖两宗，让他们不至于轻举妄动。

倚弦环视四周，突然隐隐感觉到一股非常熟悉的魔能波动，心中骤然一动，立即风遁而起，转眼朝东南方向破空而至，以强劲无匹的元能令那个家伙不得不现身面前。

“果然是你，申公豹！”倚弦盯着那人冷冷地道。

申公豹原本躲在一边收敛魔能，不敢出声，直到倚弦击败袁洪时才忍不住惊骇失措，谁知会被感觉异常敏锐的倚弦发觉，他当然不知道这个小易就是当日那个被自己逼入冰火炼狱的杨戬，只是想到当日在奇湖的一段遭遇，却想不通为何小易会如此恨他入骨。

这时，申公豹蓦地惊退，看着双眼含煞的倚弦，他狡猾得很，没摸清小易底细，也不敢轻易得罪，只能尴尬地笑道：“易先生可真是厉害，几招就将袁洪这只猴子给击伤了，申某佩服得紧！”说到这里，他心中却是暗惊，虽然不明白，但他如何看不出倚弦眼中的恨意，他的修为虽说略胜袁洪一筹，但又怎么会是这个小易的对手，不由大急。

倚弦也不废话，低沉地道：“申公豹，不论你知或不知，今日你都要为以前所做的事情付出应得的代价！”说罢，龙刃诛神直斩而出。

申公豹骇然后退，倚弦纵身如电，一剑斜挑，剑气拉扯而开，漫天剑势将申公豹的各个方位尽数封死，胆怯之下申公豹根本无法发挥应有的实力，就这一击，他的败相已成。申公豹发现自己无处可退，只能勉强抵挡。

“轰！”申公豹如遭雷击，衣衫尽裂，整个人给硬生生抛起。

倚弦全力一剑令申公豹受困于剑气结界，此时正要赶上一剑，将申公豹毙了为素柔报仇，但此时心念一动，无匹魔能翻腾涌现，让他不由自主后退数步，定睛望去，原来是闻仲出现了。

闻仲将申公豹救下来，挡在倚弦面前，态度还是蛮客气，沉声道：“易先生，何以如此动怒？更对我族长老下此毒手呢？”

倚弦心中暗叹可惜，冷冷道：“闻宗主，请不要阻止我，易某誓杀此獠！”

闻仲勃然大怒，脸色骤变道：“闻某乃一宗之主，手下长老虽说技不如人，但岂容你一个外人说杀就杀呢？”

“但易某今日非杀申公豹这等狗贼不可！”倚弦二话不说，掌中龙刃诛神就是一剑劈向申公豹。闻仲挡在申公豹前面，祭出仗以成名的金戟，一戟砸下，顿时将剑气击消。

“走！”闻仲看倚弦模样就知道他不肯善罢甘休，当即令申公豹先离开。申公豹自然不会留下来找死，灰溜溜地狼狈遁走。

“老贼休走！”倚弦大急紧追而去，但闻仲岂会容他杀死申公豹，从后挥出滔天戟影，魔能翻滚从倚弦背后盖去。

以闻仲的修为，倚弦怎敢背对应敌，只能在闻仲赶近前转身迎上。而此时申公豹已经乘机溜走了。倚弦心中大忿，将怒气迁到闻仲身上，龙刃诛神斩出剑气冲天，向闻仲疯狂冲去。

闻仲能被称为“魔宗五族第一人”，修为自非袁洪、申公豹等辈可比，金戟轻松准确地刺中剑气中心，立即将之完全击散。倚弦自不会认为一剑就能为难闻仲，剑式当即尽情施展而出，丝毫不给闻仲任何一点反击的机会。

闻仲毕竟修为不浅，面对无处不在的剑气，也毫不慌乱，足尖轻点，身影涌动，随意的凌空步伐挥洒自若，从容躲开了剑气攻击。金戟乘势反击，尖锐的戟风，时不时给倚弦足够的威胁。

闻仲的“炼天金戟”虽不能跟焚神战戟相提并论，但亦是三界少有的神器，完全发挥威力的炼天金戟在闻仲手中使出，更显神器之威，强势的攻击让倚弦也不得不避其锋芒。

金光如电连闪，闻仲将炼天金戟使得如臂使指，畅游纵横，戟风如实，无时无刻不在威胁着倚弦。倚弦仗剑驰骋，却也只能与闻仲战个旗鼓相当。龙刃诛神虽强，奈何倚弦还无法发挥其最强实力，现在使来并不比闻仲的炼天金戟强。

倚弦暗呼闻仲厉害，比之其他四宗宗主可能都要强上一筹，手下持剑扫斩，丝毫没有迟滞，避开戟风，剑剑不离闻仲要害，迫得闻仲也不能尽情攻击。两人相互牵绊，不敢全力攻击，也不甘全部防守，纠缠在一起，难分胜负。

闻仲心中暗惊，他苦心修行近千年才能有今日如此修为，没想到小易这个小辈的修为竟不下于自己，这点实在是让他难以安心，更是打定主意，一旦有机会就要立即将他除掉。

倚弦不会想到闻仲的想法，现在他将申公豹从手中逃遁的一番气全部撒在闻仲身上，龙刃诛神狂舞挥斩，每一下都直击闻仲要害。

闻仲越战越是心惊，因为倚弦所表现出来的修为，绝不是一个青年高手所能拥有的。修为之强，怕是只有魔门五族的几大宗主才能与之相提并论。由此看出这个小易以后恐将是他们最大的对手。

闻仲心中杀机大起，舞起金戟向倚弦强攻而去。不过倚弦是丝毫不惧，龙刃诛神狂斩而出，正面对攻，他也无一丝退意。

剑气戟风在夜空中乱舞，惊煞夜风。

倚弦含忿出手，闻仲心生杀机，两人都没有任何留手，务必置对方于死地不可。埋伏在暗处的魔妖两宗诸高手不由心惊，知道闻仲和倚弦的厉害，更不敢轻易出手。毕竟坐山观虎斗，对任何一方而言都是有利的。

不过，两人的身手似乎相当，闻仲想干掉倚弦绝不容易，倚弦要杀掉经验老道的闻仲也难，如此下去似乎只剩下两败俱伤之局。

老奸巨猾的闻仲怎肯让这样的局面出现，从而使得暗中其他各族受益。此时即使仍有心杀小易，也不愿再跟他这样耗下去，白白便宜了别人。再则说来，反正杀不了小易，对他而言也并无什么损失，反而可以留下来牵制其他几族。

闻仲心中主意一定，立即奋不顾身跃起一戟向倚弦强悍击出，势若霹雳。

倚弦见势挥出防守剑式，脚下步子急退了一步，闻仲已乘机闪身离开，喝道："小辈，闻某今日尚有要事，不欲与你一战，日后有暇我们再行打过，好自为之!"立即风遁离去，身影忽而消失在黑夜虚空之中。

倚弦知道即便自己追上也讨不了好，而且申公豹一时不会出现，当即也不再追杀，就这样一手持剑向下斜指，一手背负立于虚空，以元能震音喝出声道："今日，谁若想要对牧场不利，不妨先考虑一下是否能在易某剑下偷生。谁还有不服的，尽管出来与易某一战!"

他这话说得斩钉截铁，竟丝毫没有将魔妖两宗的高手放在眼里。

四周静悄悄的，半晌没人出来应声，袁洪和申公豹一交手就惨败，闻仲也不能奈何得了的家伙，谁都不会想惹的。

倚弦淡淡一笑，他对魔妖两宗的心性甚是了解，如果这些潜伏在暗处的魔妖两宗高手一起出手，三个倚弦也抵挡不住，即使车轮战也能把他拖垮。不过魔妖两宗天性不肯让别人得便宜，自然谁都不肯先行出手。

谁知，这时一人冉冉飞起，站在他的对面。

一双剪水美瞳紧紧地盯着他，说不尽的美艳绝伦，却是婷婷。

“你……”没想到出现的竟然会是婷婷，倚弦顿时感觉手足无措，他总不能对婷婷大下杀手，刚才的气势立即不复存在，反而一脸的尴尬。

婷婷看他一脸为难的模样，不由噗哧一笑，道：“你干吗摆出这种神色啊？我又不想跟你比斗。”

倚弦顿时松了口气，不好意思地笑道：“……这个，是我不好……”

婷婷幽幽一叹道：“难道你认为我的出现就要跟你为难吗？如果抛开防风氏的立场不谈，我难道就不能跟你叙叙旧？难道你就一点也不想我吗？”

“当然不是！”倚弦面对婷婷的连串的质问，早已招架不住，慌乱中脱口道，“怎么会？我也很想你……”但是说出话以后，他才觉得太过鲁莽。

婷婷等的无非是这个答案，脸颊微红，更添羞涩的甜美，不过她身为魔宗之人，敢爱敢恨，并不会觉得有何不妥，反而满心欢喜，道：“这样就好。我真的想跟你好好聊聊，但是师尊让我过来，为的就是这牧场关于秘匙之事，既然有你们兄弟护住牧场，我们防风氏便不再插手此事！”

表明态度之后，婷婷再又妩媚一笑道：“因此，我也要赶快回去报告给师尊知道。但是因为秘匙关系到魔宗对外之争，我们防风氏也不好明着助你，现在魔妖两宗都知晓‘梵一秘匙’之事，高手尽出，你要小心应付，切不可大意。”

“多谢提醒，易某铭记！”倚弦含笑点头。

婷婷看着倚弦的俊脸良久，幽然叹道：“我这就要离去，你自己小心。”

倚弦点点头，轻声道：“我没事，你自己反而要小心一点，我最怕那黑衣老者或者其他各族会对你们不利，如果……”说到这里，倚弦稍作迟疑，最后还是说出口来，道，“如果真有何不测的话，你一定要保重自己，只要我还有一口气在，你便尽管来我这里，我说过一定会照顾你的……”

婥婥欣喜点头道：“我会永远记得你今晚说过的话！”

“我先回去了！”婥婥微微一笑，迎风而起，依依不舍地回头看了倚弦一眼，身影如流萤般消失在夜空。

倚弦看着婥婥离去，不由轻叹一声，心中莫名的感觉让他理不清头绪。

刑天灭此时刚要说话，突然微有皱眉，不由地抬头看向外面。

与此同时，耀阳和刑天抗兄弟也都感应到洪泽城内甚是激烈的打斗。

耀阳感应到倚弦的举动，这对他来说无疑是最有利的，当即淡淡笑道：“刑天宗主，看来你的话并不准，现在外面可热闹着，这让人如何相信你的话？如此想来，恐怕刑天宗主说让四族退走只是一句空话。既然其他各族都有此想法，或许这个‘梵一秘匙’也能卖个好价钱。”

刑天灭被耀阳信口开河的胡诌气得够呛，怒哼道：“无知小辈，你也太不把老夫放在眼中了。”

耀阳随意笑了笑，悠然道：“现在是刑天宗主有求于牧场，不是牧场有求于刑天宗主，希望你明白并清楚这一点。”

刑天灭脸色铁青，道：“你是不是想让大洪牧场的数百年基业毁于一旦？”

耀阳冷静地道：“是吗？想来刑天宗主不会这么意气用事吧？到时得到好处的绝不会是刑天氏一族，如此吃力不讨好之事，耀阳不信刑天宗主会做。”

“那就要看大洪牧场的态度了。”刑天灭和耀阳针锋相对，两人各有所持，都不肯轻易低头。

面对刑天灭的咄咄逼人，耀阳沉着应对，丝毫不落下风。刑天灭也有顾忌不敢就此撕破脸皮，倒也奈何不了耀阳。

谁知就在这个时候，一人大步闯入大厅来，瞪着秦天明直接喝责道：

“大哥，你怎么能这么糊涂呢？”来人正是秦天佑。

看到秦天佑，耀阳暗叫不好，这个家伙的出现肯定是来搅局的。今日之事有他插手，势必更加难办，虽然秦天佑不学无术，但毕竟是秦天明之弟，而且有着秦家直系血统的唯一儿子。

耀阳心中暗叹秦天佑这颗毒瘤在这个时候爆发，还来得正是时候。他猜到定是刑天氏兄弟的安排，便斜眼瞥了过去，果然见到刑天抗露出诡魅的笑意。

秦天明脸色一变，喝道：“天佑，你说什么？”

秦天佑本来就不惧秦天明，今日的他似乎更加放肆，当即不屑地看了耀阳一眼，责问道：“大哥，大洪牧场乃是我秦家事务，岂容一个外人做主。他不过是个不明来历的家伙，怎么有资格随便替牧场做出这等兴亡荣辱的决定？”

秦天明大感头痛，这个时候被秦天佑插上一脚，他也知道事情不妙。

秦天佑得意洋洋地看看周围诸人，似乎自我感觉良好，他继续道：“其实什么‘梵一秘匙’跟我秦家何干？还不如将秘匙交出来，这样我们秦家祖宗大业才能保全。秦家只要保住牧场基业就可以，其他的都是小事。现在不知有多少人对这个所谓的‘梵一秘匙’虎视眈眈，甚至还有像是刑天宗主这般厉害的法道高手，以我秦家的实力根本无法与他们抗衡，没必要再为了一个对秦家没有任何用处的东西惹来杀身灭族之祸。”

秦天明大恼，想到这数日来一连串的祸事，顿时有些明白过来，怒喝道：“天佑，究竟是不是你——将祖宗之秘向外泄漏的？”

“这……”秦天佑没有回答，眼珠子一转，反而苦口婆心地劝秦天明道，“大哥啊，我说的话不会有错的，你就听我这一次。对我们秦家而言，没什么比牧场更重要的，只要能保住牧场，其他的一切都可以舍弃。就只是一把钥匙而已，丢了对我们秦家也没有什么影响，如果因为这么一把破钥匙，而致秦家数百年基业被毁，实在是太不合算。牧场……”

秦天佑滔滔不绝地说着，完全是自以为是，秦天明听得脸色愈黑，心中大骂这个无知的亲弟弟，恨不得给他一巴掌。如果这“梵一秘匙”不重要，那用得着秦家传承数百年还如此保密吗？只要稍有点脑子的人都应该知道这点，没想到秦天佑会白痴到这个地步。

秦天明脸色难看到极点，大喝一声道：“你知道个屁！败家子……”

耀阳也听得直摇头，刑天氏父子更是一脸讽刺并饶有兴致地听着。

耀阳看着得意无知的秦天佑和在旁洋洋得意的刑天氏父子，不由火冒三丈。这时，小千和小风匆匆从厅外赶来，知道他们定是得到什么线索，立即招手让他们过来身边。

小千和小风看了看在场几人，非常自觉地站到耀阳身后，小千在耀阳耳边兴奋地道：“师父，我们查到好东西了。”

耀阳看他一副邀功的神情，拍了拍他的头，轻声笑道：“快说出来吧，如果有用，为师自会奖励你们。”

小千摸摸头，欣喜道：“师父，你肯定不会想到，秦天佑夫妻居然跟宋侯倪展串通，密谋夺取牧场控制权。嘿……这两夫妻居然吃里扒外，宁愿将自己的祖宗家业送给别人，真是够伟大。”

“不会吧？”耀阳一震，他是想到秦天佑可能会泄密，但怎么也想不到秦天佑会无耻到不顾祖宗基业去跟外人勾结。而且此时的倪展父子已经身亡，照情形来看，秦天佑应是又被刑天氏收买。

小千听了，大为不满耀阳半信半疑的态度，道：“我们怎么会有错，你看看我们还顺手取了些证据过来，否则也不会来得这么迟，师父你看，这就是秦天佑夫妻跟倪展往来的书简，这个可假不了。”

耀阳岂会不信小千之言，拍拍他的肩膀接过书简，道：“为师当然相信你们，不过没想到秦天佑夫妻会做得这么过分而已，这次你们立了大功，师父一定会好好奖励你们一番。”

“多谢师父！”小千和小风一起高兴地回道。

耀阳顺手打开几卷书简，一眼扫过，不由暗自心惊，从秦天佑的言辞中可见他已经完全将牧场的利益抛弃不顾，如果按照书简上所说的一切成真，那大洪牧场肯定不会再是秦家的了。

耀阳大奇，这秦天佑怎么说也是秦家子孙，怎么会做出这样出卖家业的行为？再又仔细盯着厅内的秦天佑看了许久，他完全确定秦天佑肯定没有受任何魔障所惑。

耀阳更觉得事情的发展没有这么简单，想起秦天佑之妻吴氏就感觉不舒服，心中一凛，立即附在小风耳边道："现在为师再给你们一个任务，进内院将秦天佑的老婆吴氏给抓来，小心点，别让她逃了，她可能是妖宗的人所幻，说不定还有些法道修为。"

小千和小风立即低声应道："没问题，师父，一切都包在我们身上吧。"说完两人立即又离开大厅。

刑天灭三父子看到耀阳师徒的情况，却不知他们在搞什么，不由都是满脸狐疑，开始推断耀阳的这些举动。

耀阳却是向他们一笑，走到秦天明身边，道："场主，耀阳有件事想告诉你。"

秦天佑见此就恼了，喝道："老爷我在这里说话，你一个外人插什么嘴？"

耀阳冷哼一声，双眼厉芒一扫，秦天佑禁不住打了个寒噤，立即萎了下去，不敢再大声出言呵斥耀阳。

秦天明接了耀阳递给他的书简仔细一看，顿时脸色大变，错步前行，挥手就是一巴掌甩在秦天佑脸上，怒道："蠢材！你这个吃里扒外的家伙，居然敢背叛秦家，想将数百年祖宗基业给卖了。你还知不知道廉耻两个字是怎么写的？秦家有你这种子孙真是我家门不幸。"

说着，秦天明将信简往秦天佑身上砸去，怒不可遏地大喝道："畜生，你现在还有什么话要说吗？"

哪知被信简打中的秦天佑不屑地望了望所谓的证据，不但丝毫没有惭愧之色，反而大义凛然地道："秦天明，你敢打我？别以为你生得早，做了秦家家主就什么都对。你食古不化，不知变通，不想想别人有多厉害，就妄想靠着两个外人跟他们作对，最终只会连累祖宗基业。我这样做才是真正为了牧场的利益着想，才能令我秦家牧场继续存在下去。"

耀阳摇头叹息，无耻的人见多了，的确还没有见过比秦天佑更甚的人。

“你……”秦天明被气得够呛，用手指着秦天佑骂道，“我秦家怎么会养出你这样的畜生!”

秦天佑还自以为是，口若悬河地直说自己英明，指责秦天明不该。

此时此刻，耀阳与刑天父子反倒变成了看热闹的。

耀阳瞥瞥在一旁看笑话的刑天灭，问道：“秦天佑之事，很显然也是你们搞的鬼?”

刑天灭不置可否地道：“你认为像秦天佑这个样子，有无别人插手又有什么区别吗?”

耀阳沉声道：“大洪牧场毕竟是秦家祖宗基业，如果不是有人怂恿，秦天佑再怎么样也不至于就这样将它卖了。”

刑天灭哈哈大笑，嘲笑道：“这有什么不可能的，人与人之间不就是利益关系吗？有足够的利益，什么祖宗家业，什么兄弟妻儿，还不都是可以卖掉。这是亘古不变的道理，谁都改变不了，就说你吧，没有利益会一直在牧场待下去吗？天下征战乃至三界四宗之争，谁不是为了自己的利益。标榜正义的神玄两宗不也是为了自己能控制三界吗？你有本事就去让神玄两宗放弃他们的利益!”

虽知刑天灭是强词夺理，但耀阳仍是一时无言以对。

这边的秦天明看着自己的亲弟弟还在侃侃而谈，不由勃然大怒，厉喝道：“不知廉耻的东西，今日我就替祖宗清理门户!”说罢，挥手一拳击向秦天佑。

秦天佑虽然不学无术，但毕竟是秦家子弟，还学过些家传法道，立即闪身避过。秦天明怒极，如何肯停，追上再是一击。秦天佑自然不会坐以待毙，喝道：“秦天明，别以为你做场主就能为所欲为。今天我们将所有的旧账一并清了!”说着连起一脚踢出，跟秦天明对战起来。

没想到秦天佑的身手还是不错，勉强居然能跟秦天明一战，不过耀阳看了大是皱眉，那秦天佑使的不少是魔门招式，看来秦天佑虽然不是中魔，但绝对是学了魔门异法。

秦天明的修为自是比秦天佑强，不过一时也奈何不了他。两兄弟拳脚碰撞，掀得桌椅皆翻。这那里像是对搏对拼，分明是厮打耍泼一般。

“忤逆家贼，受死!”

只听一声娇叱，不知何时醒来从内室行出的秦骊如看秦天佑敢对父亲动手，不由大怒，拔剑就是一剑劈向秦天佑。

秦天佑虽习魔功，但是修为上还是不如秦天明，此时加上秦骊如，哪里抵挡得住，虽然避开秦骊如一剑，却被秦天明一脚踢中胸口，顿时“啊呀”一声痛叫，斜飞而起砸烂一张桌子。

秦骊如性子暴烈，还要追上去再给秦天佑一剑。

秦天佑却狡猾得很，早就闪身躲到刑天灭身后。秦骊如还要出手，终被秦天明拉住。秦天明自然知道以秦骊如的身手对刑天灭出手，无疑是自找死路。

秦天佑到了刑天灭背后，就仿佛有了靠山，又神气起来，指着秦骊如大骂道：“臭婊子，你嚣张什么，别以为自己生来便是什么大小姐。其实，你还不知是哪里来的杂种?”

秦骊如顿时脸色铁青，喝道：“你说什么?”

秦天明更是脸色大变，指着秦天佑道：“忤逆家贼，住口!”

“怎么了，被我说中要害了吧!”秦天佑冷笑着对秦天明示意，然后对秦骊如道：“你可能不知道吧，你根本不是秦天明的亲生女儿，牧场大小姐其实是另有其人，你只不过是个没人要的野种而已。”

秦骊如哪里肯信，厉声道：“秦天佑，你怎么能如此胡说? 即使你是我二叔，今日我也要让你好看!”

秦天佑嗤声道：“你作威作福多少年了，你还真以为自己是什么千金小姐啊? 你不过是十八年前秦天明收养的一个弃婴，当初若不是他收养了你，你不饿死也冻死了。你充其量不过是牧场的一个养女而已，凭什么在这里大呼小叫的?”

秦骊如如何能信，但还是忍不住转头问道：“爹，他说的是不是真的?”

秦天明神色一肃道：“骊如，别听这个畜生胡说八道，你当然是爹的好女儿。”

“呸，你才胡说八道！”这时一阵尖锐的女声传来，众人循声望去，原来是小千和小风将吴氏抓来，哪知没有被封口的吴氏进厅便大呼道，“秦天明这个伪君子，连自己女儿都不敢认，哈哈，你别以为别人不知道，其实那个叫素儿的死丫头才是你的女儿。秦骊如，你不过是个捡来没人要的野种？”

秦天明大惊，神色骤变，脸色迅速黑了下来，厉声喝道：“无耻刁妇，我秦家哪容得你在上胡言乱语，骊如就是名正言顺的秦家大小姐。我秦天明说的话就在这里，谁有异议吗？”

耀阳大惊失色，暗责两人为何不把吴氏的嘴巴封起来。

“闭嘴！”小风见吴氏被制还不老实，不由大怒用力将她的胳膊一拧。意欲施法封制吴氏，谁知吴氏突然尖叫一声，一口向小风咬去，小风大惊闪避。连小千也大吃一惊，手上不由一松。

吴氏果是妖物，乘机运起妖能，使劲挣脱了两人的挟制，跑到秦天佑身旁，嚷道：“秦天明，你每天晚上都去大洪湖心的岛上传给素儿那死丫头密法，不要以为没人知道。你这样偷偷摸摸地传给素儿法道是为什么？哼，这个你可没告诉你那个所谓的宝贝女儿吧。也难怪，秦骊如毕竟不是你的亲生女儿，你当然信不过她，哪肯将真相告诉她。”

第一百二十一章　龙腾九天

没想到他夜授素儿密法的事情会被人知道，秦天明不由神情一滞，对于吴氏对他父女的挑拨，心中大忿，又担心地看向女儿，道："骊如，你千万莫要相信他们的胡言乱语！"

望着秦骊如仍然还是露出怀疑的神色，秦天明脸色大变，他知道这个女儿的火爆性格，素来牧场中都有些不三不四的传闻，平常倒也罢了，但这个关键时刻一个处理不好后果难料。

此时，轻缓的脚步声响起，倚弦大步进入大厅，一眼扫过当中数人，略有讶异，却是不停步到了耀阳身边站定，兄弟俩交换了一个会心的眼神。

刑天氏父子对倚弦甚是注目，尤其是刑天灭眼神中格外多出一种憎怒的神情。试想当日在冰火炼狱崖顶之上，当着神玄魔妖四宗众多高手，他因为轻敌大意之故，被初出炼狱的倚弦一剑震退，在三界传为笑谈，难怪今日仇人狭路相见自是分外眼红。

倚弦对于刑天氏父子的注视仿若无睹，只是询问地看了看耀阳，耀阳简单几句话将刚才发生的事情低声交待了一遍。

倚弦皱眉道："这该怎么办？外面魔妖两宗的人虽然被我威慑一番，但还是都在虎视眈眈，如果刑天氏处理不好，谁知道什么时候会出来生事！"

耀阳苦笑道："这种事情，我们也没有办法。怎么也想不到事情会弄得这么复杂，一时间，我也不知这样的局面该怎样收场。”

刑天父子似乎极其喜欢这么混乱的场面，刑天灭看着心急如焚的秦天明，更是讥讽不已地大笑道：“很热闹的场面嘛，很少看这样的戏。不过戏虽好，也不能当饭吃，你们也别再拖了，快些将家务事处理完结，以便本宗主借秘匙一用。哪有这么多的废话!”

“你在说什么！滚!”本就心烦意乱的秦天明哪里受得住这个罪魁祸首在旁边说风凉话，顿时忘了刑天灭的修为非他可比，怒喝一声舍身扑了上去，展拳向刑天灭疯狂击去。

耀阳和倚弦两兄弟见秦天明一时冲动，都暗叫不好，齐齐跟着扑去。

刑天灭身为魔门刑天氏宗主，他的修为怎么是秦天明所能望其项背的，当即轻蔑地冷笑一声，暗运魔能拂袖迎击而上，强大的魔能立即狂窜而出，像是巨浪般狂拍在秦天明身上。

“砰!”刑天灭看似随意，其实毫不留情，秦天明如何能挡，满口鲜血喷出，向后跌倒。耀阳和倚弦不及救到，只能接住他颓落的身子疾速后退。

此时的秦天佑夫妻竟丝毫没有担心的神色，反而一副和刑天氏相同的幸灾乐祸的神情，仿佛秦天明不是他们的大哥，而是恨之入骨的仇人似的。

秦骊如已经呆了，等倚弦扶住秦天明以元能救治时，她不由扑上去悲呼道：“爹，你怎么样……”她直到此时此刻才醒悟过来，这些其实并不重要，重要的是父亲还是父亲。

秦天明勉强扯出一丝笑容道：“爹没事，只是一点小伤而已……”说着却又一阵咳嗽，张口咳出一口血来，脸色苍白。

秦骊如被吓得脸色惨白，连声道：“爹……”浑然没有了平日里稳健刁蛮的作风，竟浑然不知所措。

此时素儿也冲入厅内，见到秦天明竟然受伤，不由惊得花容失色，噗的跪下，带着哭腔道：“师父，你怎么了？是谁伤了你……”她承一身秘道所学，成就出超乎异常的灵应，早已原本知道师父便是秦天明，只是平常时候见到秦天明始终不肯在自己面前露出真身，也就遵从了秦天明的习惯，此时见到师父受伤，自是不再隐瞒，伤心莫名。

“想不到素儿的修为已经进展如斯，我值得安慰了！”秦天明从素儿的称呼得知自己身份已经被她得知，由此可见素儿秘道的修为，不由欣慰的长叹一声，道，“事已至此，我也不想再隐瞒下去，素儿，你可知道为师其实就是你爹？”

“师父……爹……”素儿一听呆住了，她根本没有任何心理准备，突然间师父成了父亲，一时间任谁都难以接受。

没想到秦天明就这样直接承认了素儿是他的女儿，秦骊如虽有准备，但还是心中一跳，看看素儿又看看秦天明，神色黯淡。

秦天明微微一笑，忍住体内翻江倒海般的伤势，用手抚摸秦骊如和素儿的头，道：“骊如、素儿，这件事情已经过了十多年，也该告诉你们了。你们两个都是爹的亲生女儿，你们是真正的亲姐妹。”

素儿不明所以，秦骊如却愣了一下，想不通怎么素儿和她都是秦天明的亲生女儿，这到底是怎么回事？躲在一边的秦天佑夫妻也是一脸狐疑。耀阳和倚弦更是一头雾水，耀阳甚至还在心中想到是不是秦天明年轻时惹下的风流债。

刑天氏父子却在一旁看着热闹，一脸鄙夷不屑视之。

“师父……”素儿该不知道怎么说话，她从没怀疑过师父的话，而从她懂事以来就知道师父待她如亲人一般。在素儿的心目中，师父就是父亲一样的地位，但是现在师父说他就是自己的亲生父亲之时，她却难以置信，并不是她不相信师父，而是一时身份的错位让她反应不过来。

秦天明看看素儿和秦骊如，慈祥地笑了笑，接着眼神投向大厅之外，似乎想望穿苍穹，不自觉中，他沉湎在回忆中，缓缓道：“当年我和你们的娘成亲后，本来很是恩爱，成亲后一年生下了一女儿，我和你们的娘都疼爱非常。第二年，你们的娘又生下一个女儿，这时你们的爷爷过世，爹继承场主之位，为了秦家的祖宗基业，不得不牺牲一个女儿……”

说到这里，秦天明露出痛苦的神色，道，“谁知你们娘性子很烈，不肯原谅我的无奈之举，拖着虚弱的身子带着剩下的女儿离家而去。当时爹重伤刚愈，四处找寻你们的娘，但就是找不到，直到几年后爹才找到，那时她郁郁成疾，已经药石难治。不过临终前，她终于原谅了我，并告诉我，当年她并没有将小女儿带走，而是放在牧场外爹常去之处，所以当时爹收养的弃婴其实就是自己的女儿，也就是现在的骊如！”

没想到还有这么一段，耀阳和倚弦对视一眼，对秦天明牺牲女儿的做法显然有些不能理解，素儿和秦骊如也都是异样不解的神色。

秦骊如听得眼泪直下，道：“爹，是女儿不好，不应该听奸人的谗言。那素儿是……”根据秦天明之言，其实很明显素儿就是所谓为了祖宗基业而牺牲的那个大女儿。

秦天明微叹一声，握住素儿的手道：“素儿，是爹不好，当时为了祖宗基业，让你受苦了，希望你能原谅爹！”

素儿从没怀疑过秦天明的话，此时也一样，已经相信师父就是自己的父亲，她生性贤淑孝顺，自然不会责怪秦天明，点头道：“师……爹……素儿不会怪你，女儿怎么会责怪父亲。”

秦骊如却是为姐姐的遭遇和母亲的事情而略有不平，不由轻责道：“爹，究竟是什么祖宗基业要牺牲素儿姐姐，让好好一个秦家变得支离破碎？难道一家团聚安乐还不够吗？”

秦天明摇头不答，神色坚决，道：“你们两姐妹一定要好好互相扶助，团结一心守护秦家基业。记住，宁为玉碎不为瓦全，这是秦家祖训，绝不能……违背……”秦天明说着再次吐出一口血水来，脸色更加惨白得吓人。

“爹……”秦骊如和素儿失色道。

看看此时还想乘火打劫的刑天氏父子，耀阳和倚弦对视一眼，默契且微不可察地微微点一下头。

秦天明甫一想说话，却忍不住又咳了几声，昏迷过去。素儿脸色大变，转而惊慌地向倚弦道："易大哥，求你救救我爹，求你……"

"并不是易某不想帮忙……"倚弦摇头不答，神色有些黯淡，撇开头看向外面。素儿和秦骊如更是伤心欲绝，失色痛哭起来。

当然，倚弦其实是故意这么说的，早在跟耀阳交换眼色时便确定，两人都心知必须瞒过刑天氏父子才行，免得他们再横插一脚。为免天明再度心力交瘁，倚弦默运元能输入秦天明体内，暗中强行将其神智闭合，让他好好休息，也让外界渐渐感觉不到他的生气。

见秦天明没有声响，两姐妹更是悲痛莫名，痛哭流涕。

这时，秦天佑却大笑着走出来道："现在秦天明死了，牧场自然是由我秦天佑接手。以后我就是大洪牧场的主人。"

耀阳和倚弦同时摇头，这个秦天佑不只是丧心病狂，还不知死活。

果然，性子暴烈的秦骊如在悲痛之下听到秦天佑的话，更是愤恨难平，跳起怒斥道："秦天佑你不但出卖祖宗基业，还害死我爹，如今给我受死去吧！"语罢，撩起一剑直刺秦天佑，杀意无限。

秦天佑慌忙躲过，秦骊如自不肯停手，斩出剑气如涛向秦天佑扑去。剑气狂烈，秦天佑急忙闪避，狼狈不堪。秦骊如对秦天佑大是憎恨，剑剑是杀招，不离他要害左右，直欲取他的性命。

秦天佑的身手修为本来就不如秦骊如甚多，又素来畏惧这个性格张扬的侄女，此时见秦骊如暴怒至此，顿时没来由地为之心怯，哪里还是秦骊如的对手。不过几招，肩膀便被秦骊如划了一道口子。

秦天佑更是胆寒，吓得四处逃窜，如同丧家之犬。

悲愤不已的秦骊如还不解恨，非要将秦天佑给杀了不可，长剑毫不留情地向秦天佑要害招呼。几次差点被秦骊如刺中，秦天佑魂胆俱裂，忙向刑天灭求救道："刑天宗主，快快救我，我愿意将'梵一秘匙'交出。"

刑天灭冷淡地看了一眼他，问道："你知道'梵一秘匙'的下落吗？"

秦天佑顿时语塞，却还是边躲避秦骊如边嚷道："刑天宗主，念在我衷心投靠您的份上救我一命吧。”

刑天灭还没说话，秦骊如已经暴怒道：“秦天佑，你还知不知道廉耻？秦家没有你这种无耻的子孙。”说着更是上火，出手更狠。

秦天佑一边在左支右挪地躲避，一边还在喋喋不休向刑天氏父子求救，刑天灭皱眉道：“你连祖宗基业都可以出卖，我刑天氏要你这种废物做甚？”

秦天佑此时已是悔之晚矣，还不甘心地继续叫喊求救。刑天抗听着烦心，怒道：“一点利用价值都没有，还哪来这么多废话，本少爷先毙了你图个安静。”

刑天灭一挥手阻止刑天抗出手，淡淡道：“休管别人的家务事，这是秦家自己的事情，用不着我们插手。”

刑天抗愤愤收手，哼道：“秦天佑，你少在那里叫嚷，否则本少爷先斩了你。”

这下秦天佑也知道刑天氏父子肯定不会再保他，环顾四周没有什么安全的地方可躲，却一闪身到了吴氏背后躲起。秦骊如可不管，长剑继续追击，剑势凌厉，毫无顾忌是否会伤到别人。

“你给我滚开。”吴氏一见秦骊如如此模样，虽然平时对她素来没有好感，甚至有时还得在秦骊如面前低声下气，心中难免有气，但此时看着她身后的耀阳与倚弦两位煞星，连刑天氏都不愿得罪他们，她一个小妖当然不愿意受到波及，叱喝一声，忙一挥衣袖，竟施法放出妖能将身后的秦天佑震离。

“哎哟……”秦天佑屁股着地，摔得七荤八素，这才知道自己的老婆吴氏也是一个非同寻常的角色。狼狈地打了个滚躲开秦骊如的夺命一击，秦天佑像是抓到救命草一般，扑到吴氏脚下，哭喊道：“娘子，救命啊，救救我！”

但身为妖物的吴氏对他并无任何情分，怎么肯为了他而得罪耀阳和倚弦这连魔门各族宗主都要忌惮三分的两兄弟，当下一脚将他踢飞，对于秦天佑的哀求也熟视无睹。

此时，秦天佑再蠢也知道自己完了，只能抛开一切跪在秦骊如面前，涕泪齐下地哭道：“骊如，是二叔不好，二叔被猪油蒙了心，被奸人所骗。才会做出出卖祖宗的事情，骊如你饶了二叔这条狗命，二叔作牛作马也会报答你的。”

看着秦天佑这个样子，秦骊如收了剑，一脚踹在他的脸面上，将他踹翻在地，怒道：“谁是我二叔？出卖祖宗基业者，该被千刀万剐，若不是你，爹怎么会被狗贼所伤，现在还想让我饶你，休想！”

刑天灭听到秦骊如骂他狗贼不由大怒，但是为了大局，他自是暂不追究。

秦天佑对秦骊如的重手不敢躲闪，流着鼻血苦苦哀求道：“骊如，二叔好歹也替秦家留下了一根血脉，看在小海的份上，留我这条狗命吧！”

刑天灭在一旁嗤笑道：“秦家真是人才辈出，这样的人物也少见。”

耀阳和倚弦也直是摇头，一样饭养百种人，秦天明知人善用、尽心守护祖宗基业，秦骊如性格刚烈不屈，素儿善良贤淑，但像秦天佑这样无耻的人就算是魔妖两宗中也少见，也一样是秦家人。

秦骊如看他这样丢脸，更是怒甚，哪里肯放，扬剑就想杀了这个让秦家丢人的家伙。但素儿毕竟心地善良，走上一步，抓住秦骊如握剑的手，摇头道：“大……小姐，算了，不要杀他，怎么说他也是我们的二叔。”

秦骊如看看素儿，又瞪了一眼秦天佑，恨恨地将剑丢在一边，喝道：“若不是姐姐替你求情，今日非斩了你的狗头祭祖不可。”转而对素儿道：“姐，你怎么还叫我大小姐？叫我骊如吧。”

素儿微愣，不习惯地说道：“唉，习惯了！”

秦天佑见能够保住性命，又怕秦骊如改变主意，忙不住磕头道：“多谢骊如，多谢素儿，二叔以后一定会好好做人……”

秦骊如厌恶地看看秦天佑，冷哼道：“死罪可饶，活罪难恕。从今以后，你不再是大洪牧场的人，即日起逐出大洪牧场，终生不得踏入牧场半步。”

秦天佑惊道：“不要……”

秦骊如冷冷打断他的话道：“你可以选择死做秦家的鬼，也可以选择活着离开牧场去，一切悉随尊便！”

秦天佑看秦骊如坚定的眼神，颓然道：“是是……我这就走。”

“还有……”秦骊如闪步上前，蓦地挥手一掌劈在没有丝毫防备的秦天佑额头上，注入玄能，瞬间便将秦天佑的法脉根基废了。

秦天佑撕心裂肺地惨呼一声，瘫倒在地。

秦骊如冷声斥道：“废你一身修为与法脉根基，免得你出去后四处作恶，败坏我秦家名声。快滚！”

“你好狠……”痛楚一过，秦天佑勉强站起，知道自己的一身修为全部被废，现在已经手无缚鸡之力，随便两三壮汉就能将他打伤打死，的确是再也作不了恶。秦天佑心中虽恨，却也不敢跟秦骊如翻脸，畏畏缩缩地向外走去，回头看看面无表情的吴氏，叹了一声，向外踉跄而去，身影甚是凄凉。

本来吃好喝好、作威作福的大洪牧场秦家二爷如今落得如此下场，倒给人一种苍凉的感觉，但这实是咎由自取。

素儿看着不忍，对秦骊如道：“大……骊如，你有钱吗？”

秦骊如看素儿的神情，也知道她想干什么，无奈地随手从身际拿了点钱物出来。素儿也从自己身上掏出仅有的几锭银铢，凑起来行出去将这些东西递给秦天佑，道：“这点钱你拿去，做点小生意，应该足够好好地活个下半辈子了。”

“多谢素儿……”秦天佑接过钱物，涕泪俱下，低头离去。

看着倚弦似乎也有感触，耀阳耸耸肩道：“早知如此，何必当初。”

刑天灭哈哈笑道：“不用表演什么真情感触了吧，既然你们秦家的家事已经搞定，现在就轮到我们继续谈谈之前的事情吧。”

秦骊如见这个杀父仇人还敢提出“梵一秘匙”，不由睚眦皆裂，正要上前怒斥，却被耀阳一把拉住。

耀阳上前挡在秦骊如面前，对刑天灭道：“刑天宗主所为是‘梵一秘匙’，可是现在唯一知道‘梵一秘匙’秘密的秦场主却被刑天宗主所杀，秘匙所在已无人知道，借秘匙之事也无从说起，刑天宗主不如就此请回。”

刑天灭冷冷一笑，道：“恐怕事情并非如此，秦天明虽死，但‘梵一秘匙’的秘密应该还有一人知道，那就是她——秦天明的大女儿！”伸手直指素儿。

耀阳冷哼道：“那依刑天宗主以为，又当如何？”

刑天灭冷冷道：“将‘梵一秘匙’交出来，或者把她交出来。”

“休想！”倚弦很少有地怒发冲冠，踏步上前，厉声喝道，“刑天灭，你身为一族宗主竟如此卑鄙，乘秦家有难之际强取豪夺，迫秦家兄弟反目，杀秦场主之后，竟还欲染指‘梵一秘匙’，实在天地难容。”

刑天灭脸色一沉，喝道：“小辈，你凭什么身份替秦家做主？”

倚弦冷笑斥道：“那你们刑天氏凭什么强取‘梵一秘匙’？今日之事，易某管定了，谁都休想从秦家取走任何一点东西。”

刑天抗大喝道：“臭小子，你以为你算什么东西，竟敢威胁我们刑天氏。”

耀阳岂容别人小觑自己的兄弟，淡笑道：“我们没什么值得你们忌惮的身份，就只是我们两兄弟而已。”

倚弦仰天大笑，伸手祭出龙刃诛神，坚决道：“刑天灭，你们有任何不利大洪牧场的举动，首先要问过易某手中的龙刃诛神！”尽管他知道他和耀阳联手都未必能胜过刑天父子三人，更别说刑天氏全族，但是他绝不会在此时袖手不管。

耀阳也将轩辕剑握在手中，双眼精光迥然，直视刑天灭父子三人，微笑道：“耀阳也想试试轩辕剑斩妖除魔是否顺手！”

“还有我们！”小千和小风也毅然站在师父身后，神情坚决，他们的修为虽然还大是不够，但是也不愿因此而弃师父而去。

见小千和小风两兄弟这么争气，耀阳回头笑道："小千、小风，这里没你们的事，你们去把小仙接回去就行，现在牧场有不少鬼鬼祟祟的不良分子，你们记得注意安全。至于眼前的跳梁小丑，你们师父我和易师叔能随便应付。"

以小千和小风的天赋以及现在的修为，短时间内，他们小心一点，自能趁早避开危险，这点小事情，耀阳当然放心。小千和小风现在对耀阳也有着盲目的信心，听他说没问题，自然相信。现在牧场中龙蛇混杂，他们也不放心小仙一人还待在兵营那里，便应声而去。

耀阳面对刑天氏父子，冷声道："怎么样，是战是和，我们两兄弟悉听尊便。"

刑天抗和刑天放毕竟年轻气盛，怎么受得了耀阳和倚弦的气，不由齐齐大怒，暴起喝道："小子找死！"说罢，兵器齐出扑向两人。

刑天灭皱了皱眉，阴沉着脸，却并未阻止，他很想看看自家两个儿子与传说中两个少年高手之间的差距究竟有多少。

耀阳以轩辕剑一挑，错步左侧，倚弦则右倾斩出一道凌厉剑气，两人配合得天衣无缝，玄能剑气合纵连横，不但将刑天氏两兄弟的攻击轻松化解。并乘着剑势，耀阳前行一步，轩辕剑左右三斩，剑气旋转而出。倚弦在后跃起，挥出一片剑影，冰晶火魄的元能如倾盆大雨般向刑天氏兄弟盖去。两人这联手一击，剑气呈巨形网状向刑天氏兄弟罩去，偏又不掀起一点声响。

刑天抗和刑天放同时大惊，仓皇后退，勉强避开剑气锋芒，用掌中魔刃全力抵挡余劲，不过他们这次还是轻松将剑气余劲抵消，毫不费力。他们不由大喜，果然是神器，能有如此威力，伏羲武库之后，刑天灭鉴于耀阳和倚弦两人的修为已经压过魔门几大年轻高手，特意将刑天氏仅有的几件神器尽数取出分给族中各大高手，其中把"风棱山刀"给刑天抗，将"囚魂锁"给刑天灭。两兄弟根据刑天氏秘典修炼大成后首次对敌使用，果见威力大增。

此时耀阳和倚弦追上一步，轩辕剑和龙刃诛神激发劲气飞飙，瞬间就将刑天氏兄弟包围，丝毫不让他们有喘气的时间。刑天抗和刑天灭两人知道神器威力后，不由大为兴奋，信心十足，悍然尽展神器威力，刀锁齐发将威胁他们的劲气尽数击破。

耀阳和倚弦两人大讶，发现有了神器的刑天氏两兄弟的确是身手大增。不过，即使如此，未能发挥神器应有威力的耀阳和倚弦也不怵他们，两人对视一眼，齐声低啸出声，手转如旋，轩辕剑和龙刃诛神合力强击，强势劲道排山倒海一般向对方压去。

刑天氏兄弟骇然，知道厉害，“风棱山刀”配合蕴含缠劲的“囚魂锁”全力斩出，劲气逼面，压得他们几乎透不过气来，他们借后退之势才勉强抵消耀阳和倚弦的合力一击。但是两人还是被那强烈的劲道给震得飞退三步。

刑天抗几次被耀阳和倚弦压制，如何肯甘心，此时大恼，身子还在飞退中便不顾一切地一刀斩出，刀气向耀阳和倚弦狂奔而去，而同时耀阳和倚弦周围也蓦地窜出尖锐石棱，迅猛无比地冲向两人。刑天放见此，也是乘机一拉“囚魂锁”，喝声道：“摄!”“囚魂锁”竟骤然爆出黑光，摄人心魂。

耀阳和倚弦不备，竟被黑光摄魂，一时精神恍惚，进攻之势顿消。此时刀气石棱已经迫在眉睫，耀阳和倚弦危在旦夕。素儿和秦骊如看得面容失色，齐齐担心地大惊叫起，但她们的喊声却传不到两兄弟耳中。

幸而，耀阳和倚弦非是常人，他们的魂魄几次离体，又经历七道轮回，精魂意志方面早被历练得无比坚强，虽是一时受到影响，但马上就警觉。在刀气石棱袭身之前，已经警醒，轩辕剑和龙刃诛神同时怒斩，一举击破刑天抗这一击。

在一旁的刑天灭本已面露凶光，眼中杀机如有实质，但他毕竟老练狡猾，心中猜测三界闻名的新秀耀阳和倚弦恐不会这么简单，所以一直忍着不出手，免得一击不成，失去机会又白白落得个乘人之危、以大欺小之名，那就是自取其辱了。

耀阳和倚弦两兄弟及时破了这一招，但原来占得的优势尽失，刑天抗和刑天放乘势向他们狂攻而来。耀阳和倚弦哪会怕他们分毫，一起出手，正面强势迎上。

立时刀锁怒吼，剑气龙吟，甫一接触，便激起震声如雷，劲气如涛，风欲震栋。刀光剑影在悲鸣声中四散，刑天氏兄弟被逼退几步。

耀阳高喝道："你们两人还不够资格与我兄弟一战！"抡起轩辕剑就是旋身飞袭，没有剑气爆发，但神器本身的锋芒已足以夺人魂魄。倚弦自不会落后，也赶上尽展龙刃诛神。轩辕剑和龙刃诛神光芒尽显，炫目夺神，其势更是强悍无匹。

尽管刑天氏兄弟能将神器威力发挥十足，但是也挡不住耀阳和倚弦的联手强袭，连连后退，看起来甚是狼狈。耀阳和倚弦更是强悍追击，丝毫不给刑天氏两兄弟以喘气的机会，更不会让他们有反击的余地。

在耀阳和倚弦联手强击之下，刑天氏兄弟已经没有还手之力。刑天灭大是皱眉，实在看不下去，沉声喝道："逆子，谁让你们如此莽撞，还不给我住手。"身如影动，一手拍在刑天抗肩上，作势是要拉刑天抗回来，但其实是默运魔能，顺势将魔能注入刑天抗身上，联合刑天氏两兄弟的魔能，不再退让，三人合起的魔能，正面向耀阳和倚弦狂猛顶去。

"砰！"一声震耳巨响，两股庞大的元能交击爆发烈劲如狂，直震得整栋楼屋颤抖不已，惊人的狂烈气流将地上的一切都扫开，仿佛是龙卷风过境一般。

耀阳和倚弦闷哼一声，他们所学博大精深，身手之强自不用说，修为深厚也非是四宗青年高手可比。但刑天灭近千年的修为和刑天氏兄弟各自数百年的修为合力，其威力岂可等闲？耀阳和倚弦仓促之下未能全力而为，哪里能敌，顿时明显地落入下风。刑天氏父子三人不过是退了三步，耀阳和倚弦两人却被震飞几丈远，勉强站住，气血沸腾不已，身形微有摇坠。

刑天氏兄弟一见有便宜可占，便仗身前进一步，还要乘势出手。但刑天灭却是伸手拦住他们，也不理刑天抗兄弟狐疑的神色，对耀阳和倚弦冷冷地道：“今日本宗主给黑衣老者的面子，不与你们计较，也可以不再提‘梵一秘匙’的事情，但这是因为你们，所以只要你们两个一旦离开‘大洪牧场’，那就别怪本宗主不客气。当然，如果你们入赘秦家，那就不好说了，哈哈……”

刑天灭大笑着离去，刑天抗兄弟嘲讽地看了看两人，嚣张地大步扬长而去。

耀阳和倚弦对看一眼，都是满脸怀疑之色，想不到刑天灭父子真的就这么轻松就走了？难道是真的给黑衣老者面子？

“咦，那吴氏呢？”倚弦突然发现吴氏不知在什么时候已经溜走了。

耀阳撇撇嘴道：“那妖人知道身份暴露，哪里还有胆子留下来，肯定是早就找机会溜走了，那些妖物别的不行，但做此等鬼祟之事还是不下他人的。”

该走的人已经走光，秦府似乎恢复了暂时的平静。但一塌糊涂、狼狈不堪、无完整之物的大厅中只剩下悲凄的秦家二女与心情沉重的耀阳、倚弦，没有任何气息的秦天明躺在冰冷冷的地上，更平添几分凄凉。

秦骊如和素儿还在低泣，耀阳和倚弦不知说什么好，只能陪着她们。这时，闻讯的老仆莫凌风带着众将领赶到，看见到秦天明这样躺在地上，没有任何动静，谁都知道是怎么回事，众将无不悲愤莫名，喊着要替场主报仇。

众将一意复仇，耀阳和倚弦知道他们这些人去找刑天氏报仇，无疑是自己找死，但群情激愤，他们也说不得什么话。素儿娴静，兼之身份还未公开，也很难处理此事。

倒是秦骊如还算有理智，一把抹干眼角的泪水，怒喝道：“吵什么，牧场的事情你们不用做了吗？还不各自守住岗位。莫老，你带头，先行回去，好好布置牧场防御。不要让敌人有可乘之机，这个时候是你们该出力的时候。”

众将之中还有人要说话，莫凌风阻止他们，向秦骊如恭敬道：“老仆无能，让小姐操心了。老仆这就带着他们各回岗位，这里的事情就只能让小姐劳心了。小姐请放心，只要老仆还有一口气就容不得他人对牧场不敬。”

见莫凌风都这样说，众将这才将怒气平息下来。

秦骊如闭眼深吸一口气，沉声道：“骊如在此多谢各位！牧场就靠你们了。”

在莫凌风的带领下，众将毕恭毕敬地退走，秦天明已经出事，他们更要显得对秦骊如尊重，这样才能给她足够的信心。

等众将离去，秦骊如神情顿时又凄迷下来，看着躺在地上的秦天明，刚烈的她也不由再次黯然落泪。进来收拾的奴仆，自是不敢去打扰她们。

此时，小千和小风已将小仙带来，见到这个场面，三人也乖巧的不说话，静静地站在耀阳身后。

耀阳和倚弦用灵觉神识扫视洪泽城，知道周围妖魔二宗的法道高手尽已离去，相互一点头。倚弦便命下人将秦天明的身体小心地抬到后堂秦天明卧室。

几人都来到秦天明卧室，耀阳挥挥手让下人离开，等其他人全部离开后，耀阳拍拍小千和小风道：“你们就在好好观察周围，如果有任何魔妖两宗的人靠近，立即告诉师父和师叔，知道吗?”

小千和小风当然点头称是。

接着耀阳又对小仙道：“小仙，你去拿点热水和毛巾过来，记住别人问的时候就说是给两个小姐洗脸用的，因为她们哭得太伤心了。还有一定要亲自端水进来，不能让别人跟来。”

小仙应声离去。

素儿和秦骊如有点不解地看着耀阳。耀阳只是向倚弦点头道：“好了，我帮你护法，你开始吧。”

倚弦立即双指点在秦天明的印堂之上，以归元异能催起生气融合冰火异能注入秦天明印堂之中，再次打开秦天明神识，以生气修复秦天明重伤的心脉。

素儿姐妹俩弄不清楚状况，但也知道倚弦绝不会做出不利的事情，只能呆呆地看着。倚弦突然喝叱一声，蓄劲一掌击在秦天明胸口，一气呵成将冰火异能强势催入，一举疏通秦天明体内堵塞的经脉，秦天明“哇”的吐出体内一口淤血醒过来，恢复了呼吸生气。

素儿和秦骊如这才知道倚弦是在救她们的父亲，两姐妹晓得父亲有救，不由大喜。不敢打扰倚弦运功替秦天明疗伤，她们唯有相拥喜极而泣，以此来抒发心中的喜意。

耀阳见到两姐妹的神情，也为她们感到高兴，拍了拍秦骊如的肩膀道：“好了，放心吧，秦场主不会有事的。”

秦骊如含泪点头。

良久，倚弦才从秦天明身上撤掌收回，长吁了一口气，抹抹额头的汗水，道：“好了，秦场主不会有性命之忧了。”

秦骊如与素儿闻言大喜过望，秦骊如更是喜极而泣，道：“爹……”正要上前看望父亲的时候，却被耀阳拉住了。

耀阳斥道：“你干什么，秦场主伤势不轻，你别去打扰他，如果他得不到好的休息，伤上加伤的话，那就麻烦了，你难道想让你爹再多躺几年不成?”

“对不起……”从大悲到大喜的秦骊如哪里还会跟耀阳较劲，乖乖地点头。

耀阳用手一拍额头道：“天，你跟我说对不起干吗？我看你是高兴得晕头了，我还是小心一点好。”

秦骊如面上一红，白了耀阳一眼，放轻动作和素儿一起坐到床前，问道：“爹，你怎么样？刚才吓死我了。”

素儿也是大喜唤道：“师父……啊……不，爹，你还好吧。”

秦天明虽然醒来，但是气息相当微弱。他毕竟是深受刑天氏宗主所伤，刑天灭何等修为，若非本身家传密法神奇，他肯定没命，刑天灭也自信秦天明必死，所以才没有追究下去。所以现在他没死，伤势却非常严重。

秦天明微微扯出一丝笑容，艰辛地想说话，倚弦忙制止他道："场主千万不要勉强。刑天灭下手真狠，你的伤势实在太严重，这几日好好休息，最好不要浪费力气说话，更不能下床。你的伤势要用药石医治三个月，再好好休养半年才能痊愈。"

秦天明勉强点头，宽慰的眼神看看两姐妹。素儿和秦骊如含泪而笑，柔声道："爹，你就放心休养，牧场的事情就交给我们吧。"

秦天明欣慰地微笑颔首。

第一百二十二章　替人消灾

倚弦沉声道："秦场主身子还不行，还是好好歇息一下，不要再费神。"伸手在秦天明眼前一扫，一股柔劲盖住他的头部，元能侵入秦天明法脉之中，秦天明慢慢闭上双眼，沉沉睡去。

倚弦对素儿和秦骊如道："让他好好睡一觉，好让身体能更快复原。"

两姐妹自然点头。耀阳从小仙手中拿了毛巾，道："秦场主刚才排出一身污垢和淤血，需要用热水擦拭一下，不过要小心一点。"

素儿立即接过来，道："这个就交给我吧。"耀阳也不客气，将毛巾给了素儿，他们父女刚刚相认，让她做的确比较适合。

秦骊如虽然有心，但是她也知道自己并不是那种细柔个性，这事情不是她能做好的，还是让素儿来比较放心，不过她至少能帮素儿洗毛巾。两姐妹亲和无间，虽不是天衣无缝，却也没什么突兀。

耀阳看着和谐共处的两姐妹，迟疑半晌，凝重地道："有件事情必须要跟你们说。这次事情甚是严重，若不是因为秦场主假死，他们怕逼急了最后鸡飞蛋打，所以才会暂时收手，其实就算有我们兄弟俩留在牧场，魔妖两宗的人也未必会轻易退走。"

秦骊如一惊，也想到魔妖两宗不是肯轻易放手之人，细想不出什么很好的办法，不由怒道："这些妖孽贼子如果还敢来犯，本小姐一定不会轻饶他们。"

耀阳没好气地道："你说得容易，就一个刑天氏就搞得我们够呛，再加上其他魔妖两宗的人来，你一个人能顶几个？"

秦骊如也知道口气有点大了，不过现在知道父亲只要休息几日就没事了，没有那么担忧，对耀阳的话还是有些不乐意，瞪了他一眼，却发现耀阳双眼炯炯有神正盯着她。秦骊如脸上一红，撇过头道："好了，算我说错还不行吗?"

耀阳讶异地一看秦骊如，奇道："怎么了，原来你也会道歉?"

"你……"秦骊如一听，顿时又有怒气，直想又冲耀阳发作，被素儿拉了一下，才气吞吞忍住说话。倚弦也用手肘给了耀阳一下，喝道："臭小子，哪来这么多废话，说正事。"

秦骊如能这样忍气吞声，已经是很难得了，耀阳也不为过甚，咳了一声，摆正脸色道："魔妖两宗如果一起来找麻烦，我们可能应付不过来。"

一听有关牧场方面的事情，秦骊如也不再跟耀阳纠缠，沉思道："那我还是找师门姐妹过来帮忙!"

耀阳摇头道："你师尊九天玄女之所以被称为玄宗散仙，是因为她除了有关三界天地的大事之外，其他的基本上都不会管。你认为她会为你出头吗?"

秦骊如吞吞吐吐了几下，黯然道："你说得也是，如果去请师尊，她肯定会保我秦家安全，但是若要让她替秦家身外之物出手，肯定不会愿意，这两三千年来她也就帮轩辕黄帝做过几件极为重要的事情，其余时间她都在修身养性。'梵一秘匙'虽然要紧，但恐怕还说不动她老人家。"

耀阳点头道："你知道就好，如果你师尊不亲自出手，你就算抬出她的名号来，也不过只能在普通情况下保住秦家安危，但是整个牧场和'梵一秘匙'，魔妖两宗却绝对不会放弃。所以，我们不可能靠你师尊出手。"

秦骊如问道："这样不行，那该怎么办?"

耀阳沉声道："既然，因为秦场主假死，骗得那些家伙暂时罢手，我们现在首先要做的是短时间内不让他们出手。所以秦场主暂时就不能出面，我们对外声称场主病故，假做一场丧事，先瞒住魔妖两宗的人再说。"

"假做丧事?"除了倚弦外，其他的人都是一愣。

耀阳肯定道："不错，我们做一场假的丧事，骗过魔妖两宗的人，当然，对其他人也绝不能透露口风。魔妖两宗的耳目众多，万一被他们听到什么，那就一切都白费了。”

秦骊如和素儿都甚是迟疑，毕竟人还没死就做丧事，很不吉利。如果是她们自己倒没什么顾忌，但是现在是关于她们父亲的，就不免有些犹豫。

耀阳也知道她们的想法，道：“暂时我们也没有别的办法，秦场主肯定会愿意这么做的，要不，等他明日早晨醒来以后再做决定。”

秦骊如和素儿两人都很清楚秦天明为秦家基业不惜牺牲一切的性格，两人对视一眼，眼中尽是无奈。秦骊如道：“不用了，我爹的想法，想来你们也很清楚，不用问也晓得他肯定会赞成你们的做法。”

“这就是了，就看你们的想法。”耀阳看向两姐妹。

秦骊如叹了口气，与素儿对视一眼，同时点点头。

耀阳沉吟道：“这样就行，我们马上就做准备，我会做个场主的假身来代替。最好将场主安排在没人能打扰又有阳光的地方。”

两姐妹应声称是。

耀阳马上安排起来，一个晚上的时间便将一切安排妥当。

第二日，秦天明醒来，知道此事果然赞同。

于是一场假的丧事就轰轰烈烈地办了起来。秦天明为人可亲，虽然不严厉，但无形中也竖起了足够的威严。莫凌风等将领自不用说，而各牧场中人和周围村镇的人对他也是敬爱有加，听闻他过世，大部分都甚是悲切，不少平日受过秦天明恩惠的人更是在灵堂上痛苦流涕。

附近两家姻亲的镇侯正闻讯带兵前来助阵，闻得秦天明过世，顿时也悲痛莫名，出言安慰秦家姐妹。秦骊如感到欺骗几位亲人有些不安，耀阳便在言语上表示出以后如有得罪的地方还请几位见谅。两大镇侯还以为是说万一秦骊如冲动不懂事之类的，自然不会说什么。

耀阳私下对秦骊如道：“这种事情也是要瞒着他们为好。你也知道魔妖两宗不好惹，牧场有这方面的难处，他们帮不上忙，我想你也不希望他们无辜受到牵累吧。”秦骊如一想也是。

近日来连场征战，牧场虽然伤亡不多，但还是有不少人战死，即使大部分被家属领走，耀阳还是很随意就找到一具没有任何残缺的尸体。《幻殇法录》对这些邪门歪道有不少记载，耀阳轻轻松松就将一具尸体幻化成秦天明的模样，而且没有一丝的元能外泄，即使触觉敏锐如倚弦，只在一尺外就丝毫感觉不出元能波动。所以，基本上没有被魔妖两宗发现的可能。

至于做表面功夫方面，耀阳演戏最是拿手，秦骊如生性刚烈不愿露出弱态，不需要假装悲凄也不会有人怀疑，基本上都是耀阳一个人说着谎，连眼睛也不眨一下，当然擅长睁眼说瞎话的小千和小风也有不少用处。秦骊如只是偶尔强作一点悲伤之色，他人看起来反而是她强忍凄苦，强自振作，对她更是有怜惜又带有敬意。素儿感情丰富，佯装悲伤的样子也是不在话下，倚弦虽然不擅长作伪，但是他的沉默寡言配合整个场面，已经足以造就悲凄的气氛。

这出戏没有任何破绽，连莫凌风等人也没看出什么疑点，其他人更不用说了。

虽然可以尽早火化尸体，但丧事要长达七天，头七后丧事才能结束。耀阳和倚弦当然不能在这个时候离开，耀阳大部分时间用在帮秦骊如应酬上，另外就是教小千和小风一些实战法道，争取他们有一定的自保能力。小千和小风也算争气，练起来颇有成就，到后来两人合力也能跟秦骊如对战甚久。

倚弦在这七日内可是耗尽心神，秦天明伤势实在是严重得吓人，若不是倚弦熟知《圣元本草经》，他就算过个三年五载也未必能痊愈。即使如此，倚弦为了让秦天明尽快康复，也要用尽心力研究《圣元本草经》。素儿则在照顾秦天明之余，也帮倚弦收集各种药草。

牧场中其他各种事务，在莫凌风等人的安置下也算是井井有条，整个牧场除了气氛有些悲伤外，其他的都比较正常，没有什么不当之处。倪展父子死了以后，牧场声望大增，两大侯镇又放话谁对牧场不利，就对谁出兵，周围也没有其他城镇敢打大洪牧场的主意。

各地势力都纷纷来拜祭，又要重新建立关系，周围百姓也有很多人来，自然不能怠慢。安排酒席，不断回礼，客套地应付……烦琐的事情一大堆，连耀阳也大喊吃不消。魔妖两宗也几次过来窥探，不过被耀阳和倚弦不着痕迹地遮掩过去，他们自然找不到什么蛛丝马迹，至此基本上的魔妖两宗人物没谁怀疑秦天明没死，毕竟刑天灭一击绝对不是开玩笑的。

总算七日的丧事结束，吃过饭后，客人去尽，秦骊如和素儿自是去陪父亲。耀阳大是喘了口气，一把拉过座位坐下，直接一把搭住倚弦的肩膀，道："天哪，就算是打七场仗也没有这么麻烦，小倚啊，以后你死了我肯定把你草草安葬，绝不会办什么丧事，当然，我死了，你就把我抛尸荒野就行了。"

倚弦正看着默写出来的《圣元本草经》苦思，头都没抬一下，随口道："没问题，等我们兄弟俩死得了再说吧……"倚弦说的话的确不是没有道理的，从前就死过两回，可是反而让兄弟俩有了一番成就，而以他们现在的修为，加上肉体早非凡胎，活得再久也没问题。

耀阳嚷道："臭小子，你兄弟我忙了七天，连喘气的机会也没有，你好歹也表示一下。"倚弦还是没动，道："你很忙，我更忙，我还要配好三个月的药物。要不你来帮忙？"

耀阳耸耸肩，笑道："你不怕把秦天明毒死，就随便了。"

倚弦没好气道："那就拜托你少废话。"

耀阳只是随便看看《圣元本草经》，凭着天资聪颖懂得不少，再跟倚弦一起医人更有所了解，配合雄厚的五行玄能，医治方面的能力还在世间所谓的名医之上，但是像秦天明此等伤势，倚弦要配的各种能让他尽快痊愈的灵药，耀阳却帮不上什么忙。就算耀阳真要帮忙，倚弦还是要一脚踢开他呢。

耀阳也不再打扰，等倚弦沉思许久，下笔如飞在帛巾上写下药方后，才问道："怎么样，搞定了没有？"

倚弦道："好了，这些药足够将秦场主医好还有余了。效果好的话，可以提前一个多月让他复原，这已经是极限了。"

耀阳随便拿来一看，咋舌道：“三百年的人参、两百年的灵芝……而且还要大批量的，这可不好办。”

倚弦没好气地道：“这些东西虽然昂贵稀少，但是绝非太过罕有之物，你忘了谁是秦骊如小姐的师父。”

耀阳恍然道：“也是，三界四宗哪一个什么仙不是藏了大批的好药，这些东西在人间似乎很少有，但是对九天玄女来说根本不算什么。当然这些药材牧场之中也肯定会有不少，也能支持一些时间。而且为了不至于让人怀疑，牧场也不可能去大批收购。”

倚弦道：“知道就好。”

耀阳哈哈一笑，摇摇头。他沉默半晌，突然脸色有些古怪，问道：“小倚，你说我们现在该怎么办？”

耀阳问的意思，倚弦自然明白，现在大洪牧场处于被魔妖两宗觊觎的威胁之中，一旦他们离开，不知会发生什么事情。但同样两兄弟也不可能永远待在牧场，且现在离过年不过十日的时间，他们还要赶往吴境拜祭花子爷爷，这也是耽误不得的。

倚弦迟疑半晌，摇头道：“不知道，你说该怎么办呢？”

耀阳苦恼地一拍额头，道：“如果我知道怎么办就不用问你了。”

倚弦道：“平日就你馊主意多，现在怎么没法子了？”

耀阳耸肩表示无奈，道：“以前不管做什么大部分是为了要人，或者是为了咱们兄弟俩的生计，没有什么顾忌。哪有现在这些麻烦？要不你让我去骗他们，然后任他们被魔妖两宗灭了？真是……唉，你有能耐就想想办法……”

耀阳与倚弦商量着如何离开，但是又不忍心让姐妹俩独自面对妖魔二宗的纠缠，他们感到为难，毕竟二人不可能永远留在牧场。

两人终究想不到什么好办法，他们即使有通天的本事，也想不出到底该怎么样应付这样麻烦的局面。两人正大感苦恼着，就有下人来报，说是秦家姐妹请他们过去，有事相商。两兄弟不知道她们在这个时候还会有什么事，当即匆匆跟去。

来到外人不能进入的内室外，下人因为不能入内，自然退下了。

两兄弟大步进去，秦骊如和素儿正在那里等着，见到两兄弟进来，素儿便轻声道：“耀大哥，易大哥，爹在等你们。”

没想到是秦天明找他们，耀阳和倚弦寻思秦天明找他们干嘛，随着两女进入密室之中。经过七日的疗伤调养，秦天明伤势大有转缓，已经能自行下床轻微活动，不过他的脸色还是比较苍白。见到耀阳和倚弦，秦天明自是高兴非常，在两个女儿的扶持之下，秦天明下了床坐好。

耀阳和倚弦问道：“场主叫我们过来，不知有何要事？”

秦天明笑道：“怎么，如果没有重要的事情，就不能见见你们吗？”

耀阳也是微微一笑，道：“自然不是，只是场主伤势不轻，现在最好还是好好休息。我们不想打扰场主的休养。”

秦天明摇摇手道：“哪里的话，经过易先生的调养，秦某已经好多了！”接着，秦天明寒暄了一番，问些是否住得好、吃的惯一类的话，耀阳和倚弦一一做了简单的回答，也没怎么在意，他们知道这只是秦天明的开场白，真正的话还在后头。

秦天明问了这些后，道：“幸好两位过得还好，否则，如果牧场得两位如此帮助，还让两位吃住得不舒服，那秦某就无颜见人了。”

耀阳道：“哪里，在牧场里，我们吃得好住得好，不知有多惬意。”

倚弦道：“其实我们自小四处流浪惯了，对吃住都没什么要求的！”

说了半晌，终于谈到正题，秦天明正色道：“首先，秦某想好好感谢两位，如果不是你们，大洪牧场恐怕已不复存在，秦家也会支离破碎。”

耀阳和倚弦自是一番谦虚。

秦天明继续道：“秦家有幸得两位之助，暂时渡过难关，两位对我秦家的恩德实在是无以复加。如果秦家有任何能为两位效力之处，两位请尽快道来。”

耀阳摇头道：“这只是举手之劳，不算什么，场主不必放在心上。”倚弦也在旁连连点头称是。

秦天明叹了一声，道：“如果我秦家有两位这样的人才就好了，可惜，秦某也知道两位是非常人物，自不可能在牧场长期住下。两位已经为牧场做了这么多，秦某感激不尽。如果两位有事要办，可以随时离开牧场，不要担心我们。秦某不想两位为了秦家，而耽误了你们自己的事情。”

秦天明这样说，耀阳还没什么，只是略有过意不去而已，倚弦却是大为愧疚，不好意思地道：“场主，其实……其实我们两兄弟有事隐瞒了。”

秦天明微感诧异，问道：“什么事?”

倚弦面有愧色道：“老实说，当日我们混入牧场之中，并非是因为见到素儿姑娘与我朋友相似，而是因为那日听到倪嵩在官道上说牧场有‘梵一秘匙’的缘故。因为‘梵一秘匙’事关重大，所以我两兄弟冒昧混入牧场，是想知道关于‘梵一秘匙’的事情。那日我们还说谎骗了你们，还请场主和小姐原谅。”

素儿早就知道，自然不会有什么反应。秦骊如却是狠狠地瞪了耀阳一眼，耀阳有些无奈，这小妮子就是对他有意见，却不去理会倚弦，七日来两人也有磕磕碰碰的时候，不过只要他一摆正脸色，小妮子还是会闭嘴的。

秦天明愣了一下，便哈哈大笑道：“这有什么，不管你们当初是为了什么，最终你们帮了我秦家是实。我们秦家没有你们的话，也早已经家破人亡，还谈什么骗不骗的。不过秦某想知道两位要秘匙有什么用处，虽然碍于家规，秦家不能遗失‘梵一秘匙’，但其实只要两位开口，秦某自可借秘匙让两位用。”

耀阳和倚弦同时摇头，他们可不想携恩求报。

耀阳淡笑道：“场主这样说就小看我们了，我们不能接受场主的好意。反正我们暂时也没有大用。但是，最重要的是秘匙不能落入魔妖两宗的手中，否则后果就严重了。我们现在最担心的就是一旦我们离开后，魔妖两宗仍不会放过两位小姐，他们为了‘梵一秘匙’恐会不择手段，牧场不一定能应付得过来。”

“这个……也不是没办法……”秦天明迟疑一下，道，“如果你们还愿意帮牧场一个忙的话，秦某还有一个办法可以保住牧场。但是这个办法有点自私，秦某实在不好意思这样要求两位，还是不说了。”

倚弦应道：“场主不需要有什么顾虑，但说无妨，只要我们力所能及的，便绝对不会拒绝。”耀阳也点头道：“只要我们能做到，就一定会全力以赴。请场主尽管说来。”

秦天明欲言又止，还是摇头难言。

倚弦沉声道：“场主不必如此，有话尽请道来，毕竟是你们秦家数百年基业，这种事情马虎不得。如果我们有能力帮忙，场主不用怕我们为难。”

秦天明为难地看了看他们，又望了望身旁二女，沉吟再三，才缓缓道：“不知两位认为骊如和素儿怎么样？”

耀阳和倚弦不知道他怎么会突然问这个，狐疑地对视一眼，自是对两姐妹夸赞有加。

秦天明笑道：“这样就好。秦某有个好主意，就是两位如果娶了我家骊如和素儿，然后名正言顺地继承秦家的‘梵一秘匙’，这就不违家法，也自然可以令魔妖二宗不再骚扰牧场。这是现在秦某唯一能想到的办法，所以就只能厚着脸皮提出来。两位认为如何？”

兄弟俩哪想会是这般处理方法，没想到刑天灭临走之前的嘲讽之言还当真了，不由大感尴尬为难。耀阳暗想，这不就是他们兄弟混入牧场骗了个美娇娘，想起来就有些别扭。

秦骊如和素儿听了，也是俏脸飞霞，大是扭捏之态。没想到性子刚烈的秦骊如在含羞起来的时候也别有一番迷人风韵。

耀阳苦笑着道：“场主……这不是很好吧？我们两兄弟毕竟身无分文，也无处可去，这个……”

秦天明微叹一声，坦然道：“秦某知道这很令你们为难，但是现在情况有些危急，如果不这么做，牧场根本无法保全，秦某只能想到这个办法。所以虽然这是一个非常自私的做法，秦某还是提了出来。当然这个实在是有些冒昧，如果两位不愿意秦某自然不会勉强。不知两位意下如何？”

耀阳和倚弦面面相觑，答应不是，不答应也不是，大感头痛。

秦天明道：“这不是小事，两位不如考虑一下再做决定吧。”

耀阳和倚弦考虑再三，始终难以答应。倚弦对素儿有怜惜之意，但多是因她长得像素柔，少有男女之情。耀阳生性风流，自不会嫌弃美娇娘，但是他要的是双方有情，不愿意为了其他的理由而相互凑合。

倚弦借词推托道：“婚姻大事非一时所能决定，现在匆匆决定就实在是有些不妥。而且我们与两位小姐相处不久，如此匆忙成婚，对双方都没有好处。何况我们两人暂时尚无成家的打算，因为现在还有不少事情需要四处飘泊，不适合携家带眷，如此一来更恐耽误了两位小姐的青春年华。”

倚弦说得婉转，而且他的样子比较诚恳，神情自然，让秦骊如和素儿并无任何难堪之感，不过两姐妹眼中各有不同的神色。

秦天明黯然叹道：“两位所言也是，秦某亦不愿为难两位……”

倚弦心软，看秦天明被拒绝后为难的模样过意不去，沉吟道：“不过场主倒是可以对外宣称我们取走‘梵一秘匙’，这样他们或许就不会再在意牧场。”

秦天明还在考虑，耀阳却已经摇头道：“这个方法不行，秦家摆明了不会将‘梵一秘匙’交出，现在却给我们拿了去。魔妖两宗其他人还不知道反应，但开始没有拿到秘匙的刑天氏定会大感耻辱，到时他们完全有借口侵袭牧场，刑天氏恼羞成怒之下，恐怕会让牧场有灭顶之祸，此计不行。”

秦天明父女听此俱是点头同意。倚弦少有钩心斗角之举，自未能思及此处，但听到耀阳一说，也道：“小阳说得正是，看来我有些疏忽了。”

耀阳心生一计，道：“如果可以的话，我们可以跟两位小姐佯装成婚，将此消息四处传播，或能镇住魔妖两宗之辈。”

倚弦断然否决道：“此言差矣，如果佯婚，别的不说，两位小姐的清白名声便要毁在我们手上，让她们以后如何嫁人？我们这不也是耽误了两位小姐一生吗？”对这点还是他想得较为周到。

耀阳搔搔头道：“这倒也是，自是不能坏了她们的清白名声……”

耀阳和倚弦相视无语，现在这种情况无疑是他们娶了两姐妹才是最佳的解决办法，毕竟就算不看兄弟俩掌中龙刃与轩辕的面子，也要给那个神秘莫测的黑衣老者几分薄面，魔妖两宗也不敢轻动牧场。但是如果让他们娶秦家姐妹又有各方面的为难。

秦骊如和素儿看两人尴尬不愿的模样，也不想勉强他们，便同时推拒道：“爹，这事关系到女儿的终身大事，岂能如此草率，此等事情必须从长计议。”

秦天明愕然看向两个女儿。

秦骊如沉声道：“虽然此事麻烦，但是女儿愿意亲自前去姑射山请出师门姐妹帮忙，即使师尊不理凡事，但是同门师姐妹看在情分上，应该还是可以请得动。秦家的事情不必再为难两位，牧场一定要自立，才能长保平安。”

素儿点头道：“骊如说得对，秦家的事情要由我们秦家自己解决，否则以后再有什么事情怎么办？就算这次通过易先生和耀将军解决，外人都知道秦家无法自保，难保以后是否还有人觊觎牧场和秘匙。”

耀阳和倚弦知道他们推拒成亲还是不免伤了她们的心，但这种事情也是勉强不得的。再怎么说，耀阳已经有了妲己、人儿、梅若冰，倚弦还跟幽云和婥婥纠缠难清，实在不可能说成亲就成亲的。

秦天明看着两女神情坚决，也只能无奈地叹道：“既然你们都决意不赞同，我也不勉强你们。秦家牧场生死存亡就看天命吧！”秦天明这么说并无什么信心，内室中几人一片黯然，良久无语。

耀阳毕竟多智，沉思良久，道：“有个办法！或许这样，我们可以令牧场在短时间内没有大碍，然后就可以让骊如小姐顺利搬出师门救兵。只要能够拖延一段时间，说不定办法就有了！”

“什么办法？”秦天明父女皆齐声问道。

耀阳沉吟道：“其实事情也不是没有转圜的余地，魔妖两宗自来都重利益。如果能吸引他们的注意力，即使如刑天氏也不会为了泄愤而放弃自己的利益，如果能让刑天氏等辈只顾着我们，而无暇或是不愿意对牧场动手就行了。”

“你是说，刑天族地之秘！”熟知三界四宗的倚弦立即惊醒，道，“如果我们的目标是拿了秘匙去往刑天族地，刑天灭等人肯定不会任由我们得逞。其他魔妖两宗的人也无不对之虎视眈眈，到时定能吸引他们的注意力。”

耀阳点头道：“嘿……对，就是刑天族地，只要对外宣称我们拿走秘匙已经去了刑天族地，就可以将妖魔二宗的所有视线全部转移到我们的身上。以他们的性格，绝对不会轻易放弃，如果一旦知道秘匙在我们手上，肯定会跟随我们。这样的话，牧场就有足够的时间布置一切。我们会尽量拖延，让他们无暇顾及也不敢轻犯牧场。”

倚弦道：“这的确是唯一最好的解决方法，所有想得到梵一秘匙的人当中最急切的是刑天氏，他们听到这个消息，肯定顾不得牧场这边。而魔妖两宗所有的人觊觎在旁的原因也是因为这个魔门最大的秘密，绝对不会坐视不理。既然传言我们都要去刑天族地，自然会让所有妖魔蜂拥而至。而所有人为了能解开魔门之秘，也不会轻易出手阻扰我们。”

耀阳点头道：“其实不只是这样，而且有关刑天氏族地之秘，恐怕连神玄两宗都会伺机而动，毕竟这是三界奇秘，可能会威胁到神玄两宗，他们不急才怪。而且这样的话，事关重大，九天玄女也许不会袖手旁观，能出手相助。双管齐下，牧场就相对安全多了。”

秦天明详加考虑了一下，点头道：“这个办法的确可行，可是会给两位带来很多的麻烦和危险。”

耀阳笑道：“这些家伙都自私自利，他们相互之间也甚是忌惮，所以他们还威胁不到我们。放心，跟这些家伙，我们也玩多了，不需要怕他们。”

秦骊如哼道：“别说大话，还是自己小心一点。”她说话的语气似乎还是很不屑，不过言语中流露的担心还是听得出。

“这个自然是！”耀阳随意回道，“不过，你自己也是时候改改脾气了，免得以后嫁不出去。”

素儿唯恐两人斗起嘴来，忙出声朝耀阳与倚弦道：“那素儿就多谢两位了。”

被素儿一搭茬，秦骊如果然只是瞪了耀阳一眼，不再说话。

倚弦微微一笑，道：“这点小事不算什么，我们本就跟魔妖两宗多有过节，再多加一点也没有什么关系。”

当下，几人商量了一下具体事宜，一直到深夜才谈定一切计划。

要向魔妖两宗散布消息，龙蛇混杂的妖月梦冢无疑是首选，而且那里也是小千和小风最熟的地方之一。

第二日早上，耀阳就要小千和小风马上去了梦冢散播消息，并嘱咐小千与小风兄弟俩随后跟上他们的行程。

接着，耀阳和倚弦带着小仙向秦家父女辞行。当中自然少不得秦家的感谢，秦骊如和素儿神色各异，对兄弟俩都说了声珍重。秦天明要赠送两兄弟金铢做路费，被耀阳和倚弦拒绝，他们身上还有足够的盘缠。

在依依惜别中，耀阳和倚弦再次踏上了前去吴境的道路。耀阳、倚弦与三人过了大洪湖，一路直入吴越之境。

不久，小千与小风凭着“千里眼”和“顺风耳”的天赋顺利地找到他们，然后得意地向耀阳汇报了他们的成绩。短短一日间，耀阳和小易携带“梵一秘匙”准备前往刑天族地的消息已经传遍三界。这件事做得很不错，耀阳少有地夸奖了小千和小风一番，乐得这两小子得意了半个时辰，直到小仙看不过去斥了他们几句才有所收敛。

苦的就是魔妖两宗的无数法道高手，因为千百年来除了刑天氏本族外，其他魔妖两宗都无法知道刑天族地所在，更别说“梵一秘匙”了，想不到这次两样秘密一起出现在耀阳与倚弦身上，所以自然会暗中跟随。

然而耀阳和倚弦本来就是为了拖住他们，趁着还有十天的时间，一边向吴境而去，一边却是游山玩水，带得跟踪他们的魔妖两宗晕头转向。刑天灭自然不可能把刑天氏族地所在说出来，但他们又不知道耀阳和倚弦在搞什么鬼，为怕两人有什么诡计，也不得不把全部精力放在他们身上，毕竟牧场只是根本不必理会的小事，“梵一秘匙”和“刑天族地”才是重中之重。

好好地耍了魔妖两宗一顿，两兄弟才在附近郡镇买了一些祭奠物事，走回正路四处寻找，最后终于到了吴越边境的一座不知名的荒山。耀阳和倚弦毕竟离开时日太久，一时竟难以辨认当地的环境。两兄弟顿时傻眼了，不过倒是没什么犹豫，仗着归元异能与小千与小风的天赋，他们满山遍野地找了起来。

找了整整一个晚上，耀阳和倚弦才在一处山坳间找到了旧时花子爷爷的葬身地。站在高处远远下望，整个山坡早已遍地野草丛生，只余下孤零零的一座颓败的土坟，也已被杂草全部遮盖。

两人一边清理土坟周围的杂草，一边低声述说着他们的不孝，一边亲手一把把将杂草拔去。小仙、小千与小风三人看着他们，也正要过来帮忙，却被耀阳阻止了，并说理应由他们两个亲自替花子爷爷好好清理一番。小仙三人自然不会挡了兄弟俩的一番孝心，只能在一旁看着。

耀阳和倚弦一边跟花子爷爷聊着这些年的际遇，一边清理着坟前的琐碎杂草，这个场面温馨非常，这让从来没有长辈家人的小仙、小千与小风三人感到莫名的羡慕。

花费了不少力气，两人终于将花子爷爷的土坟清理干净，两人喘了口气，耀阳看着花子爷爷的土坟，摸了摸下巴，疑惑道：“好像少了点什么……是什么？”

倚弦也转头四顾，半晌才突然道：“对了，少了一块墓碑。”

耀阳连忙躬身道：“花子爷爷别怪我们，耀阳马上替你立块石碑。”

第一百二十三章　梵一秘匙

说了马上就做，他遁风跑到老远的山脚下，扛了一大块坚石过来，然后以手掌将石块切成整齐方块的一块碑，然后再由倚弦以元能摧指，写上“花子爷爷之墓不孝孙耀阳、倚弦立”。

耀阳将石碑在土坟前立好，合掌道：“花子爷爷，这下就好了……”

倚弦看着新立的石碑，黯然片刻，道：“爷爷，很久不见了……不知道你现在怎么样了？但似乎以前的事情还历历在目，记得那时你教我们识字，保护我们不被别人欺负。你希望我们能出人头地，希望我们能建功立业。今天我跟小阳终于不负你的所望，真正成才了。我也算是三界知名的人物，小阳他更是震动三界四宗和殷商天下的大人物，官至西岐……对，就是您老最向往的西岐了！小阳做了西岐的‘龙腾大将军’……就算是西伯侯姬发也要对他客气几分。”

倚弦说到这里，往昔的岁月如同昨日一般，无比清晰地浮现在脑海之中，颠沛流离的童年如果没有花子爷爷的出现，他们兄弟哪里能在乱世中享受到难能可贵的亲情，如何还能学懂善恶分明的为人之道……想着想着，他心中积聚已久的情绪顿时流露出来，抑止不住早已泪流满面。

耀阳的心中何尝不是一样，但他生性豁达乐观，从来都是一副笑嘻嘻大咧咧的样子，此时在旁拍了一下倚弦的肩膀，对着墓碑，笑嘻嘻地说道：“爷爷，你别听他胡说，你也知道这个小子就是虚，天下的事情哪有这么说的，我还算有点名气，但说起三界四大法宗来，小倚的名号可比我响得多哩。”

倚弦没好气地道："那我们另外的身份岂不更是惊天动地?"

两兄弟对视一眼，同时哈哈大笑起来，眼中泪光泛现。

一旁的小千、小风与小仙三人看得莫名其妙

笑过一阵，耀阳怀念道："其实以前有什么高兴的事情都是和爷爷一起分享的，真是想念那段时光。如果爷爷还在的话，他也一定会很高兴的。"

倚弦亦道："如今细细思量，虽然现在我们很风光，但是最高兴的日子还是从前跟爷爷在一起的时候。尽管那个时候四处遭受欺凌……"

耀阳点头道："如果我们现在的成就有爷爷来分享，那该有多好!"

两兄弟感怀从前，说得真切，自有一番感人情怀。

不过小仙三人在一旁却没什么事情可做，小仙虽然有足够的耐心，但是小千和小风哪里耐得住性子，也不敢先行离开，性子原本就站不住的两兄弟闲着没事就将头东扭西晃个不停。

说起以前发誓要出人头地、建功立业，现在还算风光，耀阳面对着花子爷爷的土坟，更是豪情万丈，拍胸口道："爷爷请放心，现在我虽然遇到一点小问题，但我绝对不会气馁，定会创出一番属于自己的惊天伟业来，让你也为我高兴高兴，以我们为荣。"

倚弦望了望言语间意气风发的耀阳，点头应声道："爷爷放心，小阳现在可不是吹牛，他一定行的，我也会帮他。"

"好兄弟!"耀阳用拳头一擂倚弦。

倚弦回敬耀阳一拳，"打死不离亲兄弟，有什么说的!"

这时，小千犹疑了半晌，才突然疑惑地问道："师父、师叔，你们是不是找错祖爷爷埋骨的地方了?"

耀阳和倚弦齐齐一愣，随即都大笑道："怎么可能，当年是我们亲手将花子爷爷埋在这里的。"

小千却坚持道："真的，师父、师叔，你们可能真的找错地方了?"

耀阳和倚弦大是诧异，因为当时花子爷爷饥寒交迫，病死在下奴押送的途中，是他们兄弟俩哀求兵士才得以将其葬在此地，这个地方他们可是深记在脑海，怎么可能会错？但小千断不会空口说白话，他这样说应该是有什么依据。

耀阳沉声道："不可能，当时为了能够以后找到这里，以便辨认，我还特意将我的生辰玉牌埋在这里，一定不会错的。我来挖挖看，记得应该就是这里……"他说着找准了记忆中的方位，先是跟花子爷爷揖身谢罪，然后伸手插入泥土中，根据以前的记忆找寻起来。

小千大是诧异道："不会吧，师父，我帮你找找看……"小千运起千里眼的功力帮助耀阳，一番扫视之下，喜道，"嘿，真的找到了，师父，在你的手向左下方三寸之处就是，对……"

"果然在这里！"耀阳将生辰玉牌取了出来，细细擦拭了一番，这玉牌被土埋多年，仍是光泽如新，随意几下就被擦拭得一干二净，只见其上刻着两个字——"耀阳"，在冬日暖和的阳光下展现出温和润泽的光彩，倒也不是凡品。

倚弦点头道："看来是这里，不会有错了！"

"可是……"小千还是惊异非常，连小风与小仙也大感奇怪。

没想到小千还如此坚持，耀阳责问道："小千，为师的生辰玉牌都挖出来了，你为何说不是这里？告诉我们，这是为什么？"

小千迟疑一下，不好意思地道："师父，你忘了我的本事吗？刚才因为无聊，我四处查看了一番，看看有无妖魔人物出现，谁知一不小心地发现——这土坟中并没有任何人的骸骨。"

看他的神色，耀阳不由惊疑万分道："这绝对不会的，我们最是敬重爷爷，当日他不幸身亡，我们将他埋在此处。为怕野狗偷尸对爷爷不敬，我们特意找了几个要好的下奴一起挖坑，挖坑深达八九尺。现在这土坟除了枯黄的杂草多了点外，其他的跟以前都没有什么区别，所以应该不会存在尸身不见的情况。小千，你是不是看错了？"

倚弦也点头道："花子爷爷只是普通下奴身份，草坟自是不会有人偷，所以怎会无故不见骸骨，这也太过离奇了。小千，你好好确认一下。"

小千非常肯定地说道："师父，师叔，我绝对没有看错，我已经查遍了这方圆数十丈的地面，而且离地面三丈内的地层绝对没有任何骸骨。”

“不会吧?”耀阳和倚弦陷入迷茫之中，小千的能力他们怎会不知，而且想当然不可能骗他们，那就是说骸骨是真的消失了。

耀阳沉吟片刻道：“虽然我们的确是将花子爷爷的骸骨埋在了这里。但是毕竟事过境迁这么多年，什么事情都有可能发生。会不会……”

倚弦也无奈地道：“小阳说得也是，现在这么多年过去了，到底发生了什么事情谁都无法知道。”

既然如此，耀阳和倚弦只能不再考虑骸骨为何会消失，仍然开始祭奠花子爷爷。两人分工，倚弦在坟前插下几根竹节，拿出早就买来的祭奠物事准备好。耀阳去找了点拜祭的食物过来，以他的神通，随便就搞了一只被天火烤熟的野猪来。

点蜡烛上香，耀阳和倚弦拜祭之后，小仙、小千与小风也恭恭敬敬地拜祭一番，耀阳与倚弦看着干干净净的土坟还是不免有些伤感。冬日甚冷，不知什么时候，开始有片片雪花絮絮落下。茫茫雪影中，花子爷爷的孤坟更显凄凉。

耀阳闭目仰首，长长地吸了口气，许久没有言语，看起来没有什么变化的神色有些黯然。这种情况下，倚弦何尝不是黯然神伤。当他们获得值得炫耀的成就之时，最亲的人却不在身边。

接下来，耀阳与倚弦招呼小千与小风在附近的山上砍伐了一些树木与藤条，然后在坟前搭起一个简易的木棚，几人都是身负法道异能的高手，自是不会理会霜雪连天的恶劣气候，一住就是三天。

三天后，耀阳和倚弦在坟前再又凭吊了一番之后，终于带着小仙、小千和小风离开。只剩下一座被清理干净的土坟在茫茫雪影中耸立，凄凉中带点神秘。

耀阳、倚弦一行五人离开花子爷爷的坟地之后，很快就离开了吴越境内。

出了吴越不久，小千就问道：“师父，师叔，我们现在该去哪里?”

耀阳环首四顾，皱皱眉头，沉吟道：“当然要去看看三界盛事，但此时离蟠桃盛宴开始还有一些日子，我们现在赶去也没用。趁着这点时间，我们要将身后那一群尾巴搞定，毕竟整日有人在一旁窥视，那种感觉糟糕透了。”

倚弦遁身虚空之上，灵觉神识缓缓展开，隐隐感到数里内到处都有魔能波动的痕迹，看来这次魔妖两宗可是出动了不少人，然后落身下来，不由摇头苦笑道：“这么多人，他们就不觉得吃力吗？不过，我们不也是要他们跟着吗？现在这样正好，不过唯一有一点要担心一下。”

“什么事？”耀阳还在沉思，闻言随口问道。

倚弦道：“魔门其他各族等辈或许不知道刑天族地在何处，但是刑天氏自己绝对不可能会不晓得。我们这样瞎逛，并没有去刑天族地，恐怕刑天氏看出我们的行踪，已经起了疑心，最怕他们会不耐烦，转而向牧场寻事，那才叫做麻烦。”

耀阳猛然惊醒道：“是啊，如果这个时候刑天氏对牧场动手，真的就要头痛了。我们要想个办法，怎么样再次把他们这些贪婪的家伙全部吸引过来。”

倚弦笑问道：“看你刚才一脸沉思的模样，不知想出什么妙法没有？”

耀阳道：“办法当然有，其实很简单，只要让他们确定秘匙在我们手中就行。”

倚弦看了看小千和小风道：“这个还不容易，你的两个小徒儿就能帮我们搞定，不过如果要有影响力，那就非我们亲自出面不可。”

耀阳低头沉思片刻，突然笑道：“既然昆仑山蟠桃盛宴还没开始，那我们不如抢个先，也搞个盛会吧，像当初‘奇湖大会’一样。当时我们还以为这有多厉害，现在我想以我们两兄弟的声望，一定会更加轰动的。”

倚弦心忖片刻，点头赞同道：“你小子就喜欢出风头，不过地点在哪里呢？”

耀阳哈哈一笑道：“三界之中，龙蛇混杂、无所不有的地方除了轮回集外，就只有一个，那就是妖月梦冢。轮回集在陆压老家，还有冥帝这个老家伙在，形势不由人，并非是个好地方。所以除了妖月梦冢，别无其他选择，这次盛会，就叫作妖月夜宴吧。哈，肯定能震惊三界，无人不知。”

倚弦笑道：“这个骗局未免玩得太大了吧？”

耀阳耸耸肩，嘻嘻笑道：“你不觉得玩笑越大越好玩吗？我们从来都是被人家耍的，这次也该我们耍他们了。其实只要不贪心的人根本不会被耍，而玩玩那些贪心的家伙，本来就没什么，顺便给他们一个教训！”

倚弦感慨道：“你说的也是。不过，想起来从前我们还是两餐难继、受人凌辱的下奴，谁知道现在竟能将三界四宗玩得团团转，世道无常，真是不可思议！”

耀阳叹道：“说起来还是要谢谢蚩伯，一切都是因他而起，没有他就没有我们今天，虽然他也是用心不良。现在不说这个，我们就这么定了，在妖月梦冢开了盛宴，用以确定秘匙就在我们手中的消息，不只是因此可以将刑天氏拖住，也能试着将后面的尾巴解决掉。”

倚弦道：“不错，那就这样吧！”

又有大事能做，天性喜欢热闹的小千和小风大是兴奋，跃跃欲试。曾经被蚩伯抓去做事的小仙却知道魔妖的厉害，不由担心道：“耀大哥、易大哥，你们要小心点，那些魔妖两宗的人都不是善与之辈，就怕弄巧成拙，反为之所乘。”

耀阳信心十足，笑道：“放心，对于这些家伙，我还是知晓他们脾性的，有足够的利益，就算杀亲灭族之仇也能暂时放下。而且魔妖两宗之中能威胁到我们的人并不多，尽可以放十二分的心。”

倚弦也自信道：“小仙姑娘不用担心，魔妖两宗不知有多少人恨我们两兄弟入骨，但是有几人敢真对我们出手。所以这方面我们还是有些把握的。”

见倚弦也这样说，小仙也不再说什么。

于是，耀阳和倚弦就讨论起这个妖月夜宴的细节来。毕竟这其中任何细节都马虎不得，万一露出什么破绽，那就真麻烦了。定下具体事宜，耀阳便拍拍小千和小风的肩膀，道：“两位徒儿，这次又该你们出手了。”

“哈，没问题……”小千与小风对梦冢可是熟门熟路，这事怎么可能会难倒他们，当下立即应命，按照兄弟俩所说的先行潜回梦冢去布置。

看小千和小风离去，耀阳和倚弦带着小仙也离开此地。

三人大大方方地向妖月梦冢进发，这次还是一样且走且游，丝毫不把身后跟着的一大串魔妖两宗中人放在眼中。

离耀阳、倚弦兄弟俩一行人有百里之遥的一处无名山巅。

迎着猎猎山风，魔门东离族唯一的外姓宗主闻仲正与两大长老蚩枭和蚩唳议事，一干族中战士站在远处四处戒备。面对现在三界开始纷乱的形势，冠为魔门五族之首的东离族也不得不细细思量对策。

此时，申公豹骑“天乌”匆匆而来。下骑之后，申公豹走前，向闻仲以及两大长老行礼后，就道：“回禀宗主，此时耀阳和小易两人还是不急不缓地四处闲逛，但他的两个弟子似乎是向妖月梦冢而去，而据属下估计，那两兄弟也应该去望妖月梦冢而去。”

“妖月梦冢？他们想干什么？”闻仲微一皱眉，略有深思。突然心中一动，警觉骤然而生，闻仲长眉一轩，猛地转首向天际望去。此时两大长老和申公豹也同样心生警兆，跟着看去。

天际几点黑影飞驰而来，转眼间已到闻仲等人面前。却是共工氏宗主淳于淼携子淳于琰而至，身后还有妖媚入骨的四相魔将跟随。

闻仲挥手让警戒上来的东离族人退下，抱拳笑道：“没想到淳于宗主会突然到访，闻某未及远迎，还请恕罪。”

共工氏一行数人落下身来，淳于淼也回礼道：“哪里，共工氏突然造访闻宗主，冒昧冒昧……”

一番客套话之后，淳于淼便开门见山地道：“闻宗主，本宗也不会无故来此。这次来为的是想跟贵族商量一件对双方都有利的好事。”

“哦……”闻仲不动声色地道，“淳于宗主请说!”

淳于淼沉声道：“闻宗主应该清楚，五族数百年来的僵持形势已经不复存在，祝融氏自宗主祝蚺被杀后，便已经没落，无力与我等四族抗衡。防风氏的弈姬白白修炼了灭情道，感情用事，因为弟子之死而丧失斗志。

刑天氏一族自认是圣帝刑天之后，高傲得很，素来独来独往，不屑与我等其他各族共事，何况此次又事关刑天族地之秘。综观现在我圣门各族，早已四分五裂，根本不可能再齐心协力。”

闻仲微微一笑，道：“那淳于宗主以为该如何是好?”

淳于森道：“刑天族地为圣门各族之首，其中藏有三界之秘，甚至能威胁到神玄两宗，老实说我圣门五族无不对之虎视眈眈，可惜无有着手之处而已。如今有耀阳和小易那两人竟说是要用秘匙开启刑天族地之秘，由此更让我圣门五族人心各异。包括你我都对之很有兴趣，谁都想最终夺得刑天族地之秘。但各族相拼，谁都难以占得便宜，如此情况之下，就算强如贵族东离也难以只手遮天，所以本宗便有一个很好的建议。”

闻仲还是微笑如故，温和的眼神却似藏刀一般，一扫淳于森，淡淡道：“哦，是何建议，淳于宗主请说?”

淳于森铿然道：“很简单，就是你我两族合作联盟，共分刑天族地之秘。不知闻宗主以为如何?”

闻仲盯着淳于森看了半晌，突然哈哈大笑，道：“果然是好办法，闻某非常赞成淳于宗主之言。我们不如好好聊聊，站着说话挺累的，请坐!”当即一挥手，魔能击在地上，顿时便窜起一块巨型坚石，再一击，坚石已经化成桌椅，桌面石凳光滑如镜，多余的石块已化为尘土落地。

这一手魔身元能的运用之妙，妙至臻境。

“闻宗主果然好身手!”淳于森神态自如地赞了一声，随意坐了下来。淳于琰神色微惊坐在父亲旁边，四相魔将则站在他们的身后。

魔族之人素来不需多说废话，直接进入正题。闻仲道：“淳于宗主，闻某说话也不拐弯抹角，我族也不贪心，只求能得知刑天族地之秘便好，所以对于淳于宗主所说平分的协定非常赞同!”

淳于森道：“爽快，就此说定。不论刑天族地之中有何秘密，大家平分便可。”

当即，东离族和共工氏两个宗主互相击掌，就此结盟。但是却没有说如果刑天族地之秘不能平分，那该如何，各自打算，大家心照不宣，表面上却是亲近了不少，两族人也都面带笑容。

淳于淼问道："如果想要得到刑天族地之秘，有一点我们首先要确定，那两个小子是否真的知道刑天族地所在。看近来他们都在游山玩水，做些丝毫没有意义的事情，仿佛根本没有去刑天族地的意向。不知道是不是在耍我们?"

闻仲淡然一笑，道："那两人的行为古怪，可能另有打算。不过他们知道刑天族地所在之处的可能性很大。那个叫小易的家伙来自冰火轮回狱，那里是真正三界四宗难触之地，连神玄两宗都为之忌惮。里面关押着各种奸细叛徒，那些家伙处心积虑探查已久，绝对会有人知道刑天族地之秘。据闻某调查所知，这个来历神秘的小易跟知道刑天族地之秘的人有所接触，他可能就是为了刑天族地之秘而出现的。所以基本上可以肯定，他们的确是知道刑天族地在哪里。"

淳于淼点头道："这倒也是，本宗赞同闻宗主的观点，而且刑天氏最近也一直在跟踪他们，显然是认定他们知道刑天族地之秘。"

"既然已经肯定，那淳于宗主以为我们该怎么做?"闻仲含笑问道。

淳于淼道："只是刑天氏的行踪有些奇怪，他们暂时并无准备动手，当中是不是有什么蹊跷?"

闻仲也略有沉思。

此时，突然有东离弟子匆匆而来来到申公豹耳边低语一番。申公豹听了几句蓦然大惊，呼道："怎么可能?"

申公豹也算是东离族的一号人物，却如此咋呼，闻仲听了不由暗自皱眉，沉声问道："申长老，何事值得你如此惊咋?"

申公豹最善于察言阅色，哪会不知道闻仲在责怪他，忙道："宗主，申公豹有事相告。"

闻仲面有不快，责问道："什么事?"

申公豹知道此事不需避讳，便直言道："据属下得来消息，那个自称耀阳弟子的两个小妖现时正在妖月梦冢四处散布消息，说是耀阳和小易那两个家伙准备在妖月梦冢开个宴席，说什么诚邀我圣妖二宗所有有心知道刑天族地之秘的高手，不知他们想搞什么鬼？”

也难怪申公豹会吃惊，这招显然是在学习当年他冒充兀官脔在奇湖举行五族议会。闻仲和淳于森自然不会知道申公豹的想法，听到都不免一惊，相互对视，满脸狐疑。都无法肯定耀阳和小易究竟想干什么？

闻仲心中立时对两人更有一种高深莫测之感，却没有说出来。

淳于森沉思半晌，问道：“闻宗主以为他们意欲何为？”

闻仲苦笑道：“闻某也看不出他们的意图。老实说，近来三界大事真是层出不穷，前几百年甚至千多年的事情加起来也不如这段时间发生得多。细细想来，人界战事由姬昌逃出朝歌而起，三界四宗大事从冰火轮回狱被破开始，哪件事没有耀阳和小易的影子。而无论如何，最终我圣门之事大部分都是被他们从中破坏的。到现在为止，我们还奈何不了他们，从这点能看出来，他们不只是修为冠为三界青年高手之首，恐怕智略方面也没多少人能胜过他们。如今他们这样做，必定有他们的用意！”

后面的淳于琰听了大有嫉意，但他也知道这是事实，只是微不可闻地冷哼一声，没有说话。淳于森也在两兄弟手中吃过瘪，闻言狠狠道：“本宗主就不信他们真能吃定我们圣门五族。”

闻仲微笑，也没有去反驳淳于森的话，却是道：“虽然不敢肯定他们的意图何在，但是有一点可以肯定，他们马上会在妖月梦冢出现，我们不必辛苦地在这里等他们，何不直接去妖月梦冢？”

“闻宗主所言甚是！”淳于森点头同意。

当下，东离族和共工氏众人齐齐赶往妖月梦冢而去。

在一个仅有微光的无名岩洞中，黑衣老者盘膝而坐，闭目静修。一缕缕的黑气从他身体内冉冉蒸腾而出，却是环绕在他身边没有散去。那黑气有如生命一般，团团围住他向外张牙舞爪，像是莫名狂烈的怪兽却被紧紧束缚。黑气越来越浓烈，逐渐地将他吞没，最后化成一团仿佛永不消散的黑雾，恍如黑夜的噩梦。

蓦地，黑气遽然飞旋起来，快速无比地没入黑衣老者身体之内，就像从未出现过一样。黑衣老者微吁一口气，缓缓睁开双眼，深沉的目光投向岩洞入口。

卓长风由远及近而来，在洞口发出较重声音，微停向前一会儿，接着大步踏入，到了黑衣老者身边，恭敬地道：“尊主，长风有事禀报。”

黑衣老者沉声道：“你说！”

卓长风道：“耀阳和小易两人突然让人宣布要在妖月梦冢设宴，邀请圣妖两宗前去赴宴，并且没有任何限制，只要有兴趣之人都可以过去。据他们之前透露刑天族地之事，此次极有可能就是为了刑天族地之秘而设的宴席。”

“刑天族地？”黑衣老者听到此言，以他的镇定也不由大惊道，“难道他们真的知道刑天族地所在？”

卓长风点头道：“据属下所知，他们不只是知道刑天族地所在，还随身携带三界奇宝‘梵一秘匙’，现在三界四宗的人都相信打开刑天族地之秘的关键就在他们。”

“哼，刑天族地！”黑衣老者深皱眉头，陷入沉思。

卓长风自是知道尊主思考不容打扰，当下在一旁静待。

黑衣老者突然叹了一口气，脸上有难以置信的神色，摇头叹道：“不仅知道刑天族地所在，连‘梵一秘匙’都落在这两个小子的手上，难道他们真的有可能是魔星降世？”

“魔星？怎么可能。尊主，据上古圣典记载，魔星指的是一个人啊，怎么会是他们兄弟两人？”卓长风在质疑之时，仍是大为震惊，刑天族地之秘虽重要，但还不如魔星降世让人震骇。

黑衣老者露出无奈的笑容，沉沉道：“如果魔星之事就像你说得这么容易让人了解，那还会有什么可怕的？世间中最让人恐惧的事情就是知道其之可怕，却又不知其可怕在何处。否则魔星之事相传于数万年之前，所谓上古圣典其实也只是后人记载而已，怎能窥其全貌。当年就如三界最博知的鳖灵圣母也不知魔星到底是怎么回事。”

卓长风迟疑地问道：“那尊主何以认为他们可能就是魔星？”

黑衣老者突然站了起来，来回踱步，道："其实这事已有预兆，长风，你有无发现三界之乱的起源就是他们两人。近来的三界大事几乎没有一件事不是跟他们有关？而别人或许不知，但本尊主却清楚得很，他们两人的修为进展之快超过三界六道万千年来固有的常识。即使如当年得到天地异能的刑天氏也远有不及。不过就这么一段短得连修为奠基都远远不够的时间，他们的修为已经将三界四宗所有最杰出的青年高手远远抛下，这样下去恐怕连老夫也迟早被他们超过。"

"尊主多虑了吧！如果说起来，练《灭天圣典》的慕行云若是得全五大宗主的魔躯，那他的修为进展也极为夸张啊？"卓长风还有疑问。

黑衣老者冷笑道："亏慕行云是玄宗着力培养的年轻高手，他却不想想为何三界圣门这么多渴望成就超然的法道高手，却没有一个胆敢去修炼《灭天圣典》的？因为有机会得到《灭天圣典》的高手都清楚得很，练这种东西就如饮鸩止渴，不到最后关键自是不知其痛苦之处。不过也活该慕行云倒霉，本来他或许会是三界四宗新一代人物最杰出的代表，可惜一下子被那两个莫明其妙的小子压过，所以论谁都不会服输，自然难免会想到寻捷径修炼。"

卓长风道："尊主考虑得果然仔细周全。"

黑衣老者继续道："这些或许还不足以作为依据，但是自从获得归元异能的他们进入本应无人能入的无极秘境之后，就已经打乱了三界六道的平衡，很多事情已经无法预计，包括轮回集之变，本尊主提前出现，以至于后来诸事其实都三界起变的先兆。此事不只是大出神玄两宗的意料之外，连本尊主也预料不到，所以……一旦他们真是魔星的话，说不定连本尊主最终也会难逃魔星厄运。"

卓长风大惊，不解道："难道尊主也会受其之乱？"

黑衣老者摇了摇头，沉吟道："这点连本尊主也不知道，事实上魔星宿命是上古圣典中唯一没有注明一切的秘密，没人可以弄得清楚魔星带给三界六道的会是什么，甚至有可能是泯灭尘世中的一切。"

卓长风疑惑道："那会否魔星之事并无传说中的可怕呢？"

黑衣老者摇头道："可能性极低。当初天地三界之尊盘古修为通天，远非现在三界四宗诸辈可比，即使如后来被认为三界奇才的伏羲、广成子等人也难以与之抗衡，但是以他这样数万年来无人可比的人物，也对魔星传说深为戒惧。'刑天抗帝'之事远不如魔星严重，刑天只是魔星之起因，而无极秘境将是魔星之源，故而在他解决刑天后，拼着一身三界六道无与伦比的修为封住无极秘境。而说到底后来广成子建立玄宗也是为了应付魔星之事。你认为魔星会有这么简单吗？"

卓长风深吸一口气，如果连上神盘古这样的人物也对魔星忌惮非常，那事情的严重性恐怕又要另外估算了。

黑衣老者冷然一笑，道："现在连刑天族地之秘都要因这两个小家伙重现人世，事情可真的更加热闹了。"

卓长风问道："那我们要否应该一去？"

黑衣老者挥挥衣袖，淡笑道："我们当然要去看看这两小子在玩什么把戏，但是在昆仑山蟠桃盛宴之前，我是不会露面。免得引起神玄两宗的警惕，让他们有所防备。不过可以放心，神玄两宗那些家伙，平日就会装作清高，最好是我圣妖两宗自己先争个元气大伤，然后他们再出面收拾残局。这种阴招他们是屡试不爽，这次老夫就让他们再过一把瘾，哈哈……"

黑衣老者大笑着身如闪电，先行离开岩洞，卓长风落下一步，随后紧紧跟上。两人从巨峰而下，齐齐驰向妖月梦冢。

耀阳、倚弦与小仙三人站在高十数丈的"妖月梦冢"牌坊旁边。

倚弦是初次来到，虽然现在他经历各种奇事，也去过各处异地，不会像当时初到的耀阳如此震惊，但仍是惊异不少。放眼望去，梦冢之内各式房屋林立，各类小摊、商铺和酒家叫卖吆喝。比起有如小型城镇的轮回集而言，妖月梦冢倒更像是一个什么都有的市集。

各种原形毕露的妖物、已化身人形的妖人来来往往，车水马龙，喧哗得很。

这次耀阳成了向导，饶有兴趣地带着倚弦四处闲逛，将他所知道的东西都介绍给倚弦，笑道："我就在这里认识了两个乖徒儿，也跟小仙再次见面。"

小仙微笑道："那时，耀大哥跟小千和小风闹了起来，后来听到我出事了，他们才急急赶来。我那时被猪头三缠住，幸好耀大哥相救。"

倚弦大笑起来，调侃道："看来是英雄救美？"

小仙顿时脸色粉红，羞得低下头去，不过余光偷偷瞄了耀阳一眼。耀阳向小仙一笑，又对倚弦道："救美倒是不错，但这个英雄就差远了。当时我的法道修为低得很，说不定连猪头三也比我强了不少。被九尾狐挟制到此，说句话还得看她脸色，甚至一只臭屁的黑胖狐狸都不把我放在眼中。那时可憋气得很，哪像现在，九尾狐也得忌惮我们。不过当时跟小千和小风认识倒是有点意思……"

耀阳便将当时小千与小风与自己如何认识的情况说了出来，倚弦听到后面不免哑然失笑，就连小仙也忍俊不禁，笑得不可开交。

几人边说边笑着，忽然耳边听到喊声，抬头看到小千和小风挤开人群过来。

看得三人满脸笑容，小风诧异道："你们在笑什么，这么开心。"

小仙笑道："我们正在说你们当初和耀大哥认识的事情。"

"原来如此，嘿嘿……还说那些做什么……"小千和小风都有些不好意思地傻笑几声。

小千道："哦，对了，师父，你交待我们的事情已经搞定。现在三界四宗无人不知我们在梦家设宴的事情，估计到时候的盛况绝对不下于当初'奇湖小筑'的大会，嘿……"

小风接着道："我们已经将宴席设在梦家最为繁华热闹的'妖苑'，而且包下整个'妖苑'，足够容纳数千人。怎么样？师父，这个已经是梦家中最好的地方，除此之外，没有更好的地方。"

耀阳满意地点头道："不错，你们两个现在做事越来越不错了，没丢我这个师父的脸。晚上为师再教你们几招好用的，以后多多保持。"

"多谢师父。"小千和小风兴奋谢道，他们对那种看起来比较威风的招式特别感兴趣，但耀阳自然不希望他们学华而不实的招术，所以很少教他们。

小千嘻嘻一笑道：“对了，还有一件事，知道我们在‘妖苑’见到谁了吗？”

耀阳随手给了他一击，骂道：“臭小子，在我面前还玩这样吊胃口的花招，你找死啊。还不赶快说出来。”

小千摸摸头，不敢再卖关子，委屈地道：“我们见到防风氏的婥婥小姐了，她就住在‘妖苑’的西楼，还托我们传口讯给师叔，说是要师叔到了梦冢后记得要去找她。嘿……师叔，我想你不会不去吧？”

耀阳哈哈一笑道：“废话，你师叔肯定是要去的。小倚，你现在就赶快过去，别爽了美人的约，这事对你而言是最重要的，做兄弟的一定支持你到底。至于宴席的事情就交给我们了，你不用担心。记住，最好给我带个弟妹之类的回来，哈哈……”

“去你的，总在那里胡说八道？”倚弦瞪了他一眼，先行遁空离去。他知道要封住耀阳的口，难比登天，还不如不听不闻走开才不用烦心。

随后，耀阳则带着小仙、小千与小风三人也向“妖苑”而去，他们现在就要开始准备布置宴席了。

第一百二十四章　妖月梦冢

妖月梦冢甚是奇特，白雾结界封住入口，不是凡人所能看清和进入的。但进入之后就是另一片天地，除了各式房屋外还有各种奇景分布，就在其中还有一条清澈的小河叫“妖池之水”，河中有一块奇特的沙洲，而“妖苑”就是建在这个沙洲之上，成了妖月梦冢中的又一奇异景色。

“妖苑”可说是妖月梦冢中最有名的繁荣地，寻常妖魔二宗中有身份的人都会住在此处以示身份尊贵，小千和小风为了让此次宴席更具影响力，无可避免肯定要在此地准备。

“妖苑”西楼则一直是专门用来招待女性贵客，住在此处的人倒是不多。而婥婥贵为魔门防风氏的大弟子，当然是住在西楼最好的贵宾厢房中。

倚弦遁身来到“妖苑”西楼，随便找了个小厮询问婥婥所在。那小厮便带着他左走右拐，到了西三楼的雅房，小厮便离开了。

倚弦心中忐忑，在门口迟疑片刻，深吸一口气，伸手在门前滞了一下，这才轻轻敲了敲门。

“请进！”一身淡雅素装的婥婥就在厢房之中，静静地坐在榻上，等待倚弦到来。看倚弦来了，婥婥眼底除了淡淡的幽怨外，还抹过一丝难以发现的欣然悦色，看了倚弦半晌，轻声道：“陪我散一下步好吗？”

“乐意奉陪！”倚弦露出欣然微笑。

两人缓缓步下西楼，来到“妖苑”外的沙洲之上，踏在细软的沙土之上，任由细纱温柔地将脚包围，享受那种异样的温馨感觉。看身周妖池之水的溪流轻轻而过，那潺潺细流像是精灵般跃然跳动，发出悦耳的叮咚之声，甚是爽心悦耳。

倚弦看着这缓缓水流，道："这里的溪水看起来就像是有灵性一般。"

婥婥微笑道："不错，妖池之水也是妖月梦冢的一大特色，跟轮回集的奇湖不一样，奇湖虽奇，但我总认为它不如妖池之水的灵气。"

倚弦好奇问道："你常来妖月梦冢？"

婥婥摇头道："没有，我就只来了几次，这里的人不大欢迎我们圣门。"

倚弦轻步前行道："妖宗有自己的特性，似乎不是很喜欢别人干预。"

婥婥浅浅一笑，不置可否，却是抬头看向天际异常明亮的圆月，道："你知道为何这里会被称为妖月梦冢吗？"

"这倒不知。"倚弦摇头。

婥婥妩媚一笑，道："因为在梦冢之中，每晚都是月圆之夜，这里的夜月永远都不会残缺，故而称之为妖月。"

倚弦不由讶道："每晚圆月？为何会有如此奇景？"

"这个谁也不知道，反正千百年来妖月梦冢就是这样了。这妖月梦冢也算是妖宗的一个骄傲，或许跟冥界的星月日一般，总也有些特殊的来历吧。"婥婥幽幽一叹。

倚弦道："各宗有别，这也是很正常的。很多事情都可能是因为宗族有别，而各有不同意见。"

婥婥深深地看了倚弦一眼，道："但是爱情却没有宗族之别。"

倚弦微怔一下，点头道："那倒是实话，当年防风氏后羿和龙族嫦娥的龙魔之恋搞得轰轰烈烈，三界皆知，让人不得不深信爱的伟大！"

婥婥淡然一笑，低首看着活泼轻灵的水流，道："后羿和嫦娥之恋的确是震动三界，但是你可知，除此之外，三界之中还有可歌可泣的人妖之恋。"

倚弦又是一怔："人妖之恋？"

"不错，这是一个美丽的传说！"婥婥颔首，眼中露出无比向往的神情，道，"千百年前，人界之主舜帝南巡之时受到异族伏击，舜帝身受重伤，药石难治，回到帝都已是危在旦夕。传说其之伤势只有‘泪竹妖心’才能救治，为救夫君，娥皇、女英竟来到梦冢承受万千痛苦舍身成妖，化身泪竹，奈何天意难违，她们最终还是救不了舜帝。舜帝在妻子舍身而回之时已经去世。两女万念俱灰，于是自灭妖身，投江殉夫。这妖池之水据说便是来自娥皇、女英殉身之江，深受二女感动，故有灵性。此事已成千古佳话，在人界也是广为传说。”

倚弦静静地听完婥婥述说，不由感慨道：“生死相随，此情不灭，人间真情，莫过于此。得妻娥皇、女英，想必舜帝此生已无憾事。”

婥婥幽然道：“这虽然只是一个传说而已，老的无法考证，但是这段感情委实让人羡慕得很。”

倚弦点了点头，默然无语。

婥婥突然展颜一笑，道：“其实，我说只来过妖月梦冢几次也不怎么正确，因为我小时候在修炼之时，常常瞒着师尊，跟姐姐偷偷溜到这里来玩，所以才会对这里很熟悉。记得当时我被娥皇、女英的故事感动得大哭一场，更时常被姐姐嘲笑……如果现在还能跟姐姐来这里那该多好……”

倚弦看婥婥说着说着就黯然泪下，忙岔开话题道：“娥皇、女英虽死，但是她们的事迹却得以流传下来。后世无不为之敬慕不已，也由此感动更多的有情男女，促使真爱能够长存于世，也算是恩泽后世了！”

婥婥将一时哀伤埋在心底，闻言微笑道：“娥皇、女英能这样做，只是因为她们深爱着舜帝，愿意为舜帝放弃一切。真是这种爱意，才会让人感动。”

倚弦也为之深深感触，心中的愧疚之意油然而生，犹疑片刻后对婥婥道：“婥婥，有件事情我不想再隐瞒你了。其实我一直无法清楚地想起我的前世，所有的一切我有所感动，但并无感同身受，就像是感知别人的事一般。所以从前对你才会……这事，我一直瞒着你，现在我不想再骗你了。”

婥婥对此仿佛丝毫不在意，只是一笑置之，道：“从前的事情都已经过去，也无法改变，就不再重要了，记不记得也无所谓。你不需要再有任何顾忌，最重要的是现在，把握现在的感觉就行了。”

“谢谢!”倚弦不知为何，心中有种松了口气的感觉。

婷婷此时索性调转话题，道：“易大哥，你们怎么会为了刑天族地与‘梵一秘匙’而惹动我圣妖二宗的一众高手，按理那是牧场之事，你们最多也只是帮忙而已，不至于会发展到现在这个地步。”

倚弦苦笑着将实情毫不隐瞒地说给婷婷听，虽然婷婷也是魔宗五大族中防风氏的一员，但是倚弦却绝对相信她。

“原来是这样……”婷婷沉吟道，“你们这次惹下的麻烦可也不小。刑天族地跟‘梵一秘匙’联系起来，足以让任何一方觊觎。我圣妖两宗的势力不小，万一牵涉起来，你们可能很难脱身。”

倚弦自信道：“这也是无可奈何的事情，事已至此，我们也只能这样做下去。不过，我就不信，以我跟小阳联手，还会在一帮散如散沙的魔族手中吃亏不成?”

“话虽然没错!”婷婷微嗔道，“但你不要太过大意，虽然你们的修为很高，但是面对其他几族，你还是要小心一点，毕竟他们的势力绝对不可小觑。你们不过几个人，如果硬拼，连一点胜算也没有。”

倚弦笑道：“这点你可以放心，我们不会傻到跟他们硬来，要不哪需要这么麻烦？小阳鬼点子特多，他有办法玩转那些家伙，我也自信对他们颇有了解。”

婷婷用脚尖轻踢了一下水面，看那荡起细微涟漪向周围蔓延，沉吟道：“现在我们圣妖两宗的形势已经迥然大变。首先祝融氏在祝蚺死后，就声势大落，不复往日之威，但是百足之虫死而不僵，祝融氏的根基没有怎么受损，谁都不能小看他们。刑天氏则一向与其余各族不合，他们现在的行踪有些诡异，谁也不知他们的目的，不过身为刑天之后的他们恐也不是那么简单。东离族的闻仲是老狐狸，更不易对付，实力也是五族之首。共工氏从不低调，这么热闹的事情他们肯定会大张旗鼓地参与。至于我们防风氏，已经没有很大野心，只能随波逐流，只是不能违背圣门最终利益。现在的圣门的确已经成了四分五裂的格局，但也不能排除几族之间相互私下联手。”

倚弦讶道：“你们五族现在还会重归于好吗?”

婥婥摇头道：“这个易大哥就有所不知了。我们圣门五族，向来都有纷争，常有钩心斗角之事，但鲜有全族对抗的事情发生，一旦有神玄两宗入侵的话，都是五族联手对抗。但是这次刑天族地之秘，却将这唯一的团结纽带也一把捏碎。没有一族不想得到刑天族地之秘，然而刑天氏岂肯将自己的族地之秘拱手让出？现在各族都不知道其他几族会有什么反应，相互忌惮，却也不肯妥协退让。”

倚弦叹道：“没想到五族竟也是这么复杂。”

婥婥微蹙纤眉道：“三界四宗的事情没有一件是简单的，就如神玄两宗对我圣妖两宗也是态度暧昧，谁都不清楚他们到底在想什么。加上现在妖宗的人可能也是在一旁窥视，事情变化可能已不是任何人所能控制的了。”

倚弦点头示意赞同，道：“这倒也是……”

说着，两人已经走得远了，沙洲之上留下两人一个个清晰的脚印。但微风拂过，沙洲却跟这水流一般起了层层波纹，洒洒扬扬的细纱逐渐将脚印覆盖，将一切的痕迹慢慢地消除。

婥婥袅袅而行，纤纤玉指轻柔撩起被微风吹散的长发，轻声道：“易大哥，其实你们的处境，因为那个突如其来的黑衣老者而变得极其微妙，我圣门其他几族虽然对你们虎视眈眈，又恨你入骨，却也不敢轻易动你们，因为他们没有把握能应付黑衣老者的手段，这也是他们急迫想得到刑天族地之秘的原因之一。”

倚弦想起当日在牧场与刑天氏父子的对抗，大有感触地点头道：“黑衣老者的存在，的确增加了我们的安全性，即使对‘梵一秘匙’志在必得的刑天氏也会为此而有所退让。”

婥婥点头道：“由于黑衣老者实力强悍无匹，使得各族无不对你们更是忌惮，如无必要他们不会冒着跟黑衣老者作对的危险对你们痛下杀手，所以此次梦冢之行，你们应该并无很大危险。但是你们还是要小心谨慎，毕竟现在三界的形势因为黑衣老者的出现变得非常紧张，谁都不知会发生什么变化。”

倚弦笑道：“你放心吧，我自己会小心的，倒是你身为防风氏宗主的亲传弟子，更要小心点，我怕那些家伙会对你不利。”

“你当心就好，他们还不敢对我怎么样。”婥婥淡然一笑，再次抬头望向天际圆月，幽然道，“其实我已经厌倦现在这样的生活，只希望能跟心爱的人长相厮守，过着平静而温馨的日子，这些打打杀杀、钩心斗角非我所愿。所以你要好好地活下去，这是你欠姐姐的，你答应她会照顾我一生一世！”

婥婥清淡的言语中蕴含着深深的爱意，倚弦如何不知，他长吁一口气看向婥婥。婥婥没有避开他的眼神，只是略带忧伤地看着他，眼中柔情无限。

想到姮姮为他而死，而婥婥对他的一往情深，倚弦心中感动不已，情不自禁地一把将婥婥搂在怀中，低语道：“我会照顾你生生世世的，永远不会让别人伤害你！”感受着满怀的软玉温香，他的心中涌起一种异常温馨的感觉，浑然忘却了任何烦恼。

两人相拥，两相无语，时间在凄伤的甜蜜中像是如这妖池之水一般潺潺流过，一片清馨的静谧。

但在月光之下，倚弦无法看到的背面，婥婥苦忍已久的泪水潸然而下，有伤感，有感动，有欣慰，也有心酸……

良久，婥婥悄悄抹去满脸泪水，轻手推开倚弦，又是一副欣然笑颜，问道：“对了，易大哥，你最近有没有见过幽云仙子？”

“幽云……”倚弦没想到婥婥在此时会问起这个，顿时大为尴尬，看着婥婥笑靥如花，不知该怎样回答，心中大是为难。

婥婥却是做了一个鬼脸，笑逐颜开地道：“易大哥你不用这么紧张，我只是跟你开个玩笑而已。”

倚弦笑了笑，掩去一丝不安的神色，却没什么话可说，这个时候他真不知该怎么说才好。

婥婥含笑默然陪着他又走了一段路，道：“易大哥，时间不早了，也该回去准备一点事情了，毕竟你们这次开的宴席事关三界形势，准备周全一点为好。我也要为我们防风氏好好思量一下。”

“是啊，的确不早了。”倚弦看看天上永不会残缺的妖月，莫名地微叹一声。

婥婥微笑道：“我要先回去了。你自己要小心，对了，如果你有什么事情弄不明白的话，可以去向梦冢最有名的三界灵媒苦鳖婆婆请教，她定能给你一个回答，如果连她也不知道，那问别人也没用。”

“放心，我知道的。”倚弦点了点头。

婥婥握了握倚弦的手，低声道：“我走哩！”然后不等倚弦开口道出再见的话语，便转身飘然离去。

倚弦怔了一会儿，看着婥婥远去的身影，心中怅然若失。至婥婥消失在身前，他才轻步踩在沙洲的软沙之上，低头看着脚下被挤开的细沙，心中思绪如梭。

“师叔，师叔……”听到背后有人叫他，倚弦抬头望去，来的是小千和小风两人。他们急急跑来，喘了口气，道：“师叔，你还在这里啊，走了，魔妖两宗的人物基本上都到齐了。”

倚弦讶道：“这么快？他们可真心急啊……”

小千得意道：“这就可以看出我们两兄弟的本事了，三界各路人马无不急忙赶到。何止是魔妖两宗，连神玄两宗也时有弟子出现，看来他们也按耐不住，准备插上一脚。”

倚弦点头笑道：“你们厉害，竟能造出这么大的影响。”

小风道：“师父已经散布了消息，半个时辰后就开席，师叔快点回去准备一下，马上就要你出马了。”

“我？”倚弦愕然道，“你们的师父呢？这种场面一向是他最擅长应付的，干吗要我出什么马？”

小风搔搔头道：“这个……师父好像说他是个大老粗一个，不会说话，所以还是让师叔出面比较好。”

“大老粗？不会说话？”倚弦瞪大眼睛，不可思议地道，“如果他是大老粗一个，在这样场面不会说话，那我恐怕是一个认得几个字的哑巴了。应付这种事情对那指挥千军万马的他而言，易如反掌，哪用得着我？他这句话是骗谁啊？”

小千道：“师父也说了，在三界六道而言，风头最劲非师叔莫属。如果是对于人界天下，师父他自然会义不容辞地出面，但是现在面对的是三界四宗，他说话的分量还不够足，所以也希望师叔不要推托了。”

倚弦知道小千这个说的是事实，耀阳在人界呼风唤雨之时，他却是在四宗之中逐渐崛起。在人界，“火舞耀阳”之名足以镇住任何一方诸侯，他的小易之名反而并没什么用处，但是在四宗之中，小易这个名字却重了千万倍，耀阳的名声显然还不如他。

不过，倚弦总觉得事情不会这么简单，耀阳不会在这么关键的时候急匆匆让两名弟子来寻他，想来定然有事，于是双眼厉芒一扫，道：“那你们的师父呢？他现在究竟在哪里？”

没想到倚弦会突然问起耀阳的下落，措手不及的小千和小风顿时面面相觑，支吾了半晌也没蹦出一句话来。

倚弦心中一惊，冷哼道：“你们干吗支支吾吾的，有话就说！”

被倚弦一喝，小风吓了一跳，脱口道：“是那个骚……来了，师父才去陪她的。”他甫一说到“骚”字，就被小千踢了一脚，结果突然间五音不全，也不知“骚”后面的是什么字，不过肯定不会是什么好话。

“什么？谁来了？”倚弦一脸狐疑。

小千赔笑道：“不好意思，师叔，是师娘来了，所以师父要去陪她。”

倚弦纳闷地问道：“是哪个师娘？你们的师娘可是不少。”

小千尴尬地笑道：“是梅若冰……嘿……师娘。她一来，师父就拉着去‘妖苑’东楼叙旧去了。”说起梅若冰，他虽然喊着师娘，但语调有些古怪，暧昧的偷笑之余还有一丝不忿。倚弦也没在意，他自然不会知道，小千和小风是因为小仙当初受梅若冰之气的缘故，而对梅若冰大有意见。

倚弦没好气道：“难怪这家伙不肯出来，原来是重色轻友，去陪女人去了。”

“这个……师父也是个男人嘛……”小千和小风暧昧地笑笑。

倚弦无奈挥手道：“咱们暂且不管这个急色鬼，对了，宴席到底准备得如何了，预备的花费够不够？”

小千笑道：“没问题，哈哈，其实这次我们根本没有花费什么备用物事？”

倚弦大讶，疑道：“你们不会做了什么偷蒙拐骗的事情吧？”

小风大摇其头道：“当然不是，而是因为‘妖苑’的老板娘说跟易大哥是老熟人，所以没有收取任何的定金或是费用。”

“老熟人？是谁？”倚弦更疑，他初次来到妖月梦冢，怎么可能会有熟人，如果说是耀阳的熟人倒是还有可能。

小千道：“我们也不知道，师叔，你去了不就知道？”

倚弦猜想半天也想不到认识哪个妖宗人物，只好罢了，好整以暇地在小千和小风的带路下，直奔妖苑南楼顶上的“摘星阁”。

“摘星阁”是“妖苑”最为上乘的议事厅，只闻其名便知道是仿照人间界殷商皇宫中的“摘星阁”所建，远远望去，的确显出宏伟豪华的气派来。

甫一到了阁楼之前，便见得一个美貌女子袅袅而来，微笑着迎接他们的到来。待到近前看清她的长相，倚弦不由大怔，他怎么也想不到这“妖苑”的老板娘竟然会是“奇湖主人”陆压之徒——邓玉蝉。

果然是熟得不能再熟的熟人。

倚弦笑道：“玉婵姑娘，好久不见了。”

邓玉蝉略带歉意并大有深意地瞥了倚弦一眼，道：“的确是很长时间没见，当日的情况实在是不好意思，实是师命难违，还请易先生见谅。”

倚弦知道她所说乃是当时奇湖小筑下毒毒害他与幽云之事，当即摇头道：“过去了就没事了，当时各自立场不同而已，再说你不也帮幽云姑娘疗伤了。说到底，我也没有什么损失，你也不必自责。何必耿耿于怀呢？”

邓玉蝉欣慰地笑道：“易先生果然大量，玉蝉一直对此甚是愧疚，能得先生原谅，玉蝉也就放心了。”

倚弦笑着环顾四周，道：“没想到你们‘奇湖小筑’做的生意会这么大，还能做到‘妖月梦冢’来，真是不简单！”

“哪里，哪里！”邓玉蝉浅笑道，“其实都是师尊当年的远见卓识，才会令小筑能有今日的成就！”

“原来如此！”倚弦恍然道，“不过这次多谢你对我们兄弟的支持！”

邓玉蝉莞尔一笑道：“这个是小意思，就当作玉蝉向你赔罪吧。”

倚弦笑道：“这个礼就大了，易某多谢玉婵姑娘。对了，此次宴席也算是热闹，不知尊师来了没有？”

邓玉蝉淡笑道：“师尊近来俗事繁忙，没有空闲的时间，故而就不再来凑这次的热闹了。”

倚弦大是诧异，以陆压的性格，怎么会错过此次的刑天族地之秘？口上却笑道：“尊师不来也没事，有玉婵姑娘在也一样。”

邓玉蝉笑逐颜开道：“多谢易先生看得起！”

倚弦点点头，归元异能的灵应令他心中一震，蓦然回首道：“客人都已经来了，现在是出去招呼的时候，玉婵姑娘，来人较多，可能要麻烦你们了。”

邓玉蝉含笑道：“易先生请放心，我‘妖苑’经营已久，这点人还能应付得过来的！”说着立即呼喝了一声，好些小妖当即现身出来，站在阁前准备迎客。

倚弦站于高台之上，居高临下望去，下面一干魔妖两宗的大小人物都进入了“妖苑”，直奔“摘星阁”而来，也是人声鼎沸，热闹得很。

倚弦负手而立，长发迎风扬起，闭目感觉元能波动，感应到几位大人物的到来，睁开双眼，转首笑问小千和小风道：“现在阁上来的可都是了不得的大人物，包括魔宗五族，怎么样，你们怕不怕？”

“当然不怕！”小千和小风大拍胸膛，信心百倍地回答。

倚弦微笑道：“不怕就好，客人也差不多到齐了，我们进去吧。”

小千和小风点头应是。

邓玉蝉在后喊住倚弦，道："易先生，宴厅之后还有个阁室专用于主客休息，你们不妨绕开先去那里，如有什么疏忽之处，也能好好准备一下。"

"玉婵姑娘想得周到，易某明白哩。"倚弦会意点头一笑，便不再直接进宴厅，而是听从邓玉蝉的建议，带着小千和小风先绕过阁厅到了宴厅后的阁室。

这阁室跟阁厅只是隔了厚厚的一层帏幕，不过就此已将两个房间完全分割开来，只有阁室里面的人才能看得阁厅的一切。在这元能混杂之处，收敛气息，倚弦、小千和小风并不至于被人察觉，当然倚弦也不怕被人知道。

透过帷幕，倚弦清楚地看清大厅中的一切。

除了宗主已死的祝融氏之外，魔门其他四族皆已赶到，各坐了一桌，占据了前排的四席位置。

其中刑天氏的刑天灭等人自是一脸铁青，他们的族地之秘可能被耀阳和倚弦公开，而且还不知消息是真是假。这种大失颜面的事情摊在他们身上，当然爽不起来，现在心中可能恨不得将两兄弟生吃了。

东离族闻仲等人和共工氏淳于森一众大马金刀地坐在一旁，大有冷眼旁观之色，让人无法猜透他们心中的想法。不过没人会认为他们真的会超然物外而不再觊觎刑天族地之秘。

当然还有领着四名女弟子，眼神暧昧而绝艳的防风氏代表婥婥，她是闭目养神，丝毫不为即将到来的事情费神。

而此时，厅外魔妖两宗的众多高手也一拥而入，争相抢着位置，不过他们也有自知之明，明显地是有些忌惮，始终不敢欺近前几排的位置，只在中间强占座位，嘈杂喧哗非常。

"滚开！"外面一声阴冷喝声传来，几人被抛开，顿时空出一条路来。却是一身黑漆不见真面目的通天教主拂袖而入，众人认得他，自不敢阻挡。

看到魔门四族，通天教主倒也不托大，嘿然道："原来各位这么早就到了。”

没人应声，就只是闻仲浅笑道：“闲着没事，还不如早点来凑热闹。教主今日是一个人来的？似乎有点冷清了，不大符合一教之主的身份。”

通天教主在他们旁边随便找了张桌子坐下，耸耸肩道：“老夫懒得搞这些排场，那些小的们不配进来，老夫就让他们在外面待着。”

通天教主虽然说得轻巧随意，但众人无不知道他派人在外面留守，早已留了后路，随时准备应变。魔妖两宗的人素来多疑谨慎，就算此次宴席没什么危险，也不能担保散去后没有仇家暗下盯着，教下弟子不少的通天教主当然不可能会单身赴会，只是他选择了全部将人安排在厅外而已，这点大家都可以明白，通天教主凭的就是一身超群的修为。所以通天教主一人独霸一席桌子，却也没人敢上去凑个数。

“哎哟，这么多人啊，本宫也刚好来凑凑热闹。”随着娇笑声起，妖媚诱人的九尾狐一袭紧身黑裙，不知何时已经出现在厅中，她的身后跟着却是猪头三和羊头怪两人。九尾狐媚眼一抛，修为稍弱的小妖魔如何抵得住她的媚术，顿时一群人被迷得晕头转向，挡在她前面的人最是不济，竟不由自主地趴在地上企图以窥春光，让九尾狐嚣张地踩在他们身上走过。

九尾狐在通天教主旁边的桌子坐下，媚眼瞥过诸人，笑道：“几位宗主和教主好啊，教主，不介意本宫坐在旁边吧？”

通天教主冷睨她一眼，随意道：“不是同一张桌子，何来旁边之说，小狐狸你想坐就坐，没人会管你。”

九尾狐娇笑道：“那就太好了。”

淳于森看着得意的九尾狐，就觉得不爽，忍不住从鼻孔闷出一声冷哼，魔能暗出。落在诸人耳中，却有如惊雷一般，顿时将他们惊醒，媚术亦解。

九尾狐也不恼，挑逗地看了淳于森一眼，道：“淳于宗主好修为，小女子可是大大不如，早知淳于宗主有意见，小女子就不敢多事了。”突然改口自称小女子，言语之间就成了淳于森在欺负一个女人。

淳于森倒也有自知之明，知道跟一个狡诈的女妖做口角之争，肯定得不到什么便宜，冷笑几声没有说话。九尾狐自知实力还稍差这五族宗主一筹，自然也不会逼人过甚，惹急了对谁都没好处，娇笑几声也不多说。有这么多有头有脸的大人物，猪头三和羊头怪当然算不了什么，他们也不敢有什么废话。

众人皆是将心放在等会儿将开的宴席之上，此时不想多费口舌。这大厅之中虽然嘈杂，但是前几排的桌席却安静得很。

突然疾风扬起，扫开一片人来，妖尊雪赤极带着一胖一瘦两个手下遽然出现在大厅之中，冷眼一扫众人，微微浮起笑容，大步走到九尾狐旁边的桌子，一把坐下，咧嘴一笑，道："天下秘宝，见者有份，雪某也只好带着'胖熊瘦蛇'两个手下来凑一手了，各位不会有意见吧？"

九尾狐甜笑道："老雪啊，好久不见了，只是奇怪厉煞这个家伙怎么很久没有出现了！"

雪赤极皱眉道："这倒也是，近来的热闹事不少，以厉兄的性格没有理由会错过才对，他怎么会一直没有出现呢？"

九尾狐道："也许厉兄做官做得上瘾，没时间出来。"

这时，闻仲淡淡道："本宗也曾回过朝歌，但是好像也不见厉煞出现，仿若凭空消失了一般。"

这下雪赤极和九尾狐都是一惊，他们相对跟厉煞较熟，这个时候厉煞不在朝歌也不来凑热闹，那他是在搞什么鬼？

倚弦从耀阳口中知道尤浑的真实身份就是厉煞，这时自然没有什么意外之色，厉煞就是被他杀的。他没刻意隐瞒这个事情，不过当时黑夜之中，尤浑为他所杀并无旁人在场，自是没人知道这件事。

"也许他被人宰了吧？"妖帝卓长风飘然而入，身如飘絮，直如挡在眼前的人是空气。没人能知道他如何穿过众人，转眼就到了前面。

雪赤极冷哼道："姓卓的少咒人，厉兄的修为岂是常人可比。"妖宗诸人之中，妖帝卓长风修为最强，也最俱声望，死死地压在妖君、妖尊和妖后之上，故而此三人跟他不只是不相来往，还对他嫉恨非常，大有水火不容之势。卓长风也不是善与之人，跟他们就此结下仇怨，就只狡诈的九尾狐没有跟卓长风正面冲突。生性凉薄的雪赤极也不是同厉煞有什么过命的交情，纯粹是对卓长风有意见罢了。

“三界之中能杀他的人多了。”卓长风哈哈一笑，跟通天教主一样一人占了一个桌子，当然没有不长眼的敢上去与他同坐。

卓长风也是一人而来，不过妖帝这些年积下的势力也是不小，众人亦是认定他在外面有属下准备。其实就算刑天氏等人也不只是厅内这几个人，还有不少人混在厅外大批魔妖两宗三教九流的小人物之中。

雪赤极怒瞪卓长风一眼，没有再说什么话。

接下来还有些魔妖两宗有名有号的人物出现，不过比起九尾狐等人而言就差了不少，他们只强占靠近魔门五族的位置，却不敢与他们并行而坐。

剩下的一批稍有一些能力的还坐在阁厅之中，更多的要不站在厅内，要不还在厅外吹风。魔妖两宗凭实力说话，强者占据好位置本是天经地义，在场之人无不习以为常。

第一百二十五章　计戏群邪

倚弦一眼扫过，微微点头，看得出魔妖两宗的重要人物差不多全到了。这时小仙通过甬道过来，问道："易大哥，老板娘来问是否可以开席？"

算了算时间差不多了，倚弦点头道："好，小仙你就跟玉婵姑娘说现在可以正式摆宴开席了。"小仙应声而去。

倚弦大有深意地注目小千和小风，问道："你们准备好了吗？"

两兄弟很有力地点了点头！

"那就上哩。"倚弦挥手撩起幕帷大步走入阁厅之中，就在步入阁厅之时，他蓦然长笑一声，立即将阁厅之内所有人的眼光都给吸引过来了。阁厅内外立即陷入寂静之中。

此时，妖苑的伙计们全都进入宴席之中，陆续将菜肴端上各个席位，可惜一众妖魔都是存有其他心思，哪里理得了满桌的珍肴佳宴。

面对着所有人的目光，小千和小风还是有些紧张，只是强自镇定下来，手心满是冷汗。倚弦毕竟见过几次大场面，虽然这么瞩目的时候不多，但天性冷静的他在这个时候却是镇定自若。

倚弦站于主席之上，一眼扫过下面众人，目光只在婥婥身上停留了一下，便微微一笑道："易某与耀阳在此摆宴，邀请三界同道，没想到各位这么赏脸，都来了，易某再次多谢各位。"

九尾狐这时却说了一句没有任何意义的话，媚眼如丝，娇笑道："几日不见，没想到易小兄弟更见风采，倒令本宫心动不已。"

倚弦淡淡一笑道："听闻娘娘对耀将军也一样心动不已，易某就不必有这种荣幸了。"

九尾狐脸上还是笑容不减，心中却对倚弦有所警戒，她本意是想在倚弦说话之前，先以媚术试试可否扰乱他的心绪，谁知倚弦丝毫不受影响，这份自持连耀阳都没有。

她却不知道，其实耀阳也早能看穿她的媚术不受一点影响，只是耀阳天性风流，面对九尾狐风韵非常的妖媚，忍不住也有心动而已，但耀阳心动的原因绝非她的媚术，而是被她压制已久产生的逆向征服欲望和另类的戏谑。而倚弦对九尾狐本就有不少的戒惧，天生的冷静和自持力更足以让他不动如山。

就在此刻，便听席下人群中有人喝道："小子，老子不是给你这个小白脸的面子，老子要见的是'梵一秘匙'。"显然那人并没见识过倚弦的厉害，对他素来也不以为然。

倚弦微笑道："阁下如果等不得，尽请先行离去。"

倚弦没生气，九尾狐却将怒气迁到了那家伙的身上，挥袖一道妖能击出，将那人击出阁厅之外，冷笑道："本宫还在说话，哪容得尔等插嘴？"

刑天氏、通天教主等人视若无睹，其他人却噤若寒蝉，不敢再多废话。妖后之名岂是白叫，虽然对于刑天灭等辈而言，九尾狐的修为还略逊一筹，但是魔妖两宗之中能及得上她的人却还真是不多。何况九尾狐统合狐妖一族，又以狐妖开始扩张，靠着人界娘娘的身份势力更得增长，除了前排所在的几大势力之外，没多少人敢惹她。

闻仲淡笑道："小狐狸，这次做得不错，这个是什么东西，哪来这么多废话。"连魔门第一宗主都这样说话，其他各人哪里还敢多嘴。

倚弦拍拍手道："这只是一个小插曲，大家不要在意。在这里也不要太过分，毕竟易某请各位来此，并不是为了打架的。"

刑天氏愤然怒视倚弦，闻仲、淳于森像是一副看热闹的样子，婥婥却有如漠不关心，通天教主阴沉沉地看着倚弦，九尾狐还是一脸媚笑，但眼底另有异色，而卓长风一直默然盯着倚弦，一点都没有说话的意思。

倒是雪赤极有些不耐烦地道："易姓小子，你想说什么就快点，别吊人胃口。"

倚弦双手一束长发，双眼四顾，道："既然各位这么着急，易某就开门见山，直截了当说出来，大家的目的无非是'梵一秘匙'和刑天族地之秘吧？当然刑天宗主的目的就只有秘匙。"

刑天灭忍住怒气，冷哼道："废话！希望阁下不要忘了，我刑天氏族地不容许他人玷污，阁下说话之前最好想清楚，否则黑衣老者的面子也不给。"

倚弦含笑不语。

淳于淼却忍不住冷哼道："刑天宗主这话说出来，似乎想威胁易先生？这似乎不是很好吧？"

闻仲随意附和道："刑天族地之秘很不错啊，据说连神玄两宗对此也戒惧几分，谁要得到似乎能够独霸我圣门。刑天宗主有此顾忌也是对的。"他这话无疑是火上浇油，让众人觊觎之心更甚。

刑天灭大怒道："闻仲，你……"

九尾狐笑道："刑天宗主，不要这么吝啬嘛，现在神玄两宗都压在我们头上千百年了，我们也不应该藏私是吧？不过只是族地之秘而已。"

这时刑天放却冷笑道："那各位都将自己的族地先行公开示众，如何？"

雪赤极哈哈笑道："这是个好主意，天放贤侄真是有见地。"妖宗并无自己的族地，对这个提议哪会拒绝。

一直没有说话的婥婥却在这时淡然开口道："你们想怎么样，我不管，但是防风氏族地不容他人觊觎窥视。"

闻仲摊摊手道："这本无不可，可是我们各自的族地并没什么用处，现在讨论的也是刑天族地之事，先把此事搞定，以后我东离族地任由各位进出如何？"

刑天灭冷哼一声，道："你说的鬼话，谁人能信？"

闻仲站起身来，双手一张，道："在场诸位都能作证！"其他众人趁机大呼能做证人，不会让他赖账，一时群情激愤，刑天灭竟是有口难言。

这时刑天放再次说话道："闻宗主虽是一言九鼎，但可惜是东离族唯一的外姓宗主，定有不少人对宗主有点心怀不轨，此举很可能使东离族内讧，闻宗主还是先跟族中各人商量一下为好，这样大家可以放心，也免得闻宗主因此事跟东离族闹翻。"

闻仲闻言一惊，没想到这个一直不显眼的刑天放竟能一言直击自己要害。众人无不吃惊，谁都知道闻仲虽有奇才，但最大的缺点就是他非蚩姓后人，东离族之中也有不少人对他有戒备。如果闻仲一提公开族地之事，不管是好是坏是真是假都会引起大乱。刑天放一言指出其中问题，就算东离族真的跟闻仲一心，闻仲也不可能就此一言断定，等他把东离族的意愿总结出来，恐已事过境迁。

本来闻仲也没想到刑天氏会屈服，他只想以众人之言压得他们方寸大乱而已，谁知刑天放随便一句话就堵得他一时无语，可见刑天放此人绝对不简单。

刑天灭松了口气，赞赏地看了刑天放一眼，哈哈大笑道："既然如此，大家现在也不必废话了？"

卓长风突然冷冷道："人家正主儿还没说几句话，你们倒大肆废话这么久，究竟是谁开的宴席？"

众人这才发现主持宴席的小易正安安静静地负手站在那里，一脸含笑很是悠闲，丝毫没有干涉他们的意思，看起来像是在看他们的笑话。

通天教主也阴沉地一笑，道："卓兄说得正是，刑天宗主不肯自报家门，不过是否肯将刑天族地所在说出来，这正主儿还没说话呢，你们着急什么？"

闻仲等人心中有所惊诧，这个小易就说了一两句话，却让他们先闹得沸沸扬扬，自己倒在看笑话，此人也算是厉害，难怪能在三界搅起这么大的风浪。

雪赤极还是心急，喝道：“易姓小子，你到底说不说？”

倚弦神色如常，没有任何高兴或是不满，道：“不好意思，这事好像怪不得我。易某还未说什么话，各位就争着吵闹起来，易某不过是后生晚辈，怎么好干扰各位商量大计？”

他跟耀阳不同。耀阳最会作假，夸张的表情能唬得人一惊一咋，搞得别人一头雾水只能听他安排，但是倚弦自持力极佳，除了事关耀阳外，其他的事情，他大部分都能不露声色，给人一种高深莫测的感觉，也更加看不出他的想法。

通天教主阴冷的眼光透过黑雾般的幻面，盯在倚弦身上，嘿嘿道：“那你现在可以说了吗？”

倚弦平淡地道：“如果各位还有什么事情要聊，尽管请便，易某等得及。当然各位若是没话说了，那易某再说的时候请不要再随意打断。不知各位有无意见？”

倚弦说话声音不重，却是清楚地传到魔妖两宗每个人的耳中，没有任何特别的情绪，也客气得很，但是言语丝毫没有任何敬意，相反还有嘲讽之意。

忍不住气的淳于森勃然大怒，拍案而起，喝道：“小子，别以为有黑衣老者撑腰，你就可以在我们面前嚣张？要说就说，要不今日便让你有来无回？哪有你在这里得意的份？”

倚弦神色没有一点波动，很客气地道：“易某不敢，不知淳于宗主有什么话要说，易某洗耳恭听，如果宗主觉得易某的要求只是无理取闹，戏弄各位，宗主不妨离开。这个宴席是邀请不是强迫，易某绝不勉强各位。”

“你……”淳于森气得说不出话来，但是他动手的话也奈何不了倚弦，要不他也可以一走了之，可为了刑天族地之秘，他当然不可能这样做。这时淳于琰也大怒要喝斥出声，却被闻仲阻止。

闻仲出面打圆场道：“你们少说一句不就行了。小易，我们本不会无事打断你的话，你尽可说来，别再借词拖延。”

淳于森冷哼了一声坐下，他知道是闻仲在给他台阶下，当然不会再闹下去。

倚弦微笑道：“既然闻宗主这样说了，那就是说易某可以放心说话了。”

通天教主冷道：“年轻人哪来这么多废话，说吧，老夫想现在没人会打断你的话。”

“那就多谢了。”倚弦还是一脸微笑，仿佛刚才什么事情都没发生。但转眼间倚弦就让众人自愿不打断他的话，就不多的几句话完全占了上风。

这就是倚弦和耀阳区别之处，耀阳雷厉风行，倚弦慢条斯理。如果是耀阳主持的话，他就有本事一开始便把握主动权将众人压得抬不起头，让他们只能听耀阳之言。倚弦却任他们说个够，也不干涉，最终这些家伙却还是只能让倚弦提出要求。耀阳的魄力和言辞让人无言以对，倚弦的平静淡然让人无可奈何，不同的方法，同样的结局。

倚弦当然知道把握分寸，便道：“自我们两兄弟取得‘梵一秘匙’之后，各位就特别有兴趣跟着我们，你们也知道身后跟着一大群人的感觉绝对不好，所以干脆不必扰烦各位跟随，我们亲自出来将事情说清楚。”

倚弦说到这里顿了一下，转头扫视了一下众人，继续道：“各位是认为我们得了‘梵一秘匙’就直接去刑天族地，所以一直跟着想要瞧瞧到底是怎么回事。虽然各位的想法易某可以理解，不过这样跟着总不是办法。我两兄弟也没有马上去刑天族地，可能各位会有所不耐吧？以为我们是在耍各位。”

倚弦的口气很是平和，魔妖两宗的人还真分不清他是谅解还是讽刺，只能表情各异地看着他。

倚弦沉吟片刻，微笑道：“现在易某可以肯定地告诉你们，‘梵一秘匙’就在我们手中，至于刑天族地，我们也知道此地所在。”

谣言得到正式确认，下面顿时一片喧哗。

刑天氏诸人的脸色也愈加难看，虽然心中有底，但仍是很不舒服。倚弦会如此确定地说，定然是有几分把握，不会只是空口白话。

雪赤极最是不耐烦，忍不住道："你大开宴席不会只为了说这么一句话吧？到底有何意图，还不快点说来，何必吞吞吐吐。"

"妖尊所言不错。"倚弦缓缓道，"易某邀请各位赴宴，除了证实这件事情之外，还想让各位知道，我们暂时不会去刑天族地，所以各位也不必浪费时间再跟着我们。"

"什么?"魔妖两宗的人无不愕然吃惊，亦有暴怒者，怎么也没想到搞了这么久，他们竟然暂时不去刑天族地，众人顿生被戏弄的感觉。

淳于淼忍了很久，这时更是怒喝道："小子，你真是要我们不成？我圣门妖宗岂容你如此侮辱?"他早憋了一肚子火，趁此机会大是怒骂。

包括通天教主等人也都是隐忍怒意，一脸阴沉，不知何时会发作，底下一批人也是骂口大开。婥婥有些担心地看着倚弦，群情激愤之下，未必还会顾忌黑衣老者的威胁。

只有卓长风一声不吭，冷眼旁观，看看倚弦有什么办法解决。

刑天灭乘机哼道："小辈，你太不把我圣门妖宗放在眼里了。如果不说清楚，别怪老夫不客气。"他对于倚弦知道刑天族地所在的事情甚是担心，心中所想便是有机会将他干掉。

倚弦早有对策，此时没有一点的紧张之色，淡淡道："各位不必如此，易某没有瞧不起各位之处。本来我们的确是要去刑天族地，但是事情有变。各位对我们有兴趣，似乎忘了还有神玄两宗。刑天族地能引起诸位如此跟随，神玄两宗没有道理会不在意吧？而很不幸的是我们刚好发现神玄两宗也有人在暗中窥视，我们有自知之明，自认不可能跟他们斗，实在无奈只能放弃，各位也不希望最后是便宜了神玄两宗吧?"这是他跟耀阳两人早就商量好的借口。

众人哗然，对倚弦的话半信半疑，如果神玄两宗插手，他们的确是有理由暂时罢手。婥婥见倚弦如此说，知道他有一定把握，顿时将心放了下来。

闻仲的脸也有所沉下，手指微敲桌面，沉声道："你有何凭据说是神玄两宗有人？为何我们并不知道？"

倚弦道："易某的修为虽然不怎么样，但自认还过得去，对于身后的一批人多少也要注意着点。易某不才，还有这份自信，跟在在下后面的人修为没几个能跟易某相比。易某能察觉到的东西，他们未必能知道分毫。"

闻仲为之语塞，谁都知道如果像小易这样的身手连各族长老也有不如，怎么可能让这样的高手做此等小事？跟踪的人都差远了，如果是神玄两宗的人也在，以他们的小心，小易和耀阳如此高手或能知道，其他的人就没这种本事了。

通天教主冷笑道："小子，你不会以这个理由来说服我们吧？是否有神玄两宗参与，就你一个人说，你有什么证据？"

倚弦耸耸肩道："话说到这里，你不信也没办法，不过有一点你们可能不知道吧，秦家小姐可是玄宗散仙姑射山九天玄女的弟子。我们凭什么拿到'梵一秘匙'？易某虽不清楚所有事情，但是有点猜测可能有用，我们知道刑天族地之秘，但神玄两宗不晓得。"

他故意说出秦骊如的身份，是为了让九天玄女震慑魔妖两宗诸高手。九天玄女虽说不顾俗事，但如果有人惹了她的弟子，她有什么反应就很难说了，在牧场已无秘匙之时，魔妖两宗的人绝对不会为了泄愤而对牧场动手。

众人大有震惊，九天玄女这个名号不是说着玩的。刑天灭想起秦骊如出手时施展的法术的确像是玄宗法道，不禁脸色微变。

倚弦随意的口气却将所有人的想法全部诱导成功，魔妖两宗的人顿时将九天玄女跟玄宗联系起来，又想到为何被尊为三界奇宝的"梵一秘匙"会被耀阳和小易得到，这肯定是神玄两宗有鬼，所有人都会这样想。

看到众人的神色，倚弦知道此计成功，不由暗地松了口气，首次主持这样的宴席，他再镇定心底下也有点紧张。

众人对神玄两宗的参与议论纷纷，他们可没把握能从神玄两宗之中得到便宜，若神玄两宗真的插手，他们倒宁愿耀阳和小易不去刑天族地。

刑天灭暗中也何尝不是松了口气，只要现在两人不去刑天族地，他们还有时间做出适当的布置。

正当魔妖两宗众人无语，倚弦认为事情告一段落的时候，还是冷静地看着这一切的卓长风突然道："即便神玄二宗参与其中，但不知你凭什么证明'梵一秘匙'就在你们身上?"

在场之人这才想起，除了这个小易自己说的外，并无任何证据证实"梵一秘匙"在他们身上，而神玄两宗有人存在也说明不了这点，反而若是"梵一秘匙"不在他们身上的话，小易口中所言神玄两宗插手的理由也不存在了。

倚弦心中一惊，还是淡淡道："易某自能证明'梵一秘匙'之事，但是请问在场诸位，何人见过秘匙?"

魔妖两宗一群人面面相觑，他们还真的没人见过这三界奇宝。卓长风盯着倚弦没说话，他的眼神闪烁，也不知在转什么念头。

倚弦双眼神光外显，扫视四周几下，道："看来没人知道'梵一秘匙'之事，那易某说出来也无人知晓，如此说与不说有何区别?"

下面一妖旁顾四周见无人应声，便大着胆子喝道："不论是真是假，你都将秘匙拿出来让大家看一看，否则搞了半天还不知道搞了些什么。"

倚弦浮起嘲讽的笑容，缓缓道："这位朋友有点天真，有些东西随意亮出会闯大祸的，易某对诸位实在没有太大的信心。"

那个喊话的人马上被淳于淼当作出气筒抛了出去。谁都清楚财不露白，何况这千古奇宝遭此地任何人的觊觎，自是不可能轻易拿出来。

魔妖两宗备感无奈，只能选择相信倚弦，而刑天氏、通天教主等人看着倚弦眼光闪烁，各自打着主意。

倚弦正微笑地看着诸人，突然门口一群魔妖两宗的人涌动，竟是自动分开两旁，让出一条路来。倚弦大讶看去，却见一个老妇人弓身驼背慢慢行进来，看起来修为并非上品之流，不知为何魔妖两宗的人会对她如此忌惮？

当看着那老妇人行进厅来，竟连刑天氏等魔族各大宗主也站了起身，纷纷招呼道："原来是婆婆来到，请坐！"刑天氏主动让出一张桌子。

倚弦大奇，这个老妇人是何方神圣，能让魔妖两宗诸人都礼让三分？

正大感苦恼中，倚弦想到这老妇人是什么身份？突然心中一震，想到一人——苦鳖婆婆！

来人正是很少出门的三界灵媒苦鳖婆婆，只有她这样的身份才能让魔妖两宗的人对她这样礼貌。九尾狐等人脸上露出一丝喜色。

苦鳖婆婆在刑天氏的席上坐下后，首先喘了口气，奇异的眼光看向倚弦，道："我这个苦鳖老婆子来打扰了，这位小易兄弟莫要在意。"

倚弦暗想果然是苦鳖婆婆，心中知道麻烦来了，但嘴上还是很客气地道："有苦鳖婆婆大驾光临是易某的荣幸。"

苦鳖婆婆叹道："老婆子年老脚僵，本来也不想出门，不过听闻这里有'梵一秘匙'的消息，还真呆不住，所以不请自来，来见识一下这三界奇宝，想必易先生不会让我这个没几天可活的老婆子失望吧？"

苦鳖婆婆虽然这么说，但是明眼人可以看出她显然是受了某人所托，专程为了辨识秘匙而来。魔妖两宗的人纷纷大喜，他们现在最想要的是确定这"梵一秘匙"的事情，苦鳖婆婆来得正好，三界之中的事物还真没几样是她不清楚的。

倚弦却暗暗叫苦，他如何会没听过苦鳖婆婆之名，之前婥婥还让他有困难去请教苦鳖婆婆，谁知现在她反而主动来找自己的麻烦了，这苦鳖婆婆见多识广，现在又为"梵一秘匙"而来，定是对秘匙有所了解，这次骗得了别人却怎么骗得了她。不过不管心里如何慌张，倚弦在表面上却没有露出丝毫破绽，还是一副没有异样的表情。

一直怕紧张露马脚而不敢说话的小千和小风心中大是打鼓，幸而他们虽不像倚弦这么镇定，但是作假是他们的拿手好戏，加上没什么人注意到他们，所以他们的表情都也没什么问题。

倚弦却是为难，没有让他考虑的时间，但一时间又如何能圆谎？

“哈哈，这么热闹啊，不好意思，耀阳来迟了，各位见谅！”正当倚弦大感头痛之际，耀阳不失时机地大笑着出现，大步走到倚弦身边，他面对魔妖两宗一干人的眼光，还是大大咧咧的一副笑容，丝毫没有一点不自在的样子，向众人随意拱了拱手。

倚弦暗吁了口气，暗道：“你这小子终于来了。”

但耀阳的出现只是减缓一下眼前的危机，最大的问题还是没能解决，到底如何应付这个苦鳖婆婆？

耀阳不像倚弦这么规矩，向苦鳖婆婆问个好之后，他随意拉了个座位坐下，道：“好累，各位都坐啊，还有些位置。”他是客气，不过那些魔妖两宗的人可不敢跟刑天氏等人同坐一排。

小易还算客气，但是这个耀阳的态度却太不把魔妖两宗放在眼里了，众人纷纷有所怒色，又有乱相。

闻仲冷哼道：“别扯开话题，先将最重要的事情搞定再说。”

魔妖两宗诸人立即醒悟，不由又怒瞪耀阳，差点又被这小子搞混了。

耀阳本也没想到以此转移视线，这个可能性几乎可说没有，他的本意就只是扰乱一下魔妖两宗诸人的思绪而已，现在已经成功了大半。耀阳看看闻仲，懒懒散散地问道：“什么事这么重要啊？”

苦鳖婆婆慢声道：“耀大将军，其实也不是什么大事，只是老婆子好奇想见识一下‘梵一秘匙’而已。”

又回到原来的问题，耀阳搔搔头，苦恼道：“婆婆，这个我们就有些为难了。本来婆婆想看秘匙也没什么，我们当然不会吝啬。但现在……你看这么一大堆人，龙蛇混杂，什么人物都有。这个时候将秘匙拿出来，大家一兴奋收不住手，恐怕会把这好好一个‘摘星阁’都给拆了，我们可是赔不起啊。”耀阳废话一大堆又将倚弦刚才的推辞拿出来了。

魔妖两宗诸人听了这一大堆话又将事情扯回到原点，顿时大为不耐，不少人纷纷鼓噪起来，不少人叫嚣着要他们将秘匙拿出来。

耀阳双眼厉芒一扫，喝道："本将军跟婆婆说话，你们插什么嘴？财不露白知不知道，本将军现在大不了跟你们一拍两散，如果真的拿出来，那还了得？你哪个认为不想要的站出来。"

吵闹着的人被耀阳一句问瘪，顿时安静下来。半晌有个家伙从一堆妖魔中站出来，嚷道："我就不会要的！"

耀阳一声冷笑，随手抄起一个盆就将那家伙砸出阁厅，哼道："既然不想要，还在这里干什么，真是闲着无聊凑热闹啊？白痴，说话都不考虑一下。"

这倒好，刚才倚弦被人怒斥还是一脸和气，两个都是被别人丢出去的，而耀阳刚到就亲手将一个不算是骂他的家伙砸了出去，两人迥异的作风让人一时适应不了，魔妖两宗的人都呆愣一下。

耀阳不理这一群发呆的家伙，倒了杯酒喝下，又吃了口菜，叹道："这么好的酒菜，大家怎么都不吃？实在是辜负了老板娘的心意。"原来就这段时间内，酒菜都上了，但是从来不愁吃喝的魔妖两宗诸人哪会想到这些。

通天教主还算冷静，哼道："耀大将军，哪来这么多的废话，那你认为就能以此将这事搪塞过去？你以为我圣门妖宗是这么好唬骗的？"

耀阳跷起二郎腿，道："耀某不认为你们魔妖两宗好骗，不过呢这位见不得人的朋友有何高见呢？"他并非不知通天教主的身份，不过就是在拿他的幻面术开涮。

通天教主大怒，酒杯在他手中化为碎末，不过他还是强忍住这口气，这里魔妖两宗的人虎视眈眈，说不定什么敌人都有，再则他也不想引起纷争。

卓长风再次开口道："其实很简单，既然大家的目的都知道了，就不妨打开天窗说亮话。你们凭什么说秘匙在你们身上，刑天族地所在你们也真知道，而不是在耍我们？"

闻仲冷笑道：“这不是很简单吗？刚好婆婆在这里，或许我们不知道‘梵一秘匙’之事，但是依照婆婆的见识却是绝对清楚。至于刑天族地，老夫就不信刑天宗主会不知道。”

苦鳖婆婆咳了一声，道：“好说，老婆子对‘梵一秘匙’知道的也不是很多，不过总算也能分辨真假，唉，老婆子活到现在也就只有这点有用。”

闻仲哈哈一笑道：“怎么样！你们不是说有证据吗？不妨拿出来，否则就别怪老夫谁的面子都不给，而且这一众人也不会轻易善罢甘休。”

耀阳和倚弦对视一眼，不知该笑还是该哭，他们很成功地将魔妖两宗的注意力引到他们身上，现在的问题就是怎么样既要让众人相信秘匙在他们身上，勾起众人兴趣，又暂时避免对他们的骚扰，而且对于刑天族地之秘要点到为止。本来这些事情，耀阳随意都能解决，但半路杀出一个熟知天地三界秘闻的苦鳖婆婆，顿时让他们的计划大乱。

刑天族地之秘他们虽然知道，但是“梵一秘匙”他们只闻其名，根本没有见过，怎么晓得到底是什么玩意？骗骗别人还可以，但是对苦鳖婆婆……

不过也容不得他们拖延，耀阳暗中咬牙，豁出去了。管他那么多，“梵一秘匙”谁都没有见过，即使被苦鳖婆婆揭穿，他们也可以一口咬定，死撑到底，就不信以他的口才会搞不定一个行将入土的老太婆。

耀阳大笑一声，道：“既然有办法确认，那就太好了。小易，说吧。”

倚弦微笑道：“关于刑天族地，各位或许不知道，但是刑天宗主却清楚得很，所谓‘三界百劫，六道无回’。刑天宗主，还需要易某说得再明白一点吗？”

刑天灭脸色铁青，这个小易能知道这句话，相信事实也知差不多，他当然不愿意让小易再透露他们的族地之秘，狠狠地从牙缝中崩出几个字来：“好，算你们狠！”

耀阳笑道：“刑天宗主确认了？那是好事。至于‘梵一秘匙’，诸位皆知其是三界奇宝，可解三界内所有的结界秘宝，自不是凡物，想当初玄宗第一匠师耗尽心血所铸，刚出炉就震惊三界，威势惊人，三界四宗因而得知此物，真是奇珍。”

九尾狐狐疑道：“这个这里谁人不知，耀大将军不会想以此来证明秘匙在你们身上吧？”

耀阳厉芒一扫九尾狐，冷哼道：“说话务全，耀某若是没头没脑地说一通，别说你们，恐怕连婆婆也听不懂，要不你来说。”

九尾狐现在对耀阳大为忌惮，闷哼一声，不再多说。心中对耀阳咬牙切齿却又有些无可奈何，如果不是还有两兄弟的真实身份这个把柄，她还真拿他们没法子。

耀阳微笑道：“意外之事，大家莫要在意，我们继续，时间不多，希望大家不要再打断我，否则一切后果本将军概不负责。”

看耀阳嚣张跋扈的样子，如果不是因为他手中有想得到的秘密，魔妖两宗的人简直就想暴打他一顿。小千和小风有些担心地看着他们的师父，生怕这些魔妖两宗的人忍不住出手。倚弦在一旁含笑看着耀阳瞎搞，他自是清楚，耀阳这么做无非是为了扰乱下面那些人的情绪，同时也让人以为他有所恃才会这么狂。

苦鳌婆婆道：“说吧，老婆子我想他们暂时也不会打断你的话。”

耀阳对苦鳌婆婆表示得挺尊敬，闻言便道：“婆婆见谅，耀阳这就慢慢道来……”

底下不少人心中大骂，这个时候还慢慢来？不过他们也不敢真的骂出口，除了怕被耀阳扔出去之外，更不愿耀阳借口又是一番拖延。

耀阳咳了一声，清清嗓子，站起来道：“当日我们在牧场取得‘梵一秘匙’，呵呵，也吓了一跳，那果然是三界奇宝，跟凡物也不一样啊，神奇之处能跟耀某的轩辕剑相比，令人惊叹不已，我们两人差点呆了，其实就算各位看得也会大吃一惊的……”

耀阳唠唠叨叨半天，废话一大堆，尽是说了“梵一秘匙”的神奇，但是始终没说出那秘匙究竟是怎么样的。魔妖两宗从起初听得津津有味、一脸向往，一直到不耐得额头青筋暴起，直欲将耀阳生吃硬啃了。

耀阳看着一众气得几乎失去理智的家伙，知道效果已经达到最佳，也不为已甚，笑道：“耀某现在就将秘匙的样子告诉大家，免得你们以后受骗，哈！其实那‘梵一秘匙’并不像一把锁匙……”

“不像锁匙？”魔妖两宗不少人顿时大有疑色，雪赤极当场就质疑道：“‘梵一秘匙’既有秘匙之名，怎么会不像锁匙？”

耀阳瞪眼问道：“废话，你不想想‘梵一秘匙’是什么样的奇宝，哪是常物可比的？再说既然可开三界所有禁制，自然非是一般锁匙！”

这时，众人都露出莫测高深的表情，不由自主望向苦鳖婆婆，等待她的辨别。

苦鳖婆婆沉吟半晌，回望众人目光，点头道：“这个耀将军所言不差，‘梵一秘匙’的外形的确不像是一把锁匙。”

魔妖两宗各人一愣，既然苦鳖婆婆都说话了，他们也没什么可以质疑了。

卓长风突然冷笑道：“一群白痴，如果‘梵一秘匙’是你们所认为的这么简单，那还是三界奇宝吗？”他这么说看起来是在骂别人，其实主要是针对雪赤极，刑天氏等人在刚才没有什么举动。

雪赤极只能狠盯卓长风一眼，硬生生忍住心中怒火。

耀阳也微怔了一下，心中松了口气，他想到“梵一秘匙”绝非寻常之物，才这样说，没想到这还真给他蒙对了。

闻仲沉声问道：“它不像一把锁匙，那它像是什么？”

耀阳迟疑一下，皱眉道：“这个很难说，它的样子很奇怪，像剑非剑，像刀非刀，形状很难形容。”他这么说是因为玄宗擅长铸剑，但秘匙如果完全像剑的话，那大有可能是称为“梵一秘剑”，所以他就这样说了一句废话。不过即使他费心猜也知道被他说中的可能性接近于零，当下看向苦鳖婆婆，想等她揭穿他的话后进行反驳。

谁知，苦鳖婆婆仍然笑意盈然地看着他，道：“不错，‘梵一秘匙’就是似剑非剑，似刀非刀，形状古怪，未见过它的人恐怕根本想不到。”

这下连耀阳和倚弦都愣了一下，耀阳满肚子怀疑，这样都能蒙对？倚弦不着痕迹地瞥了耀阳一眼，这小子是否真的在什么时候听说过秘匙的模样？

闻仲问了一个比较实在的问题：“形状难以形容，总不成大小也不知道吧？”

耀阳暗叹两次都是运气好，这次肯定骗不了，很随意地一口气道：“这秘匙约有巴掌长，上面光泽流动如同活物，虽说形状只有这般小，却可以随意伸展长短，端的是神奇非常！”

魔妖两宗的人除了向往之色外还有些怀疑，谁知苦鳖婆婆却没有出言反驳。

耀阳更愣在当场，他绝对不会真的以为随口就能说对，这苦鳖婆婆会出面，定是知道秘匙详情，但为何竟然丝毫不对他的话反驳呢？

耀阳不清楚苦鳖婆婆的想法，以眼光瞥过，继续胡诌一通，将魔妖两宗诸人唬得一愣一愣的，却还是不见苦鳖婆婆将他揭穿，心中更是疑惑不解。

苦鳖婆婆从头到尾都没有提出任何质疑，到耀阳说完后含笑点点头道：“老婆子我虽不能见到‘梵一秘匙’，但能听耀将军一说，心愿也了了一半，足以慰藉，这就不打扰耀将军和易先生，老身这就告辞。”

耀阳和倚弦对视一眼，深藏下一肚子疑问，让小千送苦鳖婆婆出去。

第一百二十六章　魔婆圣心

出乎意料的，苦鳖婆婆的出现不仅没有带给他们困难，反而助了他们一臂之力，让魔妖两宗对他们的话深信不疑，这个宴席开得再成功没有了。其实耀阳和倚弦所言还有不少含糊不清之处，但是魔妖两宗被耀阳搞得晕头转向，气得稀里糊涂，也没人追问。

除此之外，耀阳又废话几句，魔妖两宗众人已经懒得再听。

雪赤极又问一事："既然话已说开，那请问我们怎么相信你们所说暂时不去刑天族地的话，谁知道你们是不是找个借口撇开我们，自己又去了？"

耀阳像是看白痴一样地瞪了他一眼，道："你们当刑天氏是吃什么的？他们怎么会不小心守住刑天族地，你们稍微注意一点他们的行动不就行了？当然了，如果秘匙落入刑天宗主手中，那事情就难说了，我们不可能挡住他们去族地的路啊？问出这个问题，唉……"

雪赤极话语一滞，看了气得脸色铁青的刑天灭一眼，哼道："话已至此，事情就差不多了，雪某有事，告辞。"他堂堂一个妖尊却在今天受够了气，哪里还想待下去。

经耀阳最后一句话点醒诸人，刑天灭知道以后有魔妖两宗的人盯着，他们想要动耀阳和小易恐是难上加难，不由大是愤恨，一脚踢飞满桌的菜肴，不说一句话，携子转身就走。

"闻某也告辞了，祝两位好运！"闻仲还是颇为有些风度，表面上还是比较客气，抱拳离开。九尾狐神色不定地瞥了一眼耀阳和倚弦，勉强带着笑容离去。卓长风深深地看了耀阳和倚弦一眼，满眼诡异，也在通天教主走了之后离去。其他诸人也纷纷告辞。

不久，整个“摘星阁”的魔妖两宗的人走得一空，婥婥最后跟倚弦低语几声，自是有些缠绵之意，之后也是回防风氏族地去了。

本来热闹的“摘星阁”转眼就变得甚是冷清，不过耀阳几人都没空被这影响，事情搞定，但是却多了一肚子疑问。

倚弦在确定四下没有外人之际，便侧身传音问道：“小子，你不会是在牧场见过‘梵一秘匙’吧？”

“怎么可能？除非是我在做梦。”耀阳也大是皱眉。

倚弦大讶道：“那苦鳖婆婆为何都没驳你的话，别跟我说你都能蒙对？”

耀阳没好气地道：“废话，我刚才胡诌的话可是不少，这么多细节全部蒙对的事情几百万年也未必会遇到一起，你认为我会有这么好的运气？那苦鳖婆婆不揭穿我们，还不知存的是什么心？”

倚弦满是狐疑神色，心中暗忖：“这苦鳖婆婆究竟是在搞什么鬼？”

耀阳挥挥手道：“哪里还顾得那么多，是福是祸，相信很快便会揭晓！”

倚弦想想也是，点了点头朝耀阳身后瞄了半响，好奇问道：“咦，小千、小风不是说梅姑娘来了，怎么方才不跟你一块出来呢？”

耀阳不好意思地笑了笑，道：“她一个女孩子哪能四处乱跑，再说这里龙蛇混杂乱得很，我们又有很多正事要做，她也帮不了什么忙，所以刚刚我将她劝回去了！”

倚弦关切问道：“你小子也是，明明知道这里乱着呢，居然还让一个姑娘家单身离去？”

耀阳嘿嘿一笑，道：“这个倒是不用担心，她说是跟爷爷一起来梦冢拜会朋友，所以才会得知我们设宴一事，然后顺便来看看我！既然这么方便，我自是顺水推舟让她回梅老前辈那里去了。”

“梅老前辈来了！”倚弦早已倾慕已久，道，“那我们应该去拜会才是!”

“我也是这样说!”耀阳耸耸肩，颇感无奈道，“但是梅老前辈没过来，毕竟是前辈高人，想是不太愿意随便露面吧!”

“或许吧!”倚弦想到这里，心中灵觉一动，骤然感应到有人来了!

只见轻风掠起，一个曼妙身影跃然现身于“摘星阁”之上，竟是素儿。

几人略有讶异，倚弦上前道：“原来是素儿姑娘，牧场一切还好吧?”

素儿微笑道：“多谢关心，我们都还好，而且骊如已经请来姑射山同门姐妹前来牧场，所以你们无须太多担心了。你们呢?”

倚弦道：“呵呵，我们好得很。素儿姑娘为何不在牧场，千里迢迢来到梦冢?”

素儿看了看诸人以及已经人去楼空的宴席，道：“听闻易大哥和耀大哥在这里大开宴席，说是要将‘梵一秘匙’之事公诸天下，父亲、妹妹和素儿都有点担心，故而前来一看，只是父亲不易出面，妹妹还要管理牧场，所以不能前来。不知耀大哥和易大哥将此事处理得如何?”

“原来如此……”倚弦再度确认四周没有外人之后，方才沉吟道，“这件事有点古怪，本来魔妖两宗请来了苦鳖婆婆，我们不可能蒙骗过去，谁知道，小阳随口胡诌，这苦鳖婆婆竟然没有反驳，真是让人想不通。”

素儿也是一怔，问道：“耀大哥是怎么说的?”

倚弦将耀阳的胡诌之词再说一遍，素儿道：“这就奇了，耀大哥除了第一句外其他都错得离谱，按理说苦鳖婆婆没有道理会听不出这么明显的破绽?”

这时，耀阳大感兴趣地凑上前问道：“嘿，那素儿姑娘，这‘梵一秘匙’究竟是怎么回事?”

倚弦瞪了他一眼，道：“这是秦家牧场之秘，你别探人家隐私行不?”

耀阳不置可否地耸耸肩。

素儿忙道：“这倒是不要紧，父亲说了，易大哥和耀大哥不是外人，我们没什么可以保密的。而且让你们知道，以后也可以少露些破绽。”

“怎么样?”耀阳示威地看了倚弦一眼，倚弦懒得理他。

素儿笑吟吟地道："其实从某些方面而言，你们也见过好几次'梵一秘匙'。"

"不会吧？"耀阳和倚弦顿时大眼瞪小眼，他们怎么也想不出在哪里见过类似秘匙的东西？

素儿微颔螓首，低头传音给兄弟俩道："其实，秦家祖传数百年的'梵一秘匙'非是传说中的什么器物，而是一套神秘莫测的法道秘术，而这一代的秘匙传人就是素儿！"

"什么？"耀阳和倚弦这次可是震惊不浅，他们怎么也想不到所谓"梵一秘匙"竟然是人非物。难怪秦天明那时说为了秦家基业必须要牺牲素儿，兄弟俩还在纳闷素儿不是好端端的吗？原来是要让素儿脱离牧场的一切，继承最为玄奥的秘匙要术。

素儿继续传音告知兄弟俩，道："具体情况甚是复杂，一时间很难解释清楚，很多这方面的细节，连素儿也非全知。"

"没什么，我们只是知道这事就行了。"倚弦不想多探秦家私秘。耀阳虽然好奇，但还是尊重倚弦的意见，也没有追问。

耀阳识趣地退下，让倚弦跟素儿两人单独聊几句。

过了一会儿，却见小仙匆匆而来，手上多出一块帛巾。

小仙将帛巾交给耀阳，道："耀大哥，这是苦鳖婆婆送来的信！"

耀阳知道方才受了苦鳖婆婆的恩惠，这下对方是来讨回的，便打开帛巾一看，微"咦"一声，倚弦忙走过来问道："怎么了？"

耀阳将帛巾递给他，道："苦鳖婆婆请我们去妖殿一见！"

倚弦看了讶道："这个苦鳖婆婆用意何在？刚才没有点穿我们的话，现在还主动请我们去地底妖殿，看来目的并不简单。"

"怎么办？"耀阳让倚弦拿主意。

倚弦无奈道："人家苦鳖婆婆怎么说也帮了我们一次，我们理应回报！"

耀阳笑道："既然是这样，那我们就前去妖殿拜会一下这位无人不知的三界灵媒。"

“我们也去！”素儿、小仙、小千与小风等几人纷纷表示要去。耀阳和倚弦想到苦鳖婆婆那里应该没什么危险，就点头同意了。

耀阳师徒曾经去过妖殿，此时当然毫不费力便找到了地方。

一行六人进入那个并不起眼、却三界人尽皆知的小巷内，见到了那个更不起眼的暗房禁地。

对着房间内的小铜钟敲了几下，耀阳高声道：“耀阳求见苦鳖婆婆！”

里面传来回应之声，很快房间幻化出一个黑漆漆的洞口，众人刚要进去，便闻得里面有苍老的声音传来道：“很不好意思，妖殿非常人可进，除了耀将军和小易外，请其他人在此耐心等待！”

倚弦回头道：“既然这样，大家就在这里等一会儿，我们很快就会回来。”

素儿、小仙几人都露出担心的神色，耀阳回首笑道：“我们两兄弟什么危险的地方没去过，你们不必担心！”

几人点点头，也只能在外面静候着。

耀阳和倚弦步入洞中，却见身影和那黝黑的洞口晃动一下便全都消失不见。

门外的素儿毕竟少有见过这等场面，立时紧张地上前一步，满脸担忧神色，道：“这是怎么回事？他们怎么出来呢？”

小千和小风对此还算有点见识，道：“不用担心，这是进妖殿的唯一路径，师父他们应该没有什么问题，而且以师父和师叔的修为水平，又有什么事情应付不来呢？”

不过小千和小风没想到耀阳和倚弦刚进入洞口就差点吃瘪，周遭全是泥土，满头满脑地向他们压去。倚弦忙施展“绝龙壁”满布在自己和耀阳身旁，形成一个保护两人的结界缓缓下沉，将周围的泥土像水一样地排开，很快打通一条通下地底的通道，只是随着他们下沉，上面的泥土再次合起，无隙可寻，片刻之后他们就到了地底深处。

四周黝黑一片，耀阳和倚弦不清楚还要下沉多久，突然那声音透过厚厚泥土传到他们耳中：“往这边来。”

“绝龙壁”轻松地抵住周围泥土的压力，耀阳和倚弦寻着那声音来源快速飞驰而去。两人行动极快，不久那数百丈方圆大小的黑沼泽挡住了他们的去路。十多丈宽的黑水沼泽地泛出层层水泡，在淤泥之上漂浮。

那阴暗神秘的地底妖殿就在不远处黑水沼泽地的中心，只是那沼泽地将妖殿护在中心，看那黑气隐然，恐怕是有陷阱。

耀阳和倚弦正思该怎么样过去，那沼泽地中的淤泥和黑水却突然分向两边，一道宽长的拱形石桥凭空伸了出来。

还是那声音缓缓道：“两位请从石桥过来！”

耀阳和倚弦看看那黑水沼泽，大步而行，很快通过拱桥走进广阔的大殿。大殿之中几只石釜闪着微微的光芒，显得整个大殿灯光幽暗难明，凝重肃穆的感觉让两兄弟感觉不是很舒服。

大殿正中，黑木长桌旁，本来精神利落的苦鳖婆婆此时却扶着那根古怪的鳌头拐杖形容枯槁，她和蔼地道：“你们来了。”声音苍老中还略带嘶哑，显然就是刚才指引他们的声音，但是之前在“摘星阁”看她还是挺有精神的，为何现在变成了这副模样？

倚弦略显关心地问道：“婆婆，一会儿不见，你怎么会变成这样？”

苦鳖婆婆摇头叹道：“老婆子不行了，就出去这么点时间，走了这么点路便如此费力。不知还有几年能活？”

耀阳安慰道：“我看婆婆龙虎精神，哪会有事？”

苦鳖婆婆嘿然道：“你不要安慰老婆子，自己的事情自己清楚。”

耀阳微微一笑，问道：“不知婆婆让我们过来有什么吩咐？”

苦鳖婆婆再次叹气道：“老婆子此次请你们过来，是有求于两位，希望两位不会拒绝？”

倚弦讶道：“不知我们能帮婆婆什么忙？”

苦鳖婆婆笑道：“其实很简单，只需要两位回答几个问题就行了。老婆子也不想占晚辈便宜，如果两位愿意的话，可以用你们的任何要求来换。”

“回答问题？”耀阳和倚弦不由对视一眼，除了好奇之外，眼中更是大有犹豫疑色，问他们几个问题，恐怕就只有“梵一秘匙”和刑天族地值得这位三界灵媒问了。

苦鳖婆婆像是看穿了他们的想法，呵呵笑道：“放心，一定不会问你们有关‘梵一秘匙’和刑天族地的事情。”

居然不是这些，那能是什么？耀阳和倚弦大是好奇，考虑一下便点头道：“如此……为了答谢婆婆方才相助之恩，我们两兄弟自是不会推拒。”耀阳暗想，就当作你在“摘星阁”没拆穿我们的报答。

苦鳖婆婆满意地点点头道：“那老婆子就先谢过了。”

“婆婆万万不要如此客气。”倚弦忙道。

苦鳖婆婆露出一丝奇异地笑容，道：“那你们随老婆子来！”说着缓缓向大殿深处走去，耀阳和倚弦来不及问还要去何处，只能匆忙跟上。

苦鳖婆婆带他们到了一筑高大的墙壁之前，伸出鳖头拐杖在墙上轻点几下，那黑漆漆的墙上顿时幻生出一道由黑影组成的大门来，看得耀阳和倚弦大愣。耀阳暗中嘀咕这地底妖殿还真是蹊跷，似乎处处都有机关一般。

苦鳖婆婆低语几声，似是在念诵法咒，然后轻喝道：“开！”

那由黑影组成的大门沉沉打开，露出一条不断向下的阶梯通道，从这里看去竟是不见底部。“走！”苦鳖婆婆率先缓步踏入。耀阳和倚弦已经惊讶地忘了问苦鳖婆婆只是问几句话为何要搞得这么神秘，只好跟着苦鳖婆婆向下而去。

向下的通道呈螺旋梯状，耀阳和倚弦跟着行动缓慢的苦鳖婆婆不知转了几圈，直绕得他们头晕不已，在耀阳就快忍不住要出声询问的时候，终于见到了底部。通道底还有一扇粗实的铜门，那粗大的铜链呈奇形纠缠，封住大门。耀阳和倚弦看得出，这道铜门其实也是一个结界，那比大腿还粗的铜链就是结界封口。

苦鳖婆婆恭敬地对准铜门，沉声道：“苦鳖已经将他们带来。”

耀阳和倚弦大怔，这里的人是谁？能让苦鳖婆婆对他如此尊敬。

里面却传来比苦鳖婆婆更加苍老虚弱的声音：“那就进来吧！”

没有任何声响，那铜链却在瞬间甩开没入铜门之中，铜门缓缓挪开，红色的光芒从里面射出，顿时刺了一下兄弟俩的眼睛。

耀阳和倚弦不由得眯了一下眼睛，再睁眼的时候才看清眼前的一切。

这是一个不大不小的溶洞，满目的血红色熔岩翻腾，放出非常刺眼的红光，将这里面大约十丈见方的空间照得一片光亮。但是这溶洞顶部中央却是一根粗大异常的冰棱直直垂下，在这一片能将万物烧熔的炎热中竟没有丝毫融化的迹象，反而不断散发刺骨寒气，与这一片无边炎热相互对抗。

更让耀阳和倚弦惊骇的是，竟有一个只剩皮包骨头的老妇人被金色法链钉在那冰棱之上，承受着冷热煎熬的无边痛苦。

苦鳖婆婆恭敬地那老妇人行礼道：“师尊，弟子已经将耀阳和小易两人带来，师尊尽请垂询！”

“什么？”耀阳和倚弦同时惊声出口，怎么也想不到此人竟会是苦鳖婆婆的师父——鳖灵圣母。倚弦或许不清楚，但是耀阳却知道这鳖灵圣母的厉害，三界中论辈分年龄，没人能跟鳖灵圣母相提并论。

说起她的能力，知晓三界一切事物，甚至可以指点盘古、刑天等人，能历经数度天劫而生存下来，绝对是三界中无与伦比的奇人。当时耀阳问起苦鳖婆婆诸事，小千和小风顺便将鳖灵圣母之事也一一道出，耀阳由此而知，啧啧称奇的他却从未想到还能见到这个传说中的人物。但是据闻鳖灵圣母并未撑过最后一次天劫而致灵元俱灭，怎么可能现在还活着？

鳖灵圣母形同枯骨，如果不是那精光如电的双眼，耀阳和倚弦见到的话肯定会以为这只是一堆穿着衣服的骨架而已。

鳖灵圣母像是骷髅的脸上露出自嘲的笑容，道：“看到老身这个样子，你们一定无法相信老身就是鳖灵圣母吧？”

“为何……”耀阳和倚弦不知道该怎么说，这话还真不好说出来，如果不是苦鳖婆婆开口叫她“师尊”，打死他们都不会相信她就是三界闻名的鳖圣母。

鳖灵圣母缓缓道：“天劫之威非是未受所能知晓，三界之中对天劫了解的多的就只有老身了，嘿嘿……经历了数次天劫还能不死，说出来也够吓人。三界中人无不羡慕老身竟有如此本事，但是没人知道从天劫之下偷生需要付出多大的代价，唉……”

苦鳖婆婆亦脸有戚容，这三界中可能就只有她才能了解她师父之言。

耀阳和倚弦面面相觑，不知该用什么神色表示，感觉很是古怪，听鳖灵圣母所言，祝贺她们定是不好，但也总不能为她们能顺利顶住天劫而悲哀吧？干脆两人还是不说话为好。

鳖灵圣母戚声道：“老身经历数次天劫，一身修为却几乎尽损，如无吸收各方精元，恐怕早就因元能涣散而神识俱灭。”

耀阳迟疑一下指着鳖灵圣母身上的法链问道：“那圣母这是……”

鳖灵圣母黯然摇头道：“这就是上天对老身逃脱天劫的惩罚，更是泄漏天机者的下场，可叹当年老身已有所觉，故而借天劫而脱身，以绝再度泄漏之危，谁知还是迟了。老身体内多是吸收各方妖魔的精元，不像神玄两宗的精元这般顺和，历经上次天劫之后，修为再度大减，老身已经无法压制残留的禀性，所有精元冲突大有爆体之虞，老身想尽办法只能留在这地熔冰眼才能压制。”

“不过圣母为何还要用法链将自己锁住？”倚弦也有疑问。

鳖灵圣母枯瘦无比的脸上神色更是暗淡悲苦，道：“这地熔冰眼也算是三界奇地，冷热交接之巨非其他地方可比，虽能因此将老身体内精元压住，但是每日地熔冰眼那寒热瞬间交熬的折磨简直不是人所能忍受的，其中痛苦更胜于在弹指间经历百多次‘万剑绞心’，老身不知几次想过自尽以了却残身。如果不将自己锁在这里，老身恐怕真的无法坚持下去，只有现在这样，老身才能生不如死地苟延残喘下去，却也是无限止地承受痛苦。”

知道魔宗酷刑“万剑绞心”厉害的耀阳暗道，既然如此痛苦，何不早点自尽免得活受罪。当然这话他是不会说出口的。

鳖灵圣母说得凄惨，她的徒弟苦鳖婆婆也不禁黯然泪下。

鳖灵圣母摇头道：“年纪真的太大了，所以难免这么唠叨。不提这事，我们说些正事。苦鳖，你出去护法，这个时候勿要让任何人靠近。”

苦鳖婆婆当即领命离去，铜门缓缓关上。

鳖灵圣母轻咳一声，道：“两位，老身请徒弟苦鳖将你们请来，其实就是想问你们几个问题而已，希望你们莫要隐瞒。”

耀阳和倚弦大奇，耀阳直接问道：“圣母，我们两人在三界中也不算什么，实在不清楚除了‘梵一秘匙’和刑天族地之外，还有什么让圣母您能感兴趣的？”

鳖灵圣母仔细看看他们，突然仰天怪笑道：“两位何必如此隐瞒？‘梵一秘匙’和刑天族地算什么，老身虽然修为不再，但是神通还在，而且数万年的所见所闻和对天地三界万事的知晓，三界之中没有一人及得上老身十分一，就算我的弟子苦鳖也差得尚远。你们认为老身会不知道‘梵一秘匙’和刑天族地之秘吗？”

耀阳和倚弦心中略有惴惴不安，两人还算沉得住气，耀阳淡笑道：“圣母通晓天地，三界无人能与圣母相提并论。圣母如说知晓‘梵一秘匙’和刑天族地之秘，我们自然没有任何疑问。不过，耀阳实在想不出除此之外，我们还有什么值得圣母亲自垂询的？”

鳖灵圣母笑吟吟地看着两人，很是和善，但那笑容显示在有如骷髅的脸上却有些诡异可怖，让耀阳和倚弦两兄弟大有毛骨悚然之感。

鳖灵圣母看了一阵子，便摇头道：“两位太过小看老身了，明人不说暗话。以老身的见识，三界内如果还有一个人可以凭空看出两位的真实来历，那么定然只可能是老身无疑。”

耀阳和倚弦骇然大惊，说到他们的真实身份，那就只有魔星这一身份能让鳖灵圣母如此人物感兴趣，她这么一说，顿时令两人无比震惊。但是两兄弟已非以往的无知小子，哪会被鳖灵圣母几句话诈出来。

两人仍是脸色如常，无比镇定仿佛并无因鳖灵圣母的话而有所震惊。

倚弦耸耸肩，淡淡道：“我们两人的来历平常得很，哪有什么值得炫耀，就只是幸运的两小子而已。”

“是吗？果然厉害，年纪轻轻，能这样沉得住气，难怪你们能成为三界的风云人物。”鳖灵圣母还是一脸枯槁笑容道，“如果遇到别人可能还会被你们蒙过去，但是老身苟延残喘数万年，岂是这么好骗的？老身如果不是有足够把握的话，又怎会请两位过来一叙。”

耀阳和倚弦心中极是紧张，但是不露任何神色。耀阳丝毫不为鳖灵圣母的话所动，道：“圣母想说什么话，不妨直接道来，我们真不知道圣母想说什么？希望您老能明言。”

鳖灵圣母发出嘶哑的笑声，道：“老身知道你们不会轻易相信，不过，你们可以放心，这个地底溶洞之中没有其他人存在，有那个结界在，就算是苦鳖她也听不到我们的话，你们不必怕你们的真实身份会泄漏出去。”

鳖灵圣母瞪了耀阳半晌，叹道：“厉害，事已至此，耀将军竟还能丝毫不露神色，跟老身侃侃而谈，这份镇定谨慎非他人可比。如果是别人恐已被你唬过去了，可是……”

鳖灵圣母说到这里突然顿了一下，眼神突然变得锐利无比，缓缓道：“老身数万年来都在关注一件事情……那……就是关于令三界为之震骇的魔星，也就是你们，所以怎么会轻易被你们骗过……”

“什么？”两兄弟虽是有些心理准备，但近来听到有人揭穿他们的身份，仍是无比惊骇，脸色顿时截然大变。

鳖灵圣母没有理会他们变异的脸色，继续道：“拥有归元异能的人定是让神玄两宗为之戒惧不已的人物，因为刑天之事，对神玄两宗而言，谁拥有归元异能谁就最有可能是魔星。神玄两宗定是想竭力将你们扼杀在还未成长之时，可是他们不知道，不管是否是魔星，拥有归元异能之人绝非这么容易被杀的，他们并不怀疑你们还活着，所以你们到现在还逍遥自在。”

听到此话，就知道鳖灵圣母已经知道得差不多了，兄弟俩骇得冷汗直冒，他们根本想不到三界中除了妲己、黑衣老者等极少数心怀叵测的高手之外，竟然还有人知道他们的秘密，而且如果以鳖灵圣母的身份对外公布，恐怕没有人会怀疑。这魔星的身份对他们而言是最大的威胁。

鳖灵圣母淡淡道：“你们不必吃惊，如果若非老身经历数次天劫，也断不可能知道你们的身份，我早就说过，三界没有人能及得上老身。”

鳖灵圣母看看神色略显紧张的两人，沉吟道：“其实你们不必如此担心，像魔妖两宗诸人，就算有再多的人知道你们拥有归元异能也无所谓，对他们而言，魔星虽然可怕难测，但是被神玄两宗压制千百年翻不了身也绝对不好受。魔星可能是魔妖两宗颠覆神玄两宗唯一的希望，他们再对魔星有所戒惧，也不会扼杀这个希望。不过，你们怕的恐怕不是魔妖两宗，担心的无非是神玄两宗对你们的态度吧？”

“此话何解？”耀阳和倚弦被鳖灵圣母一说，又是一惊，更不敢小看这个传说中曾经的三界第一灵媒。

鳖灵圣母的微笑出现在脸上总有些莫名味道，看看两兄弟又道：“现在三界之中谁不知道如今神玄二宗因为龙刃诛神与轩辕剑的缘故，已经将你们列入蟠桃盛宴的邀请之列，也就是说他们对你们两人非常看重。万一你们的身份泄漏，那不只是得不到神玄两宗的助力，还会受到神玄两宗的追杀，这是你们最大的忌惮。如果被魔妖两宗知道，他们为了牵制神玄二宗倒不会轻易泄漏出去，但是神玄两宗一旦知道，就真的大事不妙了。”

耀阳和倚弦对视一眼，鳖灵所言神玄两宗知道他们身份后的危险却是实实在在，当日他们被迫害的情景还历历在目，想起来耀阳就是一肚子气。

鳖灵圣母又道：“魔星虽是连魔妖两宗都为之惊骇之秘，却是魔宗最隐秘的传说，你们身负归元异能，无疑是最有可能的魔星人选。现在可以说是三界真正炙手可热的人物，一旦身份公开，恐会牵一发而动全身。”

耀阳和倚弦被鳖灵圣母的这一席话说得冷汗浃背，面面相觑，沉疑半晌，倚弦终于点头道：“既然圣母已知此事，我们也不必隐瞒，的确我们两兄弟拥有归元异能，但是我们对归元异能还不是很清楚，这魔星一说更是无从说起。”

耀阳亦道：“不错，我们根本不知道什么魔星，连这归元异能也始终搞不清楚怎么回事。本来我们两人只是普通凡人，能得到归元异能纯粹是运气，说好听的就是机缘造化，我们也没办法明白这是为什么。”

鳖灵圣母目光深沉地望着两兄弟，半晌没有说话。

耀阳道：“圣母连我们身负归元异能都知道，还有什么不明白的？你想要问什么尽请说来，看我们是否知道。”

鳖灵圣母沉吟半晌，突然沉声问出第一个问题道：“老身想知道的是，那让天地三界四宗疯狂的归元异能在你们的体脉之中起着什么作用？这个你们应该不会不知道吧？”

倚弦一愣，沉思道：“除了让我们修炼稍有基础之外，好像用处并不是很大，不过总能令我们拥有超卓的感应能力和相应更好收敛气息的能力，其他的在平时真的不知道它还有什么很大用处。”

耀阳点头道：“不错，这个归元异能仿佛就只会在危急关头发挥意想不到的作用，不过这样也好，它救了我好几次。”

“的确，不到万分紧要的关键时候，它都仿佛跟其他普通元能没什么区别。”倚弦对此也有些感触。

鳖灵圣母皱眉沉思良久，两兄弟也没有打扰她的思考。过了些时间，鳖灵圣母又问道：“那你们是否真如神玄二宗秘不可宣的消息所称，曾经进入过三界六道的玄心正眼，也就是传说中被盘古所封的无极秘境？”

“虽然我们不清楚那里的名称，但应该不会错的。”耀阳和倚弦知道圣母所问的是黑衣老者指导他们去的秘境，便点头称是。

“竟让你们进入了盘古耗尽一身修为封住的无极秘境，难怪……”鳖灵圣母这才露出恍然的神情，双眼神光闪耀，继续问道，“那你们可在那无极秘境中看到听到什么？请不要遗漏，一一说来。”

耀阳和倚弦对看一眼，觉得这些都不算是什么玄秘不可告人的东西，没什么好隐瞒的。耀阳摸摸鼻子，细细想来，迟疑地道：“那无极秘境很是奇特，天地三界之中没有一处能跟它相比，但具体里面有什么也很难说清楚。待我好好想想……”

鳖灵圣母淡笑道：“无极秘境本是三界六道之中最为神秘之地，当然非它处可比。你们想得仔细一点，慢点也没事，最好不要有什么遗漏。”

倚弦沉吟道："刚入无极秘境之时，我们感到彩光眩得眼花，双耳听不到任何声音，双眼也不能视物，只感觉身旁飓风狂飚着插身而过，接着我们就到了一个虚无混沌又静寂无声的广阔空间，仿佛没有边境，明明看不到任何实在的人或物，却又能感应自己和小阳的存在，不能说话，感觉自己的身体就像没有任何实体的空气一样。"

耀阳道："不错，就是这样，那时我还吃惊不少。那种虚空无处不在、奇异而没有任何实体、只有自己孑然一身的感觉很是奇特。"

鳖灵圣母听得入神，低首不语，看她神色显然是在仔细思索。

想起在无极秘境的情景，仿佛都在眼前，倚弦露出神往之色，继续道："无极秘境真是奇妙。后来我们又看到身处横亘于虚空中不见始终的无尽长廊上，廊壁与栏杆像是水晶般不断闪烁变幻，光芒耀眼却延伸到缥缈虚无的远方。虚空黑暗而茫然无际，却又浮现无数若隐若现像是繁星的流荧。透过那条像是幻象一样的长廊之后就是一片茫然黑暗。"

耀阳嗤道："哪有这么多的废话，我说得直白一点，刚开始是那样，除了虚无还是虚无，但后来那里仿佛什么都有，什么山峰云海，什么落日大河，什么日月星辰，什么花鸟虫鱼……只要是天地三界有的，这无极秘境好像都有。对了，还有声音，什么风声、雨声、雷电声、水流声等等，混杂在一起，听起来很熟悉但又像是没听过，很是亲切自然。反正说不清楚，就是这么一回事而已。"

他们将无极秘境中的见闻全部一五一十尽皆说了出来，没有一点隐瞒。鳖灵圣母听完后，缓缓点头，再次陷入沉思之中。

鳖灵圣母细思许久，才慢慢抬起头来，但耀阳和倚弦无法从她那枯瘦到极点的脸上看出什么端倪。

鳖灵圣母满意地露出笑容，道："难得你们说得这么详细，这个无极秘境的确是非同小可，能入得此秘境，你们也算是三生有幸了。"

依稀点头称是，耀阳却是耸耸肩，道："或许吧，不知圣母还有什么要问？"

鳖灵圣母道："还有最后一件事，不过不是问你们事情，而是想感应一下你们身上那三界无双的归元异能，不知你们是否愿意？”

“这个没问题。”耀阳和倚弦坦然答应，反正归元异能都被鳖灵圣母知道了，对于他们身上的元能，也没什么隐私可言，他们不必掩瞒什么。

鳖灵圣母道：“那好，你们过来。”

两兄弟没有什么迟疑，大步到了她的面前。

“很好，那老身要开始了。”鳖灵圣母闭上双眼，张开瘦如枯柴的双手，按在两人的胸口上。

第一百二十七章　圣璧魔能

耀阳和倚弦顿感一股奇异的魔能从他们的胸口侵入，很快融入他们的体脉，但是那魔能还没怎么动作，却骤然像是烈火中的雪水一般，转眼间就消融得无影无踪，两人同时感到体脉甫一掀动，又重复平静。

“这是怎么回事？”耀阳骇然问道。

鳖灵圣母却似乎早知如此一般，没有异色，只是漠然道：“不用担心，只是老身的这一道魔能真元被你们的归元异能同化而已，你们的体脉在吸收魔能时稍有震动很正常，对你们没有任何危险，反而还有好处。”

“原来如此。”听她一说，耀阳和倚弦放下心来。

鳖灵圣母再输入一道异样妖能，但是一入两人身体才沾到体脉，就立即被归元异能同化消融。鳖灵圣母还是神色如常，继续以不同禀性的真元输入两人体内，但没有一道真元不是被他们完全同化吸收的。两人感觉元能似乎更加雄厚了一点，但是体脉也是在微微颤抖不已，只是并不严重。

各类魔能妖能真元被同化得太快，鳖灵圣母始终没有时间去感应那神秘莫测的归元异能。

耀阳忍不住问道：“怎么样，圣母，到底行不行？”

鳖灵圣母摇头道：“这些乱七八糟的真元果然不行，跟你们的归元异能一接触就完全被同化，老身根本感应不到什么。看来老身不能再藏私……”说着，鳖灵圣母双手一震，驱使体内硕果仅存的一线元能。

两兄弟突然感到一缕他们无比熟悉的元能真元从他们的胸口慢慢渗入，虽然很弱小，但是他们非常肯定的是，自鳖灵圣母掌中输入的这线元能跟他们所拥有归元异能有着几乎完全一样禀性。

在两兄弟的惊疑之中，那道异能真元没有再为归元异能所同化，而是顺着他们的体脉巡视了一遍。此时鳖灵圣母对他们体脉可是了解通透，这道异能真元难道也是归元异能?

耀阳和倚弦惊骇失色，正要出言询问之际，突然感觉到体内异能真元跟鳖灵圣母的那道真元竟起了共振。

三人同时浑身一震，五官六觉完全被封。但是他们的思感却像是被一股奇特的力量遽然抽离他们的身体，在难以名状的压力下他们的思感仿佛有了一个实体，思感在压力中被任意地挤捏扭曲，又不容他们做主。一瞬间，仅有思感的他们却感觉有如经过千百万年。

在惊骇之中，压力突消，思感发现已经处于一个莫名的空间。

接着，他们就看到诡魅无边的景象，开始只有一个广阔无垠的空间，宽广到令人心寒的空间中充满着一种极为奇异的能量，一种他们从未见过的能量，但是奇怪的是这种能量他们仿佛又感觉略有熟悉，有个应该是很清晰的概念，而仅有思感的他们却难以言表……

这空间内的能量依照一个玄异的规律缓缓运行，牵动整个空间都在活动，然而他们却仿佛感觉这一切都是静止的，时间在这里并不存在却又在自然运作。

感觉不知过了多久，他们发现那看似不变轨迹的能量运行，其实是在逐渐聚集起来，最终聚合达至极限成了蕴含所有能量的一点。经过了一段甚至可称为永恒却又是一转眼的时间，那一点终于猛地爆炸。倾天倒地的爆炸力量竟硬生生将这个空间撕裂，无边的空间一分为二，不断如此反复，二而三，三而四……

空间被分裂得越来越多，几乎遍布所有方位，骤然所有空间如晶体破灭般碎裂，无数破碎的空间最后又归于空无。

空间虽然不停分裂和变幻，但是核心始终不曾改变，不断聚集力量，逐渐形成一个封闭的玄体，玄体盈冲虚和的变化导致最后分裂出另一片空间，但是物极必反，核心玄体终于爆裂开来，像是繁星点点般散落在空间四处。

直到这一刻，耀阳和倚弦终于隐约辨认出这片空间原来就是无极秘境！

在两人奇异之际，遽然发现爆裂而开的玄体碎片其中有一块竟似拥有远胜其他的力量，以倾天之势竟超越无极秘境的轨迹，最终破出无极秘境。

两兄弟看得惊讶不已之时，事情已经陡然大变，铺天盖地的阴影猛地盖上玄体碎片，一个充满无限能量的巨大身躯伸出魔掌竟追上玄体碎片的速度，将之牢牢抓住，丝毫不让它有一点脱手而去的机会。

天地遽惊！

伸手之人气宇擎天、魔势盖世，山岳般巍峨的身躯顶天立地，傲然而立竟能擎天地，一人之威足以震慑天地三界。

何等人物？耀阳和倚弦大惊失色，定神循着对方惊人的魔躯望去，哪知对方一双赤焰魔瞳正注视过来，六目对视，兄弟俩的心神顿时如遭雷击，身躯不由自主地狂震起来……

“啊……”吼声震耳，耀阳、倚弦和鳖灵圣母同时怒吼着恢复六觉，灵识回到肉体，他们还是在这溶洞之中。兄弟俩骇然发现自己身上的衣衫已完全湿透，黄豆般的汗水还在满头满脸地落下。

鳖灵圣母似乎受了某种强烈的惊吓，浑身战栗不停，本来很有精神双眼充满莫名的恐惧，惶惶难安。

耀阳和倚弦两人相视，微微点头，都明白鳖灵圣母定然识得此人，耀阳擦擦额头的汗水，便咳了一声道：“圣母似乎认得我们幻觉之中出现的那人，可否见告此人到底是何方神圣？”

鳖灵圣母却仿佛浑然无觉，低着头，嘴里喃喃自语不知在说些什么，神态行动极为怪异，半晌之后才缓过神来。她抬起头来，耀阳和倚弦顿时大吃一惊，原来本来就枯瘦不堪的鳖灵圣母如同大病一场，骷髅般的苍白面容平添满脸恐惧的铁青色，显得更加憔悴不成人形。

倚弦惊问道：“圣母你怎么了……没事吧？”

鳖灵圣母深吸一口气，勉强恢复正常神色，道：“没事，刚才你们说什么?”

耀阳看看鳖灵圣母，道：“我是问圣母可是认得幻觉中的那人。”

鳖灵圣母遽然变色，但马上又再度恢复正常神色，长叹一口气，缓慢地道：“他是三界六道之内无人不知，致使神玄魔妖四宗分立，神玄魔妖四宗闻之变色的三界第一人——魔帝刑天!”

“魔帝刑天?”耀阳和倚弦不由骇然，难怪有如此威势能惊得他们冷汗如雨，竟是那魔帝刑天。他们赫然想起，竟没记住刑天的长相，他们只记得刑天那覆盖三界的磅礴气势。

“没想到他竟然会是刑天。”两兄弟沉思半晌，心有所悟。

耀阳沉声问鳖灵圣母道：“如果说那人是刑天，那么请问圣母，那落在刑天手中的玄体碎块是否便是后世让三界疯狂的归元魔璧?”

鳖灵圣母沉沉点头道：“你们猜得不错，那块碎片就是最后被你们得到的归元魔璧。由三界之源无极秘境分裂出来的归元魔璧拥有天地三界六道最神秘的力量，魔帝刑天正是悟通这归元之力而才能跟至高无上的盘古上神对抗。”

耀阳和倚弦为之咋舌，耀阳道：“这个刑天真是厉害，竟然能夺得这含天地之源能量的归元魔璧，还能从中得到力量，难怪当年三界会被他搅得一片混乱。”

鳖灵圣母缓声道：“三界六道的平衡在于那由天地能量核心形成的无极秘境，三界六道之事都在无极秘境的包纳之内。故而来自无极秘境的异数归元异能也能同化三界六道的元能真元。除了归元异能，现今天地间还没有其他有此等功用的元能。老身体内这一线归元异能便是当年魔帝所赐，所以老身才能用以炼化万千妖魔输入体内的元能，可惜这一线的归元异能太过薄弱，而且老身经历数次天劫的妖身已经大损，还是要被体内的无数元能反噬。”

倚弦奇道：“根据圣母所言，那你的徒弟苦鳖婆婆岂非也有归元异能，否则她怎么能吸纳这么多的元能真元维持她的性命?”

鳖灵圣母摇头道：“老身当年根据归元异能的禀性自创了一套法道秘

术，所以苦鳖能够吸纳其他妖魔精元，她不过是经历两次天劫，只是损了一身修为和性命而已，妖身受创尚不是很严重。她的妖身还能不断地消耗吸纳的元能，体内从未同时积蓄四五种的元能，冲突情况极少。不像老身体内数十种元能不能消耗，最终导致冲突反噬，迟早会要了老身的性命。”

耀阳又好奇地问道：“为何刑天会赐你一线归元异能?”

鳖灵圣母神色突然一变，冷冷盯了耀阳一眼道：“这是老身的秘密，不关你们的事情。”

耀阳和倚弦哪想到鳖灵圣母的脸色变得这么快，顿时一滞，一时不知道该说什么。

鳖灵圣母枯瘦的脸上显得很是阴冷，异样的眼光一扫两人，冷淡地道：“老身想知道的都已经知道了，已经没有什么可问的。作为回报，如果你们兄弟俩有什么想问的就尽管问，但是每人只能问一个问题，如若不然就请回吧。”

这不是摆明了过河拆桥吗？耀阳心中大骂，刚才还客客气气的，一旦问完就脸色全变了，什么东西。不过，耀阳也不会意气用事，就算不满也没表现出来。

倚弦对此倒不怎么在意，沉吟半晌，问道：“圣母，易某是有一个问题请教。”

鳖灵圣母闭目养神：“说!”

倚弦道：“圣母也知我们身负归元异能，如不解决，事情绝对不可能完结。那圣母可知我们的将来会是如何?”

鳖灵圣母深深地看了倚弦一眼，闭眼吸气，沉声道：“你们能拥有归元异能，出入无极秘境，本就偏离了应有的轨迹，不再受三界六道控制，最终的结局并不能完全预见。但是有一点，是你们的始终是你们的，不是你们的就算得到了还是会最终失去的。不过不管怎么样，你们的将来肯定会影响三界局势。因为三界六道的平衡，自你们携归元异能进入无极秘境后，就已经将这个平衡打破。老身所知的就是这些，你的问题完结，该他问了。”说着指了指耀阳。

倚弦听了一愣，低首深思方才圣母所说的似是而非的答案。

耀阳淡淡地道："我的问题很简单，圣母可否将如今三界最为神秘的黑衣老者的身份告诉我们？"现在那黑衣老者才是对他们最大的威胁。他耀阳绝对不愿受任何一人挟制，如果不能知道黑衣老者的底细，以黑衣老者的通天修为，加上掌握两人之身份，他们兄弟俩想对付他简直是难比登天。

"黑衣老者？"鳖灵圣母睁开眼睛，神色微讶，道，"老身并未见过此人，恐怕不能给你一个明确答案。"

耀阳淡笑一声，道："圣母听我说来，再告诉耀阳答案也不迟，此人是我们在冥界的阴阳劫地见到的，那时……"他将黑衣老者的模样和一言一行一一道出，曾跟这黑衣老者作战的倚弦也有补漏。

鳖灵圣母听到这里，双眼精光一闪，神色再次大变，喃喃道："难道是他？不会吧……神玄两宗竟没有杀他……应该不是他……"

耀阳眼中神光炯然直逼鳖灵圣母，沉声问道："此人究竟是谁？圣母不妨直白见告。"

鳖灵圣母抬头看向耀阳，道："虽然你说得清楚，但是老身始终未曾见过此人，不能妄下定论。不过老身可以告诉一件事情，此人不管是谁，都不是你们所能惹得起的。"

耀阳毅然道："圣母此言差矣，若我们的身份泄漏，连神玄两宗也不会放过我们。三界之中还没有我们兄弟惹不起的人物，不管这人有多厉害，圣母尽请将实情道来。"

鳖灵圣母扯起一丝不知是嘲讽还是自嘲的笑容，摇头道："若有人是连老身也惹不起的人物，那三界之中没有一人能惹得起他。本来这千百年来，老身已无可畏惧，但你所问的那个人却刚好是老身所不敢惹的，没想到这样的人物会再次出现在三界，你们自己想清楚。话已至此，不必多言，你们请回吧。"

耀阳和倚弦骇然相视，鳖灵圣母说得如此严重，容不得他们不信。如果那个黑衣老者真有鳖灵圣母所说这么危险，那他们该如何对付此人。

耀阳突然冷声道："老子不管他是谁，只要敢对我耀阳不利，天王老子，我耀某人也要将他拉下马来。"

鳖灵圣母叹了口气，再次闭上双眼，不再说话。

铜门结界为兄弟俩缓缓而开，显然鳖灵圣母是要送客。

耀阳和倚弦客气地揖礼道："多谢圣母赐教，告辞！"

耀阳与倚弦正要出门而去，倚弦却蓦然回头，道："不管是否遵从圣母的训示，倚弦只想再问一个无关紧要的问题！"

鳖灵圣母睁开双目，黯然无光，叹息一声，却不言语。

倚弦知道这是一种默认，便将心中一直来的疑问说出来，道："为什么一个活着的人跟死去的人可以完全相像，就如同一个人一般！"

耀阳清楚倚弦所问的是关于素柔与素儿的事情。

鳖灵圣母缓缓道："死去的人若是灵元俱灭，则化生为天地微尘，永不得超生！当然若是死去之人心存极强的心念，又或是曾经修持过精神异力的法道秘术，则可以偷生一念于三界六道之外，一旦碰触到极强的精神异力，便会融归一体，被另一位法道修持者所吸纳，虽然从前记忆已经不再，但是潜移默化的确可以令生者愈来愈跟死者相同，尤其是当死者从前的友人或亲人见到生者，自然而然会被其精神异力所影响，生出完全想似的感念！"

倚弦心中黯然，道："圣母的意思是说，死者已矣！"

圣母点点头又摇摇头，道："天地有情，世事难料。凡事存乎一心，在乎各自面对的态度罢了！"

倚弦心中明悟，揖身一礼，便与耀阳出门而去。

鳖灵圣母一声不吭，闭着眼睛，对两兄弟的离去仿佛完全不在意。

不久，苦鳖婆婆进来问道："他们已经离去，师尊不知还有什么吩咐。"

鳖灵圣母还是没有睁开双眼，只是道："没事了，苦鳖。为师要好好休息一下，你走吧，记住小心点就行。"

"是的，师尊，弟子告辞。"苦鳖婆婆恭敬地离开。

铜门结界再次关上，鳖灵圣母却猛然睁开双眼，眼中骇然幽光黑暗，冷汗再次汩汩沁出，她的脑海中始终浮现出方才最可怖的预感，那种感觉比在此承受这无边痛楚还可怕。

遽然，不知哪来的魔能迎面袭来，在她的惊骇莫名中，那让耀阳、倚弦兄弟俩感到无限威胁的黑衣老者凭空出现在她的眼前。

鳖灵圣母骇然大惊，从刚才耀阳所言，她已经知道此人是谁，哪敢有半点不敬，恭敬地道："鳖灵见过尊主，请尊主恕鳖灵困身于此不能行礼。"

黑衣老者看着被缚在冰眼上的鳖灵圣母摇头道："可怜，当年的三界第一灵媒鳖灵圣母的晚景竟是如此凄凉，真是可悲可叹。"

鳖灵圣母不敢对黑衣老者的嘲讽有什么意见，低头闷声不吭。

黑衣老者盯着鳖灵圣母，神色逐渐阴冷下来，突然质问道："当年听闻你受天劫而死，怎么现在还活着？为何要如此作假，想躲开谁？嘿嘿……若非你找了耀阳和倚弦这两个小子，连本尊主也无法知道你竟然还会活在这里。"

鳖灵圣母辩解道："鳖灵实是因为泄漏天机太多，遭此惩罚，所以才借此脱身。但是尊主也见鳖灵这个把老骨头还是逃不了这上天的惩戒，搞到现在这副模样，实是罪有应得！"

黑衣老者嘿嘿冷笑道："是吗？这是你活该。哈哈……你鳖灵圣母虽是三界第一灵媒，但也绝对想不到本尊主居然还活着吧？"

鳖灵圣母道："尊主非常人物，自非鳖灵所能推算出。"

黑衣老者突然喝道："本尊主也不跟你废话，这次，本尊主想要知道的是关于上古魔典的秘密，想你这三界第一灵媒断不会不知吧？"

鳖灵圣母虽有准备，但闻言还是一惊，沉声答道："鳖灵知道这魔典是藏在刑天族地之中，但是想进刑天族地却绝非容易。所以……"

黑衣老者眼光如电逼射鳖灵圣母，哼道："这魔典算得了什么，本尊主丝毫不稀罕。本尊主只想知道三界六道由来已久的魔星传说究竟是怎么回事？”

“魔星？”鳖灵圣母眼中突然间露出极度惊怖的神情，竟是结结巴巴地道，“这……这个魔星……鳖灵也不知道。”

黑衣老者哪会相信，看鳖灵圣母那副模样更是大疑，蓦地大喝道：“你会不知道魔星？死老太婆，你骗谁？”

鳖灵圣母神色异常，惶然道：“我真的不知魔星是为何物，真的不知道……”

黑衣老者勃然大怒，甩手魔能狂涌而出，隔空打了鳖灵圣母一巴掌，厉喝道：“老东西，你是不见棺材不流泪啊？竟敢欺瞒本尊主，是不是想尝尝本尊主的手段？究竟那该死的魔星是什么？”

鳖灵圣母的神色变得更是怪异，看着黑衣老者的眼神也由恐惧惶然逐渐变成疯狂憎怒和嘲讽，却像是疯了一般，蓦地仰天大笑起来。

黑衣老者被她如此轻视，更是怒不可遏，挥手又是一掌将鳖灵圣母打得吐血，他厉声道：“该死的老东西，本尊主问你话，你敢不答？”

鳖灵圣母的狂笑声被这一掌打得戛然而止，鳖灵圣母的神情却像是着魔了一般，阴沉而讽刺的双眼盯着黑衣老者，咬牙切齿地道：“你这条老狗是自作自受，活该你一番辛苦尽付东流，以前是这样，以后也一定是同样结局。老身虽死又能如何，你这匹夫也同样会不得好死，最后更将死无葬身之地，哈哈……”

黑衣老者怒极，额头青筋暴起，连连点头道：“好，很好，有胆气。没想到现在连你这老东西也敢辱骂本尊主？哼……”

鳖灵圣母却仿佛已超脱于恐惧之外，完全不将黑衣老者的狂怒放在心上，只是冷笑着道：“天作孽，犹可恕；自作孽，不可活。这一切都是你自找的。什么魔星，什么颠覆三界六道，全都是假的，本来就是用来骗神玄魔妖四宗像你这样的白痴而已。”

“你说什么，魔星是假的？怎么可能？”黑衣老者大为震惊，已然顾不得鳖灵圣母的讽刺之言。

鳖灵圣母哈哈大笑道：“三界六道本就没什么魔星，不过现在因为你这个白痴设计了一个天衣无缝的计划，却让这个本来纯属子虚乌有的魔星降世之说却变成了事实。”

黑衣老者震怒道：“你说什么？”

鳖灵圣母冷笑道：“你的确很厉害，当年就自知败局将成，所以设计陷害有炎氏一族，将其几乎灭族，却又抛了一个所谓的圣使传说给他们期待，白痴的有炎氏一族还信以为真，为你紧紧守护无极秘境之秘，直到千百年后的现在，你终于达成了你当初的目的。可惜的是，你绝对没想到吧，最能威胁你的魔星却也是因此而生，本来三界六道就没有的魔星被你亲手造了出来，这真是一件无比讽刺的事情。”

黑衣老者如何肯信，冷笑道：“魔星之事乃上古魔典所载，自古传扬至今，岂有作假之理？”

鳖灵圣母嗤道：“什么上古魔典，全部是骗人的。还不是老身奉魔帝之命亲自编写出来的，除了一些三界琐碎之事外，哪有记载什么魔星之事？没想到尊贵如阁下也被骗得团团转，实在是太好笑了。”

黑衣老者一怔，他也没想到他所看重的上古魔典竟是这个鳖灵圣母遵刑天之意所编，不由大奇道：“魔典真是你这老东西编的？那三界由来就在传说之中的魔星是怎么回事？别告诉我，这也是你编的……”

不想此时，鳖灵圣母却再次面露极度恐怖，声音微颤，喃喃自语道：“魔星，魔星，魔星……”

黑衣老者大是不耐，喝道：“那个魔星到底是什么狗屁东西？你快点说来，否则休怪老夫不客气。”

“不知道，不知道……”鳖灵圣母此时哪有一点三界第一灵媒的样子，只是重复着同样的话，想来这“魔星”带给她的恐惧已不是她所能控制的。

黑衣老者看着鳖灵圣母大是皱眉，沉默片刻，他又问道：“现在神玄两宗认定耀阳和倚弦这两个小子是魔星，你说说看，他们到底是不是？”说着他的眼中露出强烈的杀机，他对于这令他出乎意料的两兄弟甚是忌惮。

鳖灵圣母嗤之以鼻，哼道："他们？两个阅历尚浅的黄毛小儿还嫩的很，怎么可能会是令三界四宗惊骇莫名的魔星？没有人可以知道魔星的身份，真正的魔星天地三界无人可比，一旦降世，将令天地变色。到时，别说是阁下或是神玄两宗诸辈，就算是伏羲、广成子和轩辕黄帝再临三界，也阻挡不住他前进的脚步。单看神玄两宗因对魔星的恐惧，而追杀还不能确定身份的耀阳和倚弦两人，就可以知道其之威势。哼，即便是自命正义的神玄两宗面对魔星存在的可能性，也是宁可错杀、不能放过的态度。阁下也恐怕不会比他们好多少！"

黑衣老者眼中厉光闪出，怒哼出声，道："老夫就不信区区一个所谓的魔星能及得了老夫，天地三界谁也不能阻止老夫的大计。"

鳖灵圣母没有说话，但是她轻蔑的笑容让黑衣老者恼怒万分。

黑衣老者冷冷地盯着鳖灵圣母，道："方才还说没有魔星，现在又危言耸听，没有一句真话，看来老夫不让你吃点苦头，你是不会说了。"说罢，挥手一片黑雾将鳖灵圣母全身笼罩。

浓重的黑雾像是狞笑着的怪兽缠绕着鳖灵圣母，似是不断地蚕食着鳖灵圣母的灵魂，这种痛苦跟"万剑绞心"不同，完全是加诸于鳖灵圣母的本命神识上，远胜于"万剑绞心"给人的痛苦，而受刑者也不可能用意志抵抗，这种痛苦让长年经受折磨的鳖灵圣母也有生不如死之感，骷髅似的脸在一瞬间变幻了红白青黑数种不堪折磨的脸色。

但是让人感觉心悸的是，鳖灵圣母并没有大喊大叫，承受无比痛楚的神色丝毫没有惧意。只是神智愈显模糊的她，竟是一直喃喃碎语："六道崩塌，三界重铸，无极爆裂，魔临天地……"竟然是那个三界流传千万年的魔星传说。

黑衣老者大怒，喝斥道："你这该死的疯老婆子。"

鳖灵圣母极度扭曲的脸上却露出了极为诡异的笑容，大笑着喊道："魔星降世，天地大劫将至，三界六道无有安宁，老身这一副老残不死之躯如何得以幸免，还不如早归极乐，免去这恐惧之苦。倒是你们所谓神魔玄妖四大法宗恐将惶惶不可终日，真是太可笑了……"

鳖灵圣母嘲笑似的望着黑衣老者，笑容突然僵住，猛地七窍流血，竟是自毁灵元命根而死。

听着鳖灵圣母之言，黑衣老者陷入深深不解的疑惑之中，不防鳖灵圣母竟会不顾数万年延续的性命而断然自尽。看得鳖灵圣母临死眼中除了恐惧还有嘲讽，他惊惧恼怒一时交加，暴怒着一掌将鳖灵圣母的残躯生生击碎，魔能催出，将残躯碎片尽数搅成粉末。

再一挥手，将鳖灵圣母尸体化成的粉末扫入红光刺眼的熔岩中，黑衣老者眼中坚毅的厉光尽显，冷冷地道："即使没有魔星和那两个小子相助，老夫也能将三界掌握在手中，没有一人能阻碍老夫的计划，即便是那不存在的魔星。"

默然看了看空空如也的地熔冰眼，黑衣老者隐身而起，拂袖离去。

刑天灭父子三人离开"摘星阁"，怒气冲冲的刑天灭倒还没完全失去理智，立即转头对刑天放道："放儿，你带三人速速回族内布置一下，一旦有人欲要窥视我族地，全灭不饶。但是只要不是发现耀阳和小易两人靠近族地，任何族人也不得靠近族地秘窟，以免为他人所觉。"

"是！"知道刚才宴席上的表现令父亲满意，刑天放眼中微露出喜色，但一闪即敛，立即应命带了三个族人离去。

刑天抗看着刑天放离去，眼中露出嫉恨之色，却也不明显。

刑天灭倒是没有看见刑天抗的神色，风遁到了妖月梦冢的刑天氏秘密据点，那是一间不起眼的小院落。虽然魔宗看不起妖月梦冢，但对这样龙蛇混杂的地方他们绝不会不理不睬，大部分的势力都在此处有各种安排，这样才令梦冢中的一举一动瞒不过他们。

刑天灭带着刑天抗等人来到院中，到了大厅。

刑天灭坐在主位，想起耀阳和倚弦两人，他不由怒气再次上冲，挥手一掌将身旁的桌案连带刚端上的茶水击得粉碎，他恨恨地道："那两个小子，迟早让他们死无葬身之地……"

刑天灭正发着火，无意间看到洒地上的茶水有异，骇然转首四顾，却找不到方才那名下人身影，此时骤然警觉大生，猛地厉喝道："何方高手，鬼鬼祟祟的，意欲何为?"

刑天抗等一众刑天族人大惊，立即各掣兵器法宝在手，戒备起来。

"刑天宗主，我神宗有事想请你前去一叙!"院子周围不知何时竟已被神玄两宗数十人包围，为首的是神宗出面的二十八星宿神将其中八人，出声的正是亢金龙。

刑天灭镇定下来，一眼扫过，冷哼道："好个正大光明的神玄两宗，竟用如此卑鄙的手段?"

亢金龙淡笑道："刑天宗主，请不要介意，我们只是想请宗主前去议事，并不想伤害宗主性命。"

刑天灭"呸"道："不想伤害本宗主？却还要下毒？神玄两宗什么时候变得这么卑鄙了。"

亢金龙神色不变，笑道："非常时期用非常手段，神玄两宗为了维持三界六道的秩序，只能得罪宗主了。这次无论如何也得请宗主前去。"

刑天灭不愿跟亢金龙再扯，冷笑着看周遭神玄两宗的二十余人，道："你们以为凭你们这些无名小卒就能胁迫本宗主?"

亢金龙摇头道："刑天宗主的修为高深，亢金龙当然自认不如？不过，刑天宗主不会认为我们会无备而来吧?"

"刑天宗主，老头子亲自来请你，你不会拒绝老夫吧?"随着一声苍老的声音，一人从虚空冉冉而降。

看到来人，刑天灭也不由脸色大变，骇然道："南极仙翁?"

来人正是昆仑道宗的第二号人物南极仙翁，想不到连他都来了，可见神玄两宗对此次的行动实在是志在必得。

刑天灭立知形势不妙，当即喝道："突围!"遽然跃身而起，极少出手的刑天氏神器"流光"陡地出现在手中，猛地向南极仙翁击去。

南极仙翁摇头道："刑天宗主何苦呢?"早有准备的他拂袖而出。

同时刑天抗等人亦跟亢金龙动起手来。顿时，整个院子轰然大震，屋塌墙倒，惊起烟尘满天。双方动手，神玄两宗明显形势占优，星宿神将其中四人各自站位，却将刑天灭周遭四个方位尽数封住，布成一道四象结界法阵，务必不让他有任何逃脱的机会。

刑天灭虽有神器“流光”相助，奈何南极仙翁的修为实在高他不少，他仅能被迫严防，毫无反击余地，几次欲借机要逃，都被四个星宿神将阻住。

刑天灭暗中大恨，却也是无可奈何。回首望去，刑天抗等人面对以亢金龙为首的神玄两宗诸高手，实力上亦是大为吃亏，节节败退。不过亢金龙等人的目的明显只是刑天灭一人，对他们倒不是逼得很严，刑天氏族人一时还能顶住。

刑天灭全力展尽“流光”，舞起光影满天而起，南极仙翁却是冷然相对，稳稳地出手将刑天灭偶尔的反击全部封住，让刑天灭产生有心无力的感觉。刑天灭少有如此困境，不由大怒，厉啸一声，不顾南极仙翁的攻击，竟是鼓动全身魔能向南极仙翁全力击去，大有向跟他两败俱伤之势。

南极仙翁低笑一声，不想杀他，只是回势舞袖，劲气如罡向刑天灭的“流光”盖去。“砰!”一声惊帛之声遽起，刑天灭闷哼一声，一口鲜血喷出向南极仙翁洒去。南极仙翁不想他会这么做，只能退了一步。

刑天灭本就下定主意，孤注一掷，不顾重伤，借南极仙翁的袖劲，身子猛地向外急窜而去。“宗主请回!”临近的尾火虎和心月狐已有准备，尾火虎面对重伤的刑天灭全力出击，心月狐在后防备。

“让开!”刑天灭略显沙哑地喝道，“流光”闪出，尾火虎知道挡不住，唯有斜身躲开，同时一爪向刑天灭抓出。“找死!”刑天灭一拳击出，尾火虎自知修为不如，但还是不肯避让，只要刑天灭再次受阻，重伤的他肯定是束手就擒。

“铿!”两相交击，尾火虎退了两步，胸口一闷，一口血不由吐出。不过重伤之下的刑天灭意不在伤他，他并没受到太重的内伤。

刑天灭因此伤势加重，看到南极仙翁已经追上挥袖击来，他强运魔能将“流光”向南极仙翁全力斩出。“啪!”再次交击，不想杀他的南极仙翁收了不少力道，因此被刑天灭全力而为携着神器之威震退一步，一时身形微坠，气血沸腾。但是刑天灭仍是鲜血狂喷，抓着“流光”向前窜去。

看刑天灭伤势已是不支，心月狐也不敢大意，正要尽展所能将刑天灭擒住，却突感眼前黑光一闪，一时竟是神魂不守，呆在当地。

此时，一条黑影已经抱着刑天灭快如闪电地投入附近的房屋，等缓过气来南极仙翁追上，只见月色下梦冢屋楼如林耸立，人影晃动如潮，即使如他这等神通也难以搜索刑天灭。此时刑天抗等人乘神玄两宗惊疑之时也纷纷逃走，意不在他们的神玄两宗也不追赶。

心月狐清醒过来，赧然道：“对不起，末将没有将刑天灭阻住。”

南极仙翁摇头道：“不怪你，那‘困魂锁’也算是有些特点的神器，以你的修为即使有心也未必防得了它的‘摄魂黑光’。而且若非其他人也同样受到影响，对方也不可能将刑天灭劫走。老夫也大意了。”

亢金龙看清对方离去的背影，道：“那个人是刑天灭之子刑天放，一向低调得很，我也没想到他最后能及时救走刑天灭。”

南极仙翁眼神幽深，沉声道：“此子能在最佳时机出手，一击得手，无论心智还是身手都是应该冠为魔妖两宗年轻一代之首，假以时日恐会是我神玄两宗大感头痛的对手。”

亢金龙道：“仙翁，既然刑天灭已经逃脱，那我们下一步该如何呢?”

南极仙翁沉思片刻，道：“不知道其他几路神将的任务完成的如何?这样吧，你们先回天庭覆命，老夫这就去往各处看看!”

“是!”亢金龙当即领着众位神将先行离去。

南极仙翁巡视一圈，然后飞身向东南方遁去。

耀阳、倚弦一行六人在“妖苑”休息一晚。

第二日，耀阳和倚弦就向邓玉蝉告辞，并带着小仙、小千与小风三人和素儿一起离开了妖月梦冢。

出了梦冢数里之外，耀阳和倚弦仔细商量一番，毕竟蟠桃盛宴不容未受邀请的闲杂人等参加，于是只能让小仙三人先随素儿去牧场暂住，等盛宴结束之后再做打算，而且也可以一并保护牧场周全。

小仙、小千和小风和耀阳依依惜别，耀阳在安慰小仙几句后，拍拍小千和下风肩膀道：“你们要勤练法道，可别偷懒啊，到时我回去检查你们的进度。”

小千和小风拍胸口保证不会懈怠练功。

素儿则娴静地向倚弦看了一眼，只是让耀阳和倚弦两人小心。

耀阳与倚弦目送素儿等几人离去，待到几人身影消失，耀阳和倚弦才向昆仑山而去，赶赴蟠桃盛宴。因为离蟠桃盛宴开席还有些时间，两兄弟也不是很急，便一边游山玩水，一边向昆仑山进发，刚开始还沿途帮人治病、打抱不平之类，但越到后来人烟愈少，他们也乐得清闲。

算好行程，两人心情爽快地一路走去，数日后，他们终至昆仑山下。

第一百二十八章　九天风光

昆仑山可谓天下奇山，耀阳和倚弦欣然四顾，却见那耀空的晴阳之下，五色浮云变幻无定呈现各种奇怪，微低则成如絮迷雾环绕高峰，与满山积雪交辉相映，幻出银光七彩，甚是清丽夺目，看去昆仑诸峰均如镂金镶银。

如此美景，使两兄弟大是如痴如醉，耀阳还算清醒，而倚弦却几乎沉湎其中，大呼以后定到此处定居，耀阳笑道："看来你的野心不小，昆仑山是王母与道宗的地盘，难道你想跟神玄二宗抢啊？"

倚弦驳道："昆仑山奇峰无数，何必跟神玄相争，任选一峰避世修行即可。"耀阳没有说话，只是四下环顾。

兄弟俩到了玉华殿所在的昆仑山西麓上山口，两人悠然步上，一路上看周围所有的松杉绿枝绽发，水珠璀璨。不少稀疏的虬干枯枝之间偶有露出一点苍翠之色，倒有几分欣欣向荣的朝气。

两人直到山腰下坡处，快接近上玉华殿的"登天门"，才逐渐听到声响，越近便越是人声鼎沸。跟他们之前上来完全是不同情形，因为完全没人会像他们一样一步步从山脚步行上山。

不久，两人就到了"登天门"前，顿时看得眼花缭乱。

这盛宴果然是三界第一盛事，繁闹非凡。因为蟠桃盛宴的缘故，昆仑山近日热闹非常，天上地下各色人影如潮，不知有多少各路人物到来。大部分都是风遁或是御器从空而降，天上到处都是各路人马陆续不断地赶到，仿若满天都是神仙一般，大有群仙朝殿的气象。

各路人马下落姿势各有特色，或是金光祥霞中冉冉降下，或是霹雳雷声猛冲而至，或是青云托身飞驰而下，或是虚空缓缓踏下，或是无声无息出现，或是光闪而现……端的是华丽万千。

耀阳看了却在一旁偷笑道："看他们这样，不知道的寻常人见了还以为是在玩杂耍呢!"

倚弦瞪了他一眼，小声道："你就少说几句话，万一被人听到，就麻烦了。别忘了，这里可是神玄二宗的地盘!"耀阳只是耸耸肩，还是一脸古怪的笑意。来人过多，见过他们的不多，更是没多少人注意到他们。

不过耀阳和倚弦转目四顾间，却发现不少熟人，还有见到了以前曾经在龙宫见过的一些龙族要人。

看到他们，倚弦自是想起故人，道："不知哪吒现在怎么样了?"

耀阳随口道："因为后羿出现，将所有恩怨扯清，他现在应该没有什么大麻烦，我看他定是比我们悠闲多了。不过，那小子肯定不认得我们了。"

出于对王母的尊重，众人都是"登天门"前落下空来，不少人相互认识，见到了难免寒暄几句，许多人还在空中便是大声打招呼。结果整个昆仑山上下皆是神来仙往，声响聩耳，这一众神玄两宗和其他的杰出人物聚在一起，大有集尽三山五岳、五湖四海所有精英之状。

神玄二宗的一众弟子在"登天门"前迎宾，见到耀阳和倚弦两人如此年轻，便有一人上前问道："请问两位贵姓大名，是可受到邀请?"

耀阳瞥了他一眼，咧嘴一笑道："我是耀阳，他是小易……"

那个弟子听两人一说，不等他们兄弟俩说完，顿时失声道："你们就是龙刃诛神和轩辕剑的得主耀阳和小易?"

那人一叫，顿时引得各路人物的注视，小易之名响彻三界，可谓无人不知，耀阳名声虽不如他，但是轩辕剑得主这个名号就足以吸引所有人的注目。众人顿时议论纷纷，有羡慕的，有嫉妒的，有怀疑的，有惊讶的……各种脸色眼神仿佛要把两人淹没了。

那弟子此时的神色大是无限敬意，忙道："对不起，两位稍等，我们这就让人去通报，到时候自会有人来接你们。”

倚弦彬彬有礼道：“没事，劳烦你了。”

耀阳和倚弦就此等待，耀阳看着一队队人从眼前经过，都带着异样的眼光看他们，便嘟囔道：“这下好，我们可算真正出名，无人不知了。”

不久，两人看到闻讯前来迎接二人的人，却是老相识杨戬，他身边还有一人，英姿爽朗，一身金童打扮，竟是两人刚刚提起过的哪吒，只是看他模样感觉又成熟了许多。

耀阳和倚弦大是高兴，大步上前，耀阳率先朗笑道：“怎么这巧，会是杨戬你来接我们。这位……”他虽是认得哪吒，但是不能表示出来，只能打马虎眼。

杨戬道：“不是巧，而是我听闻你们到来特意来接你们的，他是太乙真人的亲传弟子李哪吒，也是我的朋友，听说你们两个现在三界最红的年轻人来了，便一起来看看你们。你们现在可是三界年轻一辈的榜样，神玄二宗一干年轻弟子都非常敬仰你们。”

哪吒含笑抱拳道：“哪吒见过耀大哥和易大哥，久闻两位大名，今日得见果然神姿非凡，名不虚传。”

倚弦微笑道：“哪吒兄不必说得这么夸张，我看你才是风姿卓然，少年英才，当是玄宗将来的顶梁支柱。”

耀阳可不想倚弦这么文雅，对哪吒素有好感的他挥手道：“哪吒，你是杨戬的朋友，也就是我们的朋友，别说这样的客套话，看得起我们，直接叫我们名字就行。”

哪吒似乎仍然跟从前一样爽朗，当下便道：“那哪吒就不客气，交上你们两个朋友了。”

耀阳与倚弦心中大喜，毕竟当日钱塘关一事因他们而起，这时能够间接性的与哪吒重归于好，自是高兴非常，同声道：“这才对嘛。”

几人一路聊着，一边向玉华殿而去，年轻人比较容易相处，何况耀阳和倚弦有心跟哪吒交熟，很快便熟了起来。

杨戬和哪吒带两人到了玉华殿的文心阁，让他们在此地暂歇。

杨戬道："你们应邀参加蟠桃盛宴的消息已经上报天庭，现在只需在此处休息，因为要等候天将领旨宣诏领你们去往天庭。"

兄弟俩这才知道原来天庭的繁文缛节比之人间也不遑多让，耀阳一屁股坐下，埋怨道："怎么去天庭也有这么多规矩呢？好麻烦。"

哪吒亦有同感，笑道："我觉得也是，只是天庭毕竟统管三界事务，凡事没有个规矩，也不是办法！就如同耀大哥带兵一般！"

杨戬摇头道："而且因为天庭所处位置殊异尘世，并非常人可去。况且天庭的安全是最重要的，故而没有经过准许，是不能让任何人上去的。否则即使魔妖两宗实力不济，他们也可以整日捣乱天庭，那还成什么体统？"

倚弦点头道："这倒也是！"

耀阳好奇地问道："听说妖师弟子云雨妍这次也是蟠桃盛宴的一个重要人物，嘿……"

"哦，看样子，耀将军原来跟云雨妍熟悉！"杨戬笑道，"到时你们就能见面了。此时正值蟠桃盛宴，我跟哪吒被师门遣来帮忙接待宾客，实在是忙得不可开交，所以不能陪你们了。就此告辞，等盛宴完毕后，咱们再好好叙一下。"

两兄弟自是客气一番，待到杨戬跟哪吒离开后，倚弦再又叹道："人生变幻不定，谁都不知道前方的路在哪里，老实说，以前见到哪吒和杨戬的时候，谁想会这样再次相聚。"

耀阳亦是同样想法，道："不错，看他们现在的处境，比以前好多了，我们可以替他们高兴。世事岂能意料，以往之事也不必再想，现在能相互认识也是一种缘分，不妨当作新交的朋友，只要大家过得都好就行。"

倚弦愕然道："没想到你小子也会有这番感悟，难得。"

耀阳笑骂道："去你的，好像说得我像个大老粗似的……"

两人一边聊着，一边出了玉华殿到处闲逛，不一会儿到了殿后孤崖。

从孤崖上看昆仑山其他诸峰，透过迷雾幻腾，却另有一番景色，诸峰在云海中更显清丽，大有独秀一方之气派。又有几处雪峰折射透过云雾的阳光，幻出七色彩环，随着云雾蒸腾而不停幻变，景色绚丽如画。

倚弦沉醉其中，喟然道："如果我们能就此等美景之下长居，实是何等之幸，奈何世事不能由我，太多的俗事牵绊。"

耀阳没有太多的感慨，只是沉声道："再多的感叹也没有用处，现在我们的处境可不太好。魔妖两宗对我们不会放弃，神玄两宗也不知对我们会有什么态度？不过，近来听闻我们离开之时，妖月梦冢有所动静，魔妖两宗出了些事故，不知到底是怎么回事？"

倚弦沉思片刻，摇头道："谁都不知到底是出了什么事，但恐怕这是三界大乱的前兆。"

耀阳道："三界大乱是迟早的事情，问题只是当中我们所处的位置，或是怎么乘势而起。但是现在我们受到黑衣老者的挟制，即使有机会也恐怕没用。"

倚弦皱眉道："想到黑衣老者，我始终有些不舒服的感觉，有点不好的预兆。"

耀阳哼道："我看圣母肯定是知道那黑衣老者的身份，却故意找借口不告诉我。想起来就气人，什么人是我们惹不起的？不过，黑衣老者握有我们的把柄，我怕迟早有一日，我们会栽在他的手上。"

倚弦担心道："我看圣母好像也有些惧怕那黑衣老者，试想一下有什么人连她这样的人物都会为之畏惧？"

"三界之中，老夫当然能令那个什么狗屁圣母惧怕！"

突然一个声音插入，不知何时黑衣老者霍然出现在他们身后十丈外。

倚弦大惊，以他的灵觉感应，现今魔妖二宗还没有什么法道高手能近他十丈开外而不被他察觉的，由此可以再次确认这黑衣老者实在是修为骇然。

黑衣老者纵有翻天覆地的修为，耀阳也丝毫不惧，冷道："怎么是你，你鬼鬼祟祟的来干吗？是不是想让我们在盛宴上做出什么对神玄两宗不利的事情？哼，你别想，纵使答应为你做事，但有些事情，我们是绝对不会做的。"

倚弦同样以警惕的目光看着黑衣老者。

哪知黑衣老者只是桀桀大笑，先是澄清道：“放心，老夫来此绝非为此事而来。老夫知道有些事情你们不会去做的，放心，老夫绝对不会使你们为难的。”

“那阁下来此有何贵干？”耀阳心中暗骂。

黑衣老者道：“听说你们深受天庭青睐，有份参加蟠桃盛宴，实在是可喜可贺。老夫特意来祝贺你们，希望你们能在天庭盛宴玩得开心一点。只不过老夫要你们在盛宴完了之后去一趟天山，老夫会在那里等你们，有一点点小事需要你们的帮忙。”

耀阳哪里会信他来祝贺这么好心，冷冷地道：“知道了，请回吧！”倚弦在旁一副冷淡警惕的神色看着他，一语不发，两兄弟平生最讨厌别人挟制他们。

“好了，不说了！想不到老夫当年如此栽培你们，最后却又落得如此下场，真是世道人心！只望你们莫要忘了当日在伏羲武库的承诺。”黑衣老者带着哭腔的怪笑，化成一道黑光消失在孤崖的云海之中。

由于黑衣老者的出现，他们再也没有继续观赏景色的兴趣，闷闷不乐地回到玉华殿文心阁。此时却见到上方金光闪烁，马上便有四位神威非常的天将出现，一金甲天将手执一封诏书，喝道：“耀阳，小易何在？”

耀阳和小易精神一振，抱拳道：“我们在。”

“天帝有旨，耀阳、小易接旨！”天将打开诏书。

耀阳和小易躬身道：“请将军宣诏。”

几名天将见他们居然没有跪着接旨大有不满神色，不过他们显然也奈何不了两人，当下那个天将宣读诏书，虽然诏文繁杂琐碎，但大意是因他们受了蟠桃盛宴的邀请，故而天帝特别准许两人上天庭。

耀阳和倚弦自是谢恩接了诏令。

金甲天将道：“你们随本将来！”说罢，手中玄能一撒，将两人笼罩在一片金光之中。耀阳和倚弦直感眼前金光闪烁，使他们除了四个天将之外再看不到他物，身体一震，竟是乘风直上，行动快逾须臾。

耀阳发现自己还能随意说话举动，不由讶道："这是什么遁法，如此厉害？"

金甲天将面无表情地道："此乃金光遁，又名天遁，唯有配合我天庭特有法器秘宝才能施展，适用于天庭与三界来往。"

耀阳又问道："那是不是要入天庭，非得会此遁法才行？"

金甲天将摇头道："非也，只要知道天庭方位众人皆可赶去，但是能否进得了南天门，就看各人身份而定。只是若在天庭外窥视，将受到天罚。"

耀阳好奇道："你这样私自说给我们听，会不会受到天庭惩责？"

金甲天将首次露出一丝难忍的笑意，道："此乃三界常识，四宗内各人大部分都知道这点，并非天庭私秘，本将当然可以说给你们听。"

"原来如此。"耀阳问了这么多问题却不知道这位将军的名字，有些不好意思，便问道，"将军贵姓？"

金甲天将淡淡道："本将尹喜。"

耀阳套近乎道："你怎么成为天将的呢？"

尹喜沉吟道："尹某原为函谷人士，当年承太上老君之恩，得其指点，入玄宗修炼多年终得受天庭青睐，被天帝封为金丁天将，负责传诏之责。"

耀阳暗道，好好的做个自由散人不好，偏要入什么天庭受人差遣？要上天庭怎么也得要个不受拘束的官位。心里想的自然不会说，口上却连道恭喜。

金光遁甚快，不知不觉的说话间，他们已经到了南天门。

在他们面前的只有晶莹白玉雕砌而成、镶满七彩仙品宝石的南天大门，四个异常魁梧强壮的将军各持法宝率一众将士守着，里面看去都是云彩腾变。

终于到了传说中的九重天之门——南天门。

虽然眼前的情景看似热闹非常，显出一派祥和之气，但不知为何，当倚弦回望来时的虚空路途，天地混沌，渺茫一片。他心中一片空荡荡的，耳边的喧哗似乎在瞬时间离得很远，莫名感应再度应运而生——

那是自从脱离冰火炼狱之后，从不曾在他心中出现的恐惧，这是一种再也无法把握自身命途的无力感，便如同一个吉凶难测的噩梦就在脚下一般，他们兄弟俩只能义无反顾的继续走下去……

耀阳盯着偌大一扇南天门，讶异道：“怎么就这么一个大石门!”耀阳随口问出后就已经开始后悔，毕竟这里是天庭重地，为了防止别人窥视，定是用结界封住了，所以他这个问题肯定问得没有什么档次。

果然，耀阳的话引来尹喜一笑，道：“天庭结界不仅能防他人进入，还可不让窥视，整个他天庭就只有这南天门能进，由四大天王率一干天丁神将守护，常人绝不能由此随意进入。”

不过，虽然只有一个南天门，但这里也绝非冷清，毕竟蟠桃盛宴邀请神玄两宗等各路人物前后赶到，纷纷鱼贯而入，有些熟人拿天庭请帖进去，或是跟着其他天将赶来，大部分人都受到一干将士验证身份，才得入内。这些人到了天庭之外，可不敢大声喧哗，也不会互相抢先，看起来倒甚有秩序。

由于耀阳和倚弦由金丁天将尹喜带领，四大天王便没有阻拦，任他们进入天门内，只是金丁天将的职务比起四大天王来还小了些，自是跟他们打了声招呼。

耀阳怎么看觉得怎么别扭，暗忖：“这跟人间的王廷侯镇有什么区别?实在麻烦的很!”

跟随着尹喜进入南天门，顿见这眼前一亮，耀阳和倚弦也不由为此等美轮美奂的豪华绚丽的天庭所震撼。

只见瑞气呈祥，金光万道中，红霞紫云冉冉飘舞，金彩闪亮的旗幌映着天光变色，碧色红光映彩晃眼。宫殿梁脊屋檐成灵兽吞金，殿柱以仙玉而雕成麒麟祥瑞。千年永绽的红花，万载常青的绣草布在金光大道两旁。琢金雕玉的殿堂阁楼前，绛苒细纱轻轻飘扬，朦朦胧胧地掩住一片璀璨的星辰。

不同于他们以往所遇各处虚玄空间，这天庭是实实在在的富丽堂皇到极点，不只是耀阳和倚弦，便是其他初来天庭的诸路散仙人物也看得眼花缭乱。

耀阳和倚弦两人随尹喜等天将步入大道回廊，四顾看去，这周围全是玲珑剔透的白玉雕墙，其上画有瑞兽祥鸟，玉柱飞檐层层刻画着龙凤翱翔，就是脚下这步步青色石阶也隐有异芒柔光绽现。

天庭虽是豪华无双，但是众人都不敢放肆，屏气静声，在这一条通向三十六重天的三界至尊坐镇大殿灵霄殿的金光大道上，就只有耀阳大大咧咧地抬头打量着，倚弦则随意间举目眺望，将一切都看在了眼中。

耀阳与倚弦对视一眼，心中不由同时想到当年兄弟俩在朝歌与一众下奴被鞭打着行走在城中大道上的经历，再想到今时今日的金光大道，自是相对一笑，倍感唏嘘不已。

直至此刻，倚弦心中隐约的担忧才慢慢释怀，他不免为此感到有些犹疑，难道当时的灵觉感应错了吗？但是，自从归元异能附体之后，他的灵觉感应便从未失灵过，甚至随着修为的精进愈渐灵敏。

随着金光大道的延伸，不知是否因为蟠桃盛宴的原因，天庭中几乎每十步就站着一众天兵天将，手持利器对一干人摆出戒备威严的模样，显是怕有不轨分子混入。有些天兵天将对特立独行的耀阳与倚弦两兄弟稍有注意，似乎大有愤慨之色，不过既然是贵客所以轮不到他们来管。

浩浩荡荡的一众人等只行了一段路，就转了方向，却不是去往灵霄殿。

耀阳随口问了一声，尹喜答他说灵霄殿是天帝处理天庭三界事务之处，自是非常人可入。这千年一度的蟠桃盛宴是在西王母宫的瑶池之殿举行，明日方才开席，所以今日就且在天庭偏殿休息一晚，说这也是难得的机会，常人哪有此等至高无上的荣耀？

耀阳满口道是，心中却不以为然。倚弦素来对所谓的荣耀不甚在意，自是也无所谓地笑了笑。

天庭也不知道有几许大，参加蟠桃盛宴的人的各路神仙甚多，领路的各位天兵天将亦是不少，但一路金光隐闪的青石大道之上，却不甚拥挤。行了一段不短的路，却转弯进了一金玉砌成的大门，前方是一座高大雄伟的大殿“凌虚殿”，虽是一偏殿，却是金砖银瓦峥嵘，碧玉玛瑙雕砌，更胜殷商皇宫大殿。

耀阳看了这么久，见到的无不是金碧辉煌，没有了起初的震撼，忍不住嘀咕道：“原以为天庭至少该为天下苍生考虑，但谁知竟比残虐殷商更是穷奢极侈，丝毫没有考虑人界百姓之凄苦，三界有此些人把持，百姓何辜？”

耀阳非是不懂深浅之人，在这里声音自然甚轻，只有最近的倚弦一人勉强听到。倚弦丢了一个眼色给他，让他管好嘴巴小心一点。这里可是神玄两宗的重地，一个不好追究起来他们怕是连逃都逃不了。

参加蟠桃盛宴的一众诸人被各自安置好房间，然后诸位领路天将吩咐众人，此乃天庭非是凡地，切勿乱闯，以免引起不必要的误会。

耀阳和倚弦被安置在一间殿房之内，尹喜便告退出去了。

两人随意聊了几句，便见到杨戬和哪吒寻着来了，相互寒暄一番，然后杨戬告知还有他事，先行告辞了。而哪吒甚是空闲，于是拉着两人到处去逛。有哪吒知道天庭规矩，他们当然不会到处乱闯，而天兵天将除了偶尔询问他们几句，也没有为难他们。

耀阳感到奇怪，问道：“哪吒，为什么你一个玄宗弟子，看起来好像在天庭这么吃得开？”倚弦也有同样疑问，闻言望着哪吒，等待他的答案。

哪吒笑道：“其实也没什么，因为大部分神将都是玄宗弟子出身，只是因为修为的差次不同，只能进升至天将而已！所以我跟他们大都很熟，加上最近因为天庭兵力调动的原因，我与杨戬已经被列入新近的天将征用名单，一有空闲都在天庭熟悉环境，自然就不会那么见外了！”

耀阳与倚弦恍然大悟，连忙客气地恭祝了一番，哪吒随之自谦道：“这也是师门授命，没办法！所以我还是最羡慕耀大哥与易大哥，可以潇洒畅游三界！”说着眼神中流露出无限向往的神情。

耀阳与倚弦知道哪吒是魔族后羿的遗世血脉，自是有些魔性难驯，闻言同声大笑，开始你一句我一句的安慰起哪吒来。

一行三人就这样一路转下来，看着天庭华丽的一切，耀阳摇头叹道：“这天庭宫殿豪华，就如殷商皇宫也不及万一，不知要花费多少心血？”

哪吒一怔，想想道：“据闻，这天庭能达如此规模，是经历万千年的积累而成，殷商立朝不过几百年如何能与这神玄两宗的圣地相比?”

耀阳嘿然一笑，嗤之以鼻道：“万千年便将一个天庭建成如此模样，却为何不见人间黄土苍生的生活有怎样的改善?”

倚弦一听，清楚耀阳的老毛病又犯了，恼得踢了他一脚，道：“你小子小心一点，在人家的地方，要懂点礼貌。”

耀阳四处瞄瞄，嘟囔道：“你踢人才叫失礼哩!”

哪吒亦道：“耀大哥，易大哥说得对，这话你在外面说，我们就算知道也拿你没办法，但是在天庭之中最好不要让人听到，否则会很麻烦的。”哪吒不知是否受到后羿性格的影响，对于耀阳的话显然丝毫不介意。

耀阳听出哪吒话中的不在意，有点乐了，轻声问道：“你不是太乙真人的弟子吗?怎么说也应该是玄宗中坚分子啊，对我这样任意诬蔑天庭的恶人应该大肆驳斥才对。”

哪吒也乐得笑道：“你以为是唱戏啊?神玄两宗跟天庭其实是有很大不同，我是玄宗弟子，但不代表我就会喜欢这天庭的规规条条，这点就连师尊也不能勉强我。而且只是随口说说而已，难道还犯了大罪不成。”

耀阳和倚弦对看一眼，看哪吒这样子虽然成熟了不少，但是当初大闹龙宫的性子还是保留了些，在神玄两宗中可能也算是桀骜不驯的人物。素来不喜神玄两宗的耀阳此时对哪吒更是欣赏。

倚弦突然想起一事，仰面直望天庭上方无有穷尽的虚空，问道：“这天庭难道也有日夜不成，否则为何说蟠桃盛宴要至明日开席?”

哪吒笑道：“这个你们就有所不知了，天庭不受日夜影响，但是也不能没有时辰，你们刚进来天庭的时候定是没看到南天门就有一样秘宝，称之为‘圭晷’，主管寻常十二个时辰的显示。”

倚弦点头道：“原来如此！对了，不是有传说称作，天上一日，地下千年！怎么天庭的时辰却跟尘世一模一样呢?”

哪吒答道：“其实人间很多传说都不能尽信的，这样说兴许是因为觉得天与地的距离太过遥不可及的缘故吧!”

倚弦闻言若有所悟地点点头。

耀阳却关心的是其他的事情，好奇地问道："我们现在所在天庭的位置大概是在什么地方？距离人间界又有多远呢？"

哪吒思忖片刻，道："这个并不清楚，天界与人间界并没有同处在一个等同的空间中，就像再怎么努力向着地底使用土遁也无法到达冥界一般，整个天庭是一座巨大的天上宫殿，当我们上来重天之后，外界都已被结界所封，其他任何途径都没有办法进入我们现在所处的九重之天！"

一行三人经过"九转丹殿"之时，倚弦突然眼光瞥过，看得殿中出来一人，不由扯了一下耀阳，道："你看那人是谁？怎么就觉得很眼熟！"

耀阳和哪吒闻言同时看去，却见那人此时正迎面而来，却是太上老君的得意弟子慕行云。

哪吒皱眉道："是这个家伙？"

"李兄好啊！"慕行云也看到他们，近前跟哪吒打了声招呼，含笑打量了耀阳与倚弦一眼道，"如果慕某所料不差，这两位定是现在三界后辈中的红人——龙刃诛神和轩辕剑的得主耀阳和小易吧？"

耀阳和倚弦记得当初在轮转山曾经见过他，当下装作跟慕行云初次相见的样子，抱拳自谦一番示意。

哪吒道："原来是慕行云慕兄啊，怎么参加盛宴也有兴趣四处闲逛？"

慕行云微微一笑道："行云有幸，得师尊恩准得赴天庭，此乃千年难得的机会，怎么可以浪费。当然要乘机逛逛，三位想必也是吧。"

耀阳打了个哈哈，没有否认。

慕行云却是笑道："两位玩得开心一点，此次盛宴千年一次，实属难得，我等未必还有机会等到下次。"

"这个自然，慕兄也是！"倚弦淡笑回礼。

"时间不多，慕某就不耽误各位宝贵的时间了。"慕行云说罢含笑离去。

哪吒看着慕行云离去的背影，奇道："很奇怪，明明都是元宗的弟子，我看他就是感觉不顺眼。"他耸耸肩仿佛想不明白。

耀阳凝神望着慕行云远去，疑道："不知为什么，我也觉得他怪怪的！"

倚弦点点头，讶道："怎么回事，我也有这种感觉。"

三人顿时对视一眼，满脸的狐疑神色，一个人的错觉还好，但三人都有类似的感觉，那就很值得怀疑了。哪吒继有后羿的灵性，耀阳善于察言观色，倚弦灵觉敏锐，三人都从不同方面对慕行云有了类似的感觉。

"耀大哥！"三人正惊疑间，听得一声惊喜的声音传来，听起来甚是熟悉。三人循声看去，远处一条纤长人影飞奔而来，却是娇媚可人的人儿。

耀阳看到人儿也是心中一喜，虽然这丫头有时的确有些娇蛮，但是这些日子不见她，倒也是真的挺想她的。

飞窜而来的人儿像是乳燕投林般扑入耀阳怀中，连声道："耀大哥，终于找到你哩。"

天庭之中像人儿这样没有礼数胡来的人还不多，尤其这么大胆的亲密行为，连他处的天兵天将也不由向这边看来，倚弦和哪吒更是笑得暧昧。

这样一来，厚脸皮如耀阳也不由老脸一红，抱着人儿不是，推开她也不是，只能在她耳边道："人儿，很多人看着哩！"

人儿娇蛮可爱却也知道羞涩，醒悟过来这是大庭广众之下，顿时脸上红霞拂面，马上从耀阳怀中蹦开去，却又躲在他背后不肯抬头。

倚弦忍不住大笑道："人儿，你见了我居然连声招呼都不打，似乎太厚此薄彼了吧？"

人儿羞意难抑，娇嗔道："易大哥，你也来笑人家……"

倚弦呵呵笑了几声，便介绍哪吒和人儿认识。哪吒见是冥帝之女，大是奇怪她怎么会跟耀阳和倚弦认识，不过他对所谓的大人物也不怎么感冒，倒是彬彬有礼，没有问出口。

人儿拉着耀阳来到旁边，道："易大哥、李大哥，咱们一起去瑶池玩吧！"

耀阳讶道："不好吧，那里是明日盛宴之处，我们先去了是不是……"

人儿笑道："有我在，别怕，就算出什么事，姨婆不会拿我们怎么样，何况现在的瑶池还没开蟠桃盛宴，我们去那里玩也不算是坏了规矩。”

“姨婆？又是你的姨婆？”耀阳用怪异的眼神望着人儿，道，“你姨婆究竟是谁，难道连王母都要看她的面子不曾？”

人儿翘起小嘴，一副得意非常的模样，道：“反正你别管，我说没事就没事！”

耀阳和倚弦现在身处天庭，他们还担心魔星的身份暴露，多一事不如少一事，哪敢冒险去瑶池，哪吒虽然不喜天庭规矩约束，但也不想闯祸使师父为难。于是三人当然坚决不同意。

人儿无奈，突然有所惊醒对倚弦说道：“差点忘了，易大哥，幽云姐姐好像也来了天庭，可惜受鸿钧老头约束，不能跟我一起来找你们。”

“幽云！”倚弦听了不由心神微震，心中微微泛起一丝甜意，不过他表面上还是很冷静地道，“幽云也来了，她近来可好吗？”

人儿嘻嘻一笑道：“她好着呢，不过有时会无缘无故的发呆，怕是太过思念你的缘故！”说着报复似的娇声大笑起来。

听着人儿取笑的话语，倚弦喟然一叹，除了难言的温馨和甜蜜之外，他心中还有那么一点心事，便是来自婥婥和幽云……

耀阳关心的却是另外一件事，急忙问道：“对了，人儿，蜀山剑宗的人没有为难你和你苏姐姐吧？”

“怎么会呢？”人儿笑道，“就算是幽云姐姐见到苏姐姐，除了惊讶和冷淡之外，也没有什么的。后来苏姐姐常去找她聊天，现在两个人相处的甚是融洽。”

耀阳想想也是，幽云可是鸿钧老祖辛苦培育的得意弟子，在年轻一辈诸人中修为也算出众，自然能看出妲己身上没有妖能，断不是那九尾狐之辈。而说起性子来，殷商公主幽云和冀州侯千金妲己都是大家闺秀出身，当然较是容易相处。

听到人儿这么一说，耀阳就更是放心了，道：“你既然来天庭了，你苏姐姐岂不是一个人待在蜀山了？”

“见到你半天了，左一句苏姐姐，右一句苏姐姐……”人儿撇起小嘴，道，“既然你不相信我，你干脆去蜀山看苏姐姐算了，我懒得理你！”

耀阳一听便知道小妮子吃醋了，忙近前一阵安慰，好在人儿许久不见耀阳，知道在天庭见面的时间也属难得，自是不会肆意耍蛮，两人纠缠一阵，人儿见耀阳在面前服服帖帖了，便又跟他有说有笑起来。

几人继续四处游玩了一阵，哪吒道：“天色虽是不变，但是现在时辰已是不早，我们先行回去歇息吧，以待明日蟠桃盛宴。”说完，哪吒与几人话别，掠身遁回自己在天庭的住处。

算到时辰不早，人儿也不能继续待下去，便跟耀阳话别，回了瑶池。

耀阳送了人儿一段路，然后与倚弦都回殿房休息了。没有日夜之分的天庭就这样过了一天，很快到了第二日。

蟠桃盛宴终于要开始了。